Erwin Kohl

Die Motte

Ausgerechnet auf der „Motte", einem jahrhundertealten historischen Erdhügel vor den Toren von Alpen, möchte die niederrheinische Gemeinde ein Hotel bauen lassen. Die Volksseele kocht. Als der windige Reporter Konrad Walther im Inneren des Hügels ein Skelett findet, wird er niedergeschlagen. Kommissar Grimm von der Kripo Wesel steht vor einem Rätsel: Bei dem Skelett wurden keinerlei persönliche Sachen gefunden, zudem fehlt der Kopf! Der lag, laut Aussage des Reporters, am Vorabend noch dort, mit einem Einschussloch in der Stirn. Stress pur für Grimm: Er hat einen 30 Jahre zurückliegenden Mordfall zu lösen, seine Pensionierung steht unmittelbar bevor, und er muss seine Mutter bremsen, die ihre ganz eigenen Ermittlungen aufgenommen hat …

Erwin Kohl, in Alpen am Niederrhein geboren, ist durch diverse Nebentätigkeiten wie z.B. als Taxifahrer, Friedhofsgärtner und Partnervermittler mit den Abgründen der menschlichen Psyche vertraut. Als Ausgleich zur eher spannungsarmen Arbeit als Beamter schrieb er 2002 seinen ersten Roman. Heute ist Erwin Kohl hauptberuflich als Autor tätig, seit 2003 ist er Mitglied im Syndikat. Mehr zu seinen Büchern und zum Autor unter: www.erwinkohl.de

Erwin Kohl

Die Motte

Droste Verlag

Figuren und Handlung dieses Romans sind frei erfunden. Ähnlichkeiten mit lebenden Personen sind rein zufällig und nicht beabsichtigt.

Bibliografische Informationen der Deutschen Nationalbibliothek
Die Deutsche Nationalbibliothek verzeichnet diese Publikation in der Deutschen Nationalbibliografie; detaillierte bibliografische Daten sind im Internet über http://dnb.d-nb.de abrufbar.

Die Veröffentlichung dieses Werkes erfolgt auf Vermittlung der Autoren- und Verlagsagentur Peter Molden, Köln.
Umschlaggestaltung: Droste Verlag unter Verwendung eines Fotos von Erwin Kohl
Satz: Droste Verlag
Druck und Bindung: CPI – Clausen & Bosse, Leck
ISBN 978-3-7700-1332-6

www.drosteverlag.de

In den Flüssen schwimmen Träume
und die Träume die sind schwer
Aus den Häusern wachsen schon die Bäume
Mutter ruft schon lang nicht mehr

Hanns Dieter Hüsch

01

Alpen, 18.10.1977

Die Abenddämmerung legte sich wie ein dunkles Tuch über die kleine niederrheinische Gemeinde. Im Ortskern am Fuße der Bönninghardt ließen die Straßenlaternen bereits ihr milchiges Licht durch den Abenddunst schimmern. Eine Greisin ging gebückt aus dem zum Altersheim umgebauten Hotel Terheggen und sah sich neugierig um. Vor der Pommesbude an der Lindenallee saßen einige Jugendliche in Bundeswehrparkas auf ihren Vespamofas und hielten lässig ihre Zigaretten zwischen Daumen und Zeigefinger. Ihr Atem verwandelte sich in kleine Nebelwölkchen.

Kurz bevor sich die Straße den Alpener Berg hochzog, steuerte Walter Jansen den NSU RO 80 in die Einfahrt der kleinen Tankstelle hinter dem Lindenhof. Seiner Tochter gegenüber hatte er erwähnt, am nächsten Morgen in aller Frühe nach Düsseldorf fahren zu wollen. Jedes Detail sollte stimmen. Die Tankstelle öffnete erst um acht Uhr, ebenso die des Autohauses Artz auf der Rathausstraße. Bevor er ausstieg, schaltete er das Radio aus. Die Berichte über die Geiselbefreiung in Mogadischu und die anschließenden Selbstmorde der Terroristen Baader, Ensslin und Raspe in ihren Zellen in Stuttgart-Stammheim hatte er im Laufe der letzten zwei Stunden bereits ein halbes Dutzend Mal gehört. Im kleinen Verkaufslokal der Tankstelle wetterten zwei Rentner über die Politik der Regierung Schmidt. Er kannte sie und grüßte flüchtig. Wenn die so weitermachen, vernahm er die Stimme des Bauern Steffens hinter seinem Rücken, würde die Arbeitslosenzahl in diesem Winter wohl erstmalig die Millionengrenze erreichen.

Walter Jansen bog an der Bönninghardter Kreuzung links Richtung Kamp-Lintfort ab. Wie eine Furche durchtrennte diese Straße die Leucht, das Waldgebiet bei Alpen. Versonnen betrachtete er die kahlen Wipfel der Bäume, die wie Mahnmale der Natur an ihm vorbeihuschten. Der saure Regen hatte bereits ein Drittel des Waldes in Mitleidenschaft gezogen. Abhilfe war nicht in Sicht. Der Verkehr nahm immer weiter zu. Für viele Niederrheiner war es der kürzeste Weg zur nächsten Autobahnauffahrt in Kamp-Lintfort.

Jansens Gedanken flogen zu dem Gespräch vor einer Stunde zurück. Sein zukünftiger Schwiegersohn hatte unterwegs aus einer Telefonzelle angerufen und ihn um eine Aussprache gebeten. Die bloße Befürchtung, seine Tochter an diesen Windbeutel zu verlieren, ließ die feinen Härchen auf seinem Handrücken emporstehen. Nächtelang hatte er mit ihr darüber diskutiert, sie immer wieder gefragt, weshalb sie ausgerechnet diesen Aufschneider heiraten wolle. Hilde, seine Frau, mahnte ihn, den Willen ihrer Tochter zu akzeptieren. Immerhin hätte Ackermann Mut bewiesen, als er sich gegen den sicheren Posten des Juniorchefs im elterlichen Betrieb entschieden und ein Studium der Architektur begonnen habe. Bei dem Gedanken daran wurde sein Ärger beinahe übermächtig. Mit dem Geld des Vaters ein kleines Bauunternehmen gründen, um damit das Studium zu finanzieren, war in den Augen seiner Frau Mut. Walter Jansen hatte sich alles mühevoll erarbeiten müssen, hatte den Beruf von der Pike auf gelernt. Und nun wollte dieser Schnösel ihm die Tochter nehmen. Beim Blick in den Innenspiegel erschrak Jansen. Sein Gesicht war dunkelrot, eine Ader auf der Stirn trat so stark hervor, dass er befürchtete, sie könne platzen. Der hohe Blutdruck bereitete ihm seit einiger Zeit Sorgen. Er nahm sich vor, am Nachmittag Doktor Schwarze aufzusuchen.

Warum sollte er unsere Birgit heiraten wollen, wenn nicht aus Liebe.

Jansen hatte die Naivität seiner Frau kaum glauben können.

Das Motiv war so klar wie der heutige Nachmittag. Ackermann hat große Pläne. Er will sich nicht für andere die Hände schmutzig machen, stattdessen die Luftschlösser seiner jugendlichen Träume realisieren. Dafür würde er mehr Startkapital benötigen, als sein Erzeuger jemals bereit wäre, ihm zu geben. Die Juweliergeschäfte hatten für beträchtlichen Wohlstand gesorgt, Birgit war ihr einziges Kind und somit Alleinerbin.

Aber da hast du dich geschnitten, Ackermann.

Im Innenspiegel zeichnete sich hämisches Grinsen ab. Gestern Abend hatte er die Reißleine gezogen, seiner Tochter verkündet, dass er am Tag ihrer Hochzeit mit diesem Nichtsnutz das Testament ändern würde. Birgit war stumm geblieben, hatte ihm einen hasserfüllten Blick zugeworfen und das Elternhaus wortlos verlassen.

Lichter blendeten ihn. Blitzschnell trat er aufs Bremspedal und zog die Limousine hinter den Traktor auf die rechte Fahrspur zurück. Wie ein Schwamm, der über eine Tafel gleitet, löschte das Bewusstsein die finsteren Gedanken und gab die Sicht auf die Realität frei. Als er die Zugmaschine endlich überholt hatte, erkannte er in der Ferne die Hinweistafel an der Einfahrt zum Waldparkplatz. Allmählich drosselte er das Tempo. Nur das Rauschen des Fahrtwindes und der flüsternde Wankelmotor drangen an seine Ohren. Erst jetzt wunderte sich Jansen über den ungewöhnlichen Treffpunkt. Vor einer Stunde war es ihm noch logisch erschienen. Aus seinem Haus hatte er ihn schon vor Wochen geschmissen. Und die Annahme, dass er, Walter Jansen, die Wohnung dieses Aufschneiders betreten würde, wäre absurd. Aber warum sollten sie sich nicht im Ort treffen, im Café Scholten beispielsweise oder bei Maria, der Wirtin seiner Stammkneipe? Will dieser Bengel mir etwa Angst einjagen? Er kann nichts beweisen.

Na warte, Junge, ich habe was für dich, das wird dir gar nicht schmecken.

Über sein Gesicht glitt ein breites Grinsen, als er den Blinker setzte. Obwohl die Parkstreifen rechts und links des Weges mehr als hundert Fahrzeugen Platz boten, waren sie an den Wochenenden im Sommer restlos überfüllt. Die Idee, einen sogenannten „Trimm-dich-Pfad“ mit zahlreichen im Wald verteilten Sportgeräten einzurichten, war ein voller Erfolg. Die einsetzende Dunkelheit schluckte die Konturen. Birken am Rand des Parkplatzes warfen unheilvolle Schatten. Im Schritttempo steuerte Jansen den NSU geschickt an den größten Schlaglöchern vorbei. Er schien allein zu sein. Als er das Fernlicht einschaltete, erkannte Jansen kurz vor dem Holzbalken am Ende des Weges den knallgelben Opel Commodore von Birgits Verlobtem. In Jeansjacke, Jeanshose und Cowboystiefel gekleidet saß dieser lässig auf der Motorhaube. Das Gesicht lag im Halbdunkel, Jansen erkannte nur die Glut einer Zigarette. Er parkte neben ihm und stieg aus. Das Scheinwerferlicht einer heranrollenden Limousine erleuchtete sein Gesicht.

„Lass uns ein paar Schritte gehen, ich habe mit dir zu reden", Ackermann deutete mit ausgestrecktem Arm in den dunklen Weg, der zum Schwebebalken führte, dem ersten Gerät des Trimm-dich-Pfads. Walter Jansen ballte die rechte Hand zur Faust. Er mochte den schroffen Umgangston Ackermanns nicht, wollte aber unbedingt den Grund für das Treffen erfahren. Mit stählernem Blick deutete er ein Nicken an.

Ackermanns Gesichtszüge wirkten ungewohnt scharf, fast steinern. Zum ersten Mal vernahm Walter Jansen eine Spur Unsicherheit.

02

Alpen, 32 Jahre später …
Wie ein kahlgeschorener und halb eingeschlagener Kopf ragte der ehedem so anmutige Hügel über den Bretterzäunen empor. Bagger gruben sich Meter für Meter in sein Inneres. Zwei Mitarbeiter des Naturschutzbundes stellten eine Informationstafel am Rand der Weseler Straße auf. Auf dem Radweg lag ein durchnässter Handzettel des Heimat- und Verkehrsvereins. „Rettet die Motte" war auf dem gewellten Papier zu lesen.

Konrad Walther vom Rheinischen Boten kramte schlecht gelaunt die Gummistiefel aus dem Kofferraum des altersschwachen Mustang. Undenkbar, dass sein großes Idol Carl Bernstein damals Gummistiefel im Kofferraum seines Mustang hatte, bevor er mit seinem Kollegen Bob Woodward Richard Nixon zu Fall brachte.

Seit einem halben Jahr war der Redakteur des Lokalteils für das „Bauvorhaben Motte" zuständig. Anfangs hatte es sich noch gelohnt. Fast täglich war er an einen interessanten Artikel gekommen. Dieses Projekt hatte die bis dahin friedlich vor sich hin schlummernde Volksseele Alpens zum Kochen gebracht. Dabei war im vorigen Jahr die Ankündigung, die Vorburg wieder aufzubauen, von den Bürgern Alpens wohlwollend bis euphorisch zur Kenntnis genommen worden. Die öffentliche Meinung hatte sich allerdings ins Gegenteil verkehrt, als die Gemeinde erste Planungsskizzen veröffentlichte. Die postmoderne Zweckarchitektur, so des Volkes Meinung, dürfte wenig bis gar keine Ähnlichkeit zur damaligen Burg aufweisen. Laut dem Heimat- und Verkehrsverein würde die Gemeinde Alpen eine historische Chance durch reines Profitdenken für immer zunichte machen. Eine öffentliche Diskussionsveranstaltung, zu der der Gemeinderat die Bürger ins Schulzentrum an der Fürst-Bentheim-Straße geladen hatte, wurde zum Eklat. Zwei Dutzend Alpener Bürger hatten keinen Einlass gefunden und ihrem Unmut auf dem Schulhof freien Lauf gelassen. Die Gemeindevertreter, besonders der junge und dynamische Bürgermeister Rudi Ahrens, hatten die Verbundenheit der Einwohner mit ihrer Gemeinde auf fatale Weise unterschätzt. Dabei hätten sie es ahnen können. Schließlich waren sie im vorigen Jahr dabei gewesen, als Tausende Bürger Alpens auf der Bönninghardt in einer vier Kilometer langen Menschenkette gegen den geplanten Kiesabbau protestiert hatten. Aber sie hatten es nicht geahnt. Lediglich Christoph Schmaleck von den Grünen hatte Bedenken geäußert. Niemand sonst hatte sich vorstellen können, dass dieser Erdhügel vor den Toren der Gemeinde den Lokalpatriotismus der Bürger neu entfachen würde.

Eine halbe Ewigkeit lagen die Grundmauern des alten Kasteels bereits unter diesem Erdwall begraben. Für eine Restaurierung des Bodendenkmals war nie das nötige Kapital vorhanden gewesen. Die Idee, unter Einbezug der alten Fundamente die ehemalige Vorburg wieder aufzubauen und in ein Burghotel zu verwandeln, war verlockend gewesen. Als auch noch ein ortsansässiger Architekt und Projektleiter gefunden worden war, der darüber hinaus mindestens 30 Arbeitsplätze offerierte, hatte im Sitzungssaal parteienübergreifende Freude geherrscht. Darauf hatte zwischenzeitlich vor dem Hintergrund der immensen Auflagen, welche die Träger der öffentlichen Belange erwirkten – allen voran das rheinische Amt für Bodendenkmalpflege – niemand mehr gehofft. Fast alle Interessenten hatten ihr Angebot zurückgezogen oder ein deutlich erhöhtes nachgereicht, als die Nachricht durchgesickert war, dass eine archäologische Grabungsfirma die Bauarbeiten begleiten würde.

Camel, wie der Journalist aufgrund seines stetigen Konsums der gleichnamigen Zigarettenmarke genannt wurde, bahnte sich seinen Weg durch knöcheltiefen Schlamm zum Ort des Geschehens. Missmutig betrachtete der Einundfünfzigjährige den durchnässten Trenchcoat. Vor zwei Wochen hatte er den 35 Jahre alten Überzieher im Internet ersteigert. Es bereitete ihm zunehmend größere Mühe, an die begehrte Kleidung der Siebzigerjahre zu gelangen. An den Wochenenden fuhr er gelegentlich einige hundert Kilometer für ein seltenes Kleidungsstück aus dieser Zeit. Zum Glück genügte dem gertenschlanken

Redakteur die Standardgröße. Er war mit Manfred Ackermann, dem Architekten des Burghotels, verabredet. Wobei von einer Verabredung eigentlich keine Rede sein konnte. Die Wahrheit bestand aus einem knurrigen „meinetwegen“ am Telefon. Aber davon hatte ihm sein Redaktionsleiter nichts gesagt. Ohnehin war Camels anfängliche Hoffnung erloschen, sein Talent könne durch diese Story endlich über die Kreisgrenze hinaus beachtet werden. Die Berichterstattung verkam zunehmend zum provinzpolitischen Possenspiel.

Camel erinnerte sich zwei Monate zurück: Der fast sechzigjährige, korpulente Ackermann hatte ihn als Schmierfinken bezeichnet und aus seinem Büro geworfen. Ackermann galt als äußerst egoistisch und cholerisch. Aber er hatte Erfolg, was ihm zumindest Respekt einbrachte. Dennoch gab es für ihn mittlerweile ein nicht unerhebliches Imageproblem. Innerhalb weniger Monate hatte der ohnehin nicht sehr beliebte Ackermann es geschafft, den spärlichen Rest an Sympathie vollends zu verspielen.

Auf einem provisorischen Weg aus Gerüstbrettern gelangte Camel zur Rückseite der Motte. Achtlos warf er die Zigarette ins Gebüsch. Über den Schotterweg hinter ihm lief eine Horde Kinder vom nahe gelegenen Schulzentrum zum Supermarkt an der Weseler Straße. Als sie ihn sahen, brachen sie in lautes Gelächter aus.

Camel schüttelte verächtlich den Kopf. Die langen, dunkelblonden Haare und die Kleidung aus den Siebzigern prägten eben seinen individuellen Stil. Als er sich umdrehte, wurde er von einem korpulenten, älteren Mann mit blauem Helm angerempelt. Ihm folgten fluchend drei weitere Kollegen. Im Hintergrund, direkt vor dem Ausgrabungsort, sah er Ackermann mit einem Grabungstechniker streiten. Augenblicke später rannte dieser wutentbrannt los. Camel stellte sich quer auf den Weg und stoppte den Mann.

„Konrad Walther, Gemeinde Alpen. Ich soll hier Bauabschnittfotos für die Chronik machen. Gibt es Probleme?“

Peter Stolberg, wie ein Schild auf der gelben Regenjacke verkündete, stoppte abrupt, sah ihn mit gerötetem Kopf an. Seine Lippen vibrierten, der Blick fiel auf Camels Kameratasche.

„Da machen Sie mal direkt Beweisfotos. Der spinnt doch“, mit ausgestrecktem Arm deutete er auf Manfred Ackermann.

„Beleidigt den ganzen Tag meine Leute, schmeißt uns Knüppel zwischen die Beine, wo es nur geht, und dann“, er schluckte, „jagt er meine Leute weg und lässt mit der Baggerschaufel den Bunkereingang freilegen!“

Stolberg verlieh seinen Worten eine derart empörte Betonung, als sei es selbstverständlich, diese Arbeit von Archäologen ausführen zu lassen. Camel erinnerte sich an die Pressemappe zur Motte. Gegen Ende des Zweiten Weltkrieges hatten die Alpener unter Anleitung erfahrener Bergleute einen Stollen quer durch die Motte getrieben und darin einen Schutzbunker errichtet. Zu seiner Verwunderung war dieser Bunker ebenfalls auf die Liste der Bodendenkmäler gesetzt worden. Camel fragte sich, was damit geschehen würde.

„In Ordnung, Herr Stolberg. Ich werde dem Gemeinderat umgehend Bericht erstatten.“

„Ich auch, darauf können Sie sich verlassen.“

Wütend stapfte der Grabungsleiter an ihm vorbei.

Camel stieg einen schmalen Pfad hinauf. Dabei musste er gebückt gehen, sich an Wurzelballen klammern, um nicht abzurutschen. Nach wenigen Metern erreichte er eine kleine Ebene. Man hatte zunächst einen Teil des Hügels, der der Weseler Straße zugewandt war, zur Hälfte abgetragen, um Platz für Bauwagen und schweres Gerät zu schaffen. Unterhalb des Plateaus befanden sich laut Aufzeichnungen die Überreste des ehemaligen Kasteels. Sie mussten später sorgfältig freigelegt werden. Die Baugenehmigung war mit der Bedingung verknüpft worden, die alten Fundamente sichtbar in das Burghotel einzufügen. Allein zwei Wochen waren von der Grabungsfirma dafür veranschlagt worden, die mittelalterlichen Reste zu sichern, was Ackermanns Wut von Tag zu Tag ansteigen ließ.

Von der Weseler Straße führte eine kleine, geschwungene Auffahrt hierher. Manfred Ackermann stand wie ein Feldherr auf einem zerborstenen Betonquader, aus dessen Längsseite Moniereisen wie Speere herausragten. Neben ihm schien die Motte den Mund weit aufgerissen zu haben. Ein dunkles, metertiefes Loch befand sich in Brusthöhe in der steilen Erdwand. Ackermann schrie den Baggerführer an:

„Sofort aufhören! Genug für heute. Feierabend!"

Der Lärm des Baggers gab seiner Stimme keine Chance. Den Kopf zwischen übergroßen Ohrmuscheln eingekeilt, drückte der Maschinenführer langsam einen Hebel nach vorne. Wie das Maul eines Haifisches krallte sich die Schaufel in ihre Beute. Der Motor heulte auf, während der Eingang zum Bunker mit einem Ruck komplett aufgerissen wurde. Kleine Betonbrocken und Reste eines alten Bretterverschlages flogen durch die Luft. Mit einem mächtigen Satz sprang Ackermann aus der Gefahrenzone. Der Lärm verstummte. Zufrieden lächelnd kletterte der korpulente Mann von dem Bagger.

„Du Riesenpfeife! Ich hatte gesagt: Feierabend. Wie sollen wir den Bereich denn nun sichern? Da rennt mir doch jetzt jeder rein!"

Der Baggerführer machte ein betroffenes Gesicht, als würde er es maßlos bedauern, sein Lieblingswort überhört zu haben.

Camel konnte nicht widerstehen. Seine Augen glänzten beim Blick in das geheimnisvolle Dunkel. Er nutzte die Ablenkung, zog die kleine MagLite für Notfälle aus der Innentasche und lief durch die mannshohe Öffnung in den Bunker.

„Was macht der Schmierfink denn da?", vernahm Camel die energische Stimme Ackermanns hinter seinem Rücken. Wenige Schritte später herrschten Stille und Dunkelheit um ihn herum. Hastig lief er weiter. Der Lichtkegel wanderte über alte, auf dem Boden verteilte Kleidungsstücke. Es roch klamm, Camel dachte an einen schlecht gelüfteten Kellerraum. Feuchtigkeit glänzte silbern an den Wänden. Er konnte nicht sagen, was er erwartete, ob es überhaupt eine Erwartung gab, die ihn vorantrieb. Er wusste nur, dass es in diesem Moment nichts gab, das ihn hätte aufhalten können. Einige Meter hinter sich vernahm er Schritte. Der Lichtkegel der kleinen Lampe reichte nicht sehr weit. Dahinter hielt eine bedrohliche Finsternis jede Gewissheit verborgen. Camel leuchtete so gut es ging die Umgebung aus. Der feuchte Lehm der Wände spiegelte das Licht der Taschenlampe. Halb verrottete Eichenbalken stützten die Decke und sorgten für unheimliche Schatten. Neben sich an der Wand verharrte eine pechschwarze Winkelspinne. Camel überlegte kurz, wovon sie sich in dieser tristen Umgebung ernähren konnte. Der etwa einen Meter fünfzig breite Gang ähnelte einem alten Bergwerksstollen. Nach ungefähr zwanzig Metern zweigte er rechtwinklig ab. Die Schritte kamen näher, Camel glaubte fremden Atem zu spüren. Er wich einer Stahlkonstruktion aus. Sie hatte Ähnlichkeit mit dem Gestell eines Doppelbettes. Aus der Dunkelheit tauchten schemenhaft Umrisse auf. Eine Pranke packte ihn an der Schulter, Camel riss sich los. Der Lichtkegel tanzte an der Decke entlang, verfing sich einen Augenblick im Gebälk unterhalb der Decke, während der Redakteur vorwärts stolperte. Hinter sich vernahm er ein scheppperndes Geräusch.

„Au! Verdammt! Bleib stehen, Du Schmierfink!“

Im Gehen drehte Camel sich herum, richtete die Taschenlampe auf Ackermann. Der Architekt hielt schmerzverzerrt das linke Auge zu. Vom Bunkereingang waren Stimmen und Schritte vernehmbar. Der Journalist fuhr herum, lief schneller. Die Tatsache, dass Ackermann ihn aufhalten wollte, steigerte seine Neugier ins Unermessliche. Wilde Gedanken formten sich zu einem Knäuel, präsentierten seinem Bewusstsein das Bild einer alten Holztruhe. Gold, das die Nazis in den letzten Kriegstagen beiseite schaffen wollten? Camel atmete in immer kürzeren Zügen. Wenige Meter vor ihm erkannte er etwas auf dem Boden. Den Lichtstrahl darauf gerichtet, verhedderten sich seine Füße in einem Seil. Panisch suchte er mit den Händen nach Halt. Die Finger berührten nur kalten, nassen Lehm. Camel verlor das Gleichgewicht. Er schlug mit dem Hinterkopf gegen einen Stützpfeiler, prallte ab und fiel der Länge nach auf den Boden. Der Aufprall hörte sich an, als wäre jemand in einen Haufen trockenes Brennholz gefallen. Sein Kopf dröhnte, Schritte wurden lauter. Die rechte Hand umklammerte die kleine MagLite so stark, dass die Knöchel weiß hervortraten. Der Gang schien in seichten Bewegungen zu schaukeln. Camel drehte den Kopf zur Seite und hob den Arm, der die Lampe hielt. Wie ein Blitz durchzuckte der Schreck seinen Körper. Ruckartig spannte sich seine Muskulatur. Der Journalist blickte direkt in die leeren Augenhöhlen eines Totenkopfes. Eine Rippe rutschte von seinem Unterarm und fiel klackernd herab. Ackermann war inzwischen angekommen und starrte wortlos auf das Szenario. Wie in Trance erhellte Camel den Totenkopf. Kalter Schweiß bildete sich auf seiner Stirn. Seine Finger tasteten den diffus glänzenden Schädel ab, bestätigten die Sensation. Raus hier, sofort, schoss es ihm durch den Kopf. Mit dem rechten Unterarm stützte er sich vom Fußboden ab. Hektisch befreite er seinen linken Fuß aus dem Seil, winkelte das Bein an. Halb gebückt nahm er den Schatten wahr, der über ihn hinweg huschte. Camel wollte sich herumdrehen, spürte in diesem Augenblick einen brachialen Schlag auf den Hinterkopf. Bewusstlos fiel er zu Boden.

03

Schwere Wolkenberge hingen am nächsten Morgen über der Stadt. Der Radiosprecher meldete Herbststürme in Ostdeutschland. Im Zimmer Nummer Siebzehn des Kommissariats an der Reeser Landstraße in Wesel wurde das Schweigen nur gelegentlich durch ebenso einsilbige wie nebensächliche Kommentare unterbrochen. Während Andreas Steilmann wie immer widerwillig den Bericht vom Vortag verfasste, blätterte sein Kollege Heinrich Grimm in den aktuellen geistigen Ergüssen des Innenministeriums, die sich in Form von Erlassen und Abhandlungen zu Dienstvorschriften auf seinem Schreibtisch stapelten.

„Das wird dich wohl kaum noch tangieren."

Andreas Steilmanns Fröhlichkeit wirkte echt. Er schien es kaum abwarten zu können. Heinrich Grimm verzog die Lippen zu einem angedeuteten Lächeln. Schwermütig blickte der Hauptkommissar nach draußen. Neonlicht spiegelte sich in den Fenstern. Der Westwind hämmerte den einsetzenden Regen an die Scheiben. Die dicken Tropfen zerplatzten am Glas, krochen in langen Schlieren herunter. Er fühlte die Dunkelheit.

„Ich verstehe dich nicht, Heinrich."

Andreas Steilmann, den die Kollegen aufgrund der dunklen Haare, der mandelbraunen Augen und einer leichten Ganzjahresbräune schlicht Adriano nannten, trieb den Stachel weiter in die Seele seines Mitarbeiters.

„Ich würde jedenfalls sofort mit dir tauschen."

Die Lippen aufeinandergepresst, nickte Grimm. Das kann ich mir vorstellen, dachte er. Der Gedanke würde ihm sogar gefallen. Warum trifft es immer die Falschen? Einen Monat nach dem zweiundfünfzigsten Geburtstag in Pension, viele Kollegen beneideten ihn. Für Heinrich kam der Tag mindestens zehn Jahre zu früh. Er wollte sich nicht mit der Tatsache abfinden, den ganzen Tag seine nörgelnde Mutter ertragen und auf Annette warten zu müssen. Bei dem Gedanken an seine Freundin Annette Gerland, die als Weseler Staatsanwältin gleichzeitig seine Vorgesetzte war, besserte sich die Laune für einen kurzen Augenblick. Nach dem Krebstod seiner Frau vor acht Jahren war er lange Zeit auf dem besten Weg gewesen, ein griesgrämiger, introvertierter Einzelgänger zu werden. Freundschaften hatte er einschlafen lassen, Hobbys wie Radfahren oder Angeln keinerlei Interesse mehr gewidmet. Früher hatte er im Herbst und Winter regelmäßig das Heubergbad in der Stadtmitte besucht, bis das Wasser im Auesee warm genug war und er dort schon vor dem Dienst einsam das Gewässer hatte durchqueren können. Auch dazu hatte sich der bis dahin schlanke Grimm nicht mehr aufraffen können. Dieser Mangel an Bewegung in Verbindung mit den üppigen Mengen relativ fettreicher Hausmannskost, die seine Mutter ihm täglich servierte, war natürlich nicht folgenlos geblieben. Zunehmend enger werdende Kleidung hatte die Seele des Polizisten belastet, dafür gesorgt, dass er sich mehr und mehr zurückgezogen hatte. Ein Teufelskreis ohne Notausgang. Bis Staatsanwältin Annette Gerland aus der Eifel nach Wesel versetzt worden war. Einen Tag zuvor war Heinrich Grimm der festen Überzeugung gewesen, den Rest seines Lebens als Witwer zu versauern. Von Beginn an fühlte er sich von der smarten Juristin angezogen. Beim Blick in ihre Augen hatte er plötzlich das Gefühl, ein Buch aufzuschlagen. Sie hatten schnell festgestellt, dass sie sich sehr ähnlich waren. Eine zufallende Tür beförderte Heinrichs Gedanken zurück in die bitter schmeckende Realität.

Er musste sich mit der Pensionierung abfinden und hatte nicht die geringste Ahnung, wie er das schaffen sollte. Es war unausweichlich, der Bericht der Polizeipsychologin Britta Obermann ließ keinen Spielraum für Alternativen. Lediglich den Zeitpunkt der vorzeitigen Pensionierung hatte er noch erfolgreich um fast zwei Jahre hinauszögern können. Wenn ihm eine gute Fee die Möglichkeit einräumen würde, einen Tag aus seinem Leben zu streichen, er würde keine Sekunde zögern.

Zwei Jahre waren seitdem vergangen, immer noch wachte Heinrich mitten in der Nacht schweißgebadet auf und sah diese Bilder vor sich.

Sie hatten den Unternehmer Wolf Eilers des zweifachen Mordes überführt. Dieser hatte nichts davon geahnt. Er hatte sich mit dem Journalisten Konrad Walther in der Citadelle, den Resten des ehemaligen Fort Blücher, im Schatten der Rheinbrücke, verabredet. Er wollte Camel lediglich einschüchtern, wusste Heinrich heute. Damals, als er mit Adriano in das Gemäuer gestürmt war, hatte alles ganz anders ausgesehen. Eilers hatte die Waffe an die Schläfe des Reporters gepresst. Heinrich hatte die prekäre Lage entspannen, Eilers zur Aufgabe überreden, ihm die Sinnlosigkeit seines Handelns begreiflich machen wollen. Für Sekunden war es still geworden. Was dann geschah, spielte sein Bewusstsein immer und immer wieder wie einen Film ab:

Etwa fünf Meter vor ihm steht der sich windende, vor Angst zitternde Journalist. Heinrich blickt in die vor Panik weit aufgerissenen Augen. Völlig unerwartet schleudert Eilers plötzlich Camel zur Seite und hebt den Arm mit der Pistole. Er richtet die abschussbereite Waffe auf Adriano, der ihn wie versteinert ansieht. Heinrich bemerkt den sich krümmenden Zeigefinger und reagiert sofort. Ein Wimpernschlag – zu wenig für einen Gedanken – aber genug für den entscheidenden Reflex.

Es war der Bruchteil einer Sekunde, der seine Seele in ein Trümmerfeld verwandeln sollte. Immer öfter spürte er diese Leere in sich. Annette fiel es zunehmend schwerer, dieses Vakuum zu füllen. Sie gingen seit geraumer Zeit gemeinsam zu einem Therapeuten. Annette hatte ihn lange dazu überreden müssen. Sie hatte Sorge, dass dieses Erlebnis sich wie ein Dämon in ihre Beziehung schleichen, sie von innen aushöhlen könnte. Wie wäre das Leben wohl verlaufen, wenn er damals nicht seinen Dickkopf durchgesetzt hätte, sinnierte Heinrich. Wenn er auf seinen Vater gehört und den elterlichen Betrieb in Sonsbeck-Hamb als Hufschmied weitergeführt hätte? Es hätte diesen einen Schuss, der noch Jahre später in seinen Gedanken nachhallte, nicht gegeben. Bereits in der Polizeischule hatte man sie mit Statistiken beruhigt, die aussagten, dass die Mehrheit von ihnen die

Waffe bis zur Pensionierung lediglich bei Übungen gebrauchen werde. Bis zur Pensionierung. Erst jetzt bemerkte er die bittere Ironie.

In über dreißig Jahren Polizeidienst war es das erste Mal gewesen, dass er seine Waffe außerhalb des Schießkellers benutzt hatte. Seitdem zitterten seine Hände, wenn er das kalte Metall nur berührte. Manchmal kam es ihm vor, als habe er den Geruch des verbrannten Schießpulvers noch in der Nase. Seiner Meinung nach hatte er es geschafft, das schreckliche Erlebnis von seinem Beruf zu trennen. Frau Obermann nannte diesen Aspekt in ihrem Gutachten allerdings „verdrängen". Ein Unterschied, der seine Zukunft entscheiden sollte. Nach wie vor war Heinrich mit ganzem Herzen Polizist. Man hatte ihm goldene Brücken gebaut, eine Tätigkeit in der Verwaltung angeboten. Heinrich hatte barsch abgelehnt, er wollte sich nicht ausmustern lassen, wie er es ausdrückte. Gunther Engels, ihrem Behördenleiter, war vor einer Woche die Aufgabe zugefallen, ihm die baldige Pensionierung mitzuteilen. Sie verrichteten seit über zwanzig Jahren gemeinsam ihren Dienst, Engels kannte Heinrich wie kein Zweiter. Über eine Stunde hatte er sich bemüht, das Gespräch in die richtige Bahn zu lenken. Dabei hatte er sich wirkungslos hinter Dienstvorschriften verschanzt, Heinrich war wütend aus Engels' Büro gestürmt.

„Wir kommen sofort, niemand fasst etwas an!"

Die Freude war Heinrich anzusehen. Die fahle Gesichtsfarbe wich einem lebendigen Rosa.

„Das war die Gemeinde Alpen. Man hat auf einer Baustelle ein Skelett gefunden."

Mit einer schnellen Armbewegung in Richtung Steilmann sprang Heinrich auf und riss die Jacke vom Haken.

„Sind die Knochen noch warm oder warum die Eile?"

Grimm winkte lässig ab. Einige Minuten später standen sie an einer Baustellenampel vor der alten Rheinbrücke. Der Turm wenige Meter neben der neuen Brücke, die den Strom bereits seit Ostern überspannte, aber noch nicht für den Verkehr freigegeben war, wirkte imposant. Heinrich verzog das Gesicht. Bei dem Gedanken an die neue Führung der B58, die sich wie ein Tranchiermesser durch das malerische Gest mit seinen alten Gehöften und den verschlungenen Wegen schneiden würde, beschlich ihn Wut und Ohnmacht. Ein weiteres Filetstück des Niederrheins, das der Mobilität, letztendlich also dem Kommerz geopfert wird, regte er sich erneut auf. Steilmann schwieg. Im Gesicht des Kollegen glaubte Heinrich ein leichtes Kopfschütteln bemerkt zu haben. Er wusste, womit Adriano sich beschäftigte.

„Hast du dich überhaupt um meinen Posten beworben?"

Adriano schluckte. Diese Frage schien er schon seit Tagen befürchtet zu haben. Seit zehn Jahren saß er an Grimms Seite. Es wäre nur logisch gewesen, sich auf das frei werdende Amt des Hauptkommissars zu bewerben. Gestern Morgen hatte Engels verkündet, eine vierzigjährige Kollegin namens Manuela Warnke würde den Posten in der nächsten Woche übernehmen.

„Natürlich. Engels sagte mir vor zwei Wochen, ich hätte Chancen", er klang zynisch, „jetzt werde ich wohl als Oberkommissar in Rente gehen."

Desillusioniert wandte Adriano sich ab. Sie hatten mittlerweile die Ortsdurchfahrt von Büderich passiert. Grimm wusste, dass Engels seinem jüngeren Kollegen diesen Posten nicht zutraute. Für Adriano war es ein Job wie jeder andere. Nach Dienstende streifte er ihn ab wie ein lästiges Übel. Den Dienstvorschriften genügte diese Auffassung, Engels aber verlangte mehr für das Amt eines Hauptkommissars. Heinrich hatte sich oft darüber gewundert, mit welcher Leichtigkeit der junge Kollege damals über die Situation hinweggekommen war. Kurz nach dem tödlichen Schuss hatte Adriano unter Schock gestanden. Aber bereits drei Tage später hatte er seinen Lebensretter aus lauter Dankbarkeit zum Essen eingeladen und war kurz darauf zum Alltag übergegangen. Adriano hatte sich nie in Heinrichs Lage versetzen können, seinem Kollegen nicht den Hauch von Mitgefühl entgegengebracht. Engels war aus demselben Holz geschnitzt wie Heinrich, er konnte ihn gut verstehen. Grimm war die zuweilen phlegmatische Arbeitsweise Adrianos ein Dorn im Auge. Allerdings hatte er sich in den letzten zwei Jahren mehr als einmal gewünscht, manche Dinge etwas gelassener sehen zu können. Viel zu sehr steigerte sich der Hauptkommissar in die Arbeit. Während einer Ermittlung konnte er vierundzwanzig Stunden am Tag an nichts anderes denken. Adriano war völlig anders. Heinrich dachte an den Sommer 2006. Während er einen Angelurlaub im Sauerland verbrachte, hatte Adriano ihn vertreten. Aus Bislich war ein ominöser Vorfall gemeldet worden. Eine Frau war dabei beobachtet worden, als sie nachts auf einem frischen Grab getanzt hatte. Heinrich hätte die Hintergründe so lange durchforstet, bis er eine logische Erklärung dafür gefunden hätte. Adriano hatte eine Anzeige nach StGb 164, Störung der Totenruhe, gefertigt und die Akte geschlossen. Später sollte sich herausstellen, dass es der Beginn einer Mordserie gewesen war. Ihre Behörde war von den Kollegen aus Krefeld und Düsseldorf nur milde belächelt worden. Diese Blamage verzieh Engels ihm wohl bis heute nicht.

Eine junge Frau, die einen Kinderwagen den Fußweg entlang der Platanen an der Weseler Straße in Büderich schob, spannte einen Regenschirm auf. Heinrich fragte sich, was wohl aus diesem Ort werden würde, wenn die Umgehungsstraße ihn demnächst vom öffentlichen Interesse abschnitt. Zehn Minuten später erreichten sie die Weseler Straße in Alpen. Grimm erinnerte sich an seine Jugend. Immer, wenn er bei seiner Tante an der Drüpter Straße auf der gegenüberliegenden Seite des alten Patersbau zu Besuch war, durfte er sich in dem Lebensmittelgeschäft an der Ecke eine Tafel Schokolade kaufen. Das Geschäft gab es nicht mehr, den Parkplatz nutzten die Mitarbeiter der Pflugfabrik Lemken.

Der Regen wurde stärker, Heinrich erkannte einen Streifenwagen auf dem Grünstreifen gegenüber der Motte. Das Auto parkte halb auf der Straße. Sie werden sich im Anschluss an diesen Einsatz vermutlich um Autofahrer kümmern, die dasselbe machen, dachte er. Einige Meter weiter an der Einfahrt zu einem Supermarkt stand ein alter Ford Mustang. Heinrich verdrehte genervt die Augen. Ihm war es unerklärlich, wie Camel so schnell an die Informationen gelangen konnte. Der Polizeifunk hatte diesmal nicht darüber berichtet. Der Reporter hatte ihm damals hoch und heilig versprochen, nie wieder auf eigene Faust zu ermitteln. Grimm wusste, dass ein Versprechen Camels nicht mehr wert war als einer seiner Artikel vom Vortag. Er fuhr hundert Meter weiter und parkte den Wagen auf einem Schotterplatz kurz vor dem Ortseingang. Adriano zog mit hängenden Mundwinkeln die Kapuze auf. Über die mit grobem Schotter versehene Baustellenauffahrt gelangten sie auf den Hügel. Ein Kollege der Schutzpolizei nahm sie in Empfang und führte sie zum Eingangsbereich des Bunkers. Ein schlanker Mann um die vierzig mit blonden Haaren und dunklem Kinnbart kam ihnen entgegen. Er trug einen schwarzen Trenchcoat und Regenschirm. Neben ihm stand eine schlanke dunkelhaarige Dame, die sie freundlich anlächelte.

„Rudi Ahrens, Bürgermeister der Gemeinde Alpen. Darf ich vorstellen“, er deutete mit einem Nicken auf seine Nachbarin, „Frau Hüsch vom Bauamt. Sie müssen von der Polizei sein.“

Heinrich hatte sich daran gewöhnt, offensichtlich das Gesicht eines Polizisten zu haben. Bei dem Gedanken an Camel war er allerdings froh, nicht für einen Journalisten gehalten zu werden. Er gab den Gemeindevertretern freundlich die Hand. Zwischen dem Bürgermeister und Frau Hüsch drängelte sich Manfred Ackermann. Der Architekt schob die beiden unsanft zur Seite. Mit einem herablassenden Blick auf Grimm und Adriano fuhr er sie an.

„Was haben Sie denn hier zu suchen?“

„Grimm, das ist mein Kollege Steilmann. Uns wurde ein Leichenfund gemeldet, Herr …“

„Ackermann. Ich bin der Leiter dieses Projektes. Leichenfund? Wer hat Ihnen denn den Blödsinn erzählt? Ein Haufen Knochen liegt in dem Bunker. Die können Sie gerne einsammeln und dann Avanti! Hier wird gearbeitet. Reicht schon, wenn diese Wühlmäuse von Braun den Betrieb aufhalten.“

Heinrich zwang sich zur Ruhe. Er war es gewohnt, in gewissen Kreisen nicht den allerbesten Ruf zu genießen, aber eine derartige

Respektlosigkeit hatte er noch nicht erlebt. Der Bürgermeister rang sichtlich irritiert nach Worten. Die Peinlichkeit war dem Mittvierziger mit der sportlichen Figur anzusehen. Grimm drückte das Kreuz durch und trat dichter an den Baustellenleiter heran.

„Herr Ackermann, zuerst werden wir uns den Fundort ansehen, anschließend beurteilen wir die weitere Vorgehensweise. Niemand betritt die Baustelle, bevor wir sie freigegeben haben. Habe ich mich klar genug ausgedrückt?"

Seine Stimme klang ruhig und sachlich, lediglich ein dumpfes Grollen im Unterton deutete auf die Gefühlslage des Kommissars. Auf Ackermanns Stirn trat eine Ader hervor. Das Gesicht verdunkelte sich.

„Das hier ist eine Baustelle, wie Sie ganz richtig bemerkt haben. Hier wird gearbeitet, verdammt noch mal. Wir können es uns nicht erlauben, den ganzen Tag Fliegen zu zählen. Haben Sie eine Ahnung, was es mich kostet, wenn der Betrieb auch nur einen Tag ruht?"

„Nein, Herr Ackermann, und offen gestanden interessiert mich das im Augenblick auch gar nicht."

Grimms Stimme wurde lauter. „Sollten Sie die Ermittlungen behindern, bekommen Sie Ärger, ist das klar?"

Ohne eine Antwort abzuwarten, schob er sich an Ackermann vorbei und ging mit Adriano und dem Kollegen der Schutzpolizei in den Bunker. Mehrere Strahler erleuchteten den kahlen Raum. Er ließ sich nun komplett einsehen. Das grelle Licht spiegelte sich auf den feuchten Wänden. Holzbalken boten Schutz vor den schweren Erdmassen. Heinrich hatte in der Zeitung von dem Vorhaben der Gemeinde Alpen gelesen, anstelle der ehemaligen Vorburg ein Hotel zu errichten. Camel hatte die Lage derart dramatisch geschildert, als ginge es darum, mitten auf dem Konrad-Adenauer-Platz in der Ortsmitte eine Giftmülldeponie anzulegen. Nach den Schilderungen des Journalisten fürchteten Alpens Bürger, einen Teil ihrer über neunhundertjährigen Geschichte unwiederbringlich zu verlieren. Dass es ausgerechnet der unbeliebte Ackermann war, dem die Gemeinde den Auftrag gegeben hatte und dessen Profitgier die Motte mitsamt der von ihr behüteten Vorburg geopfert würde, so Camel in einem Kommentar, hatte das Fass zum Überlaufen gebracht.

Zwei Kollegen in weißen Schutzanzügen kamen ihnen entgegen, sie trugen Metallkoffer. Die Spurensicherung ist also auch schon durch, offensichtlich hatte man ihn als Letzten informiert, ärgerte sich Heinrich. Er bat den älteren der beiden, am Eingang auf sie zu warten.

Ein langer Gang, einen Meter fünfzig breit und zwei Meter hoch, der nach etwa zwanzig Metern links abging, befand sich vor ihnen. Auf dem Boden lagen alte Kleidungsstücke, ein Hanfseil und etliche vergilbte Zigarettenkippen.

„Halt!"

Hans-Gerd Schmeink hielt ihnen den ausgestreckten rechten Arm entgegen, während er mit der linken Hand die Kamera verstaute.

„Das muss alles noch eingesammelt werden. Ihr könnt hier nicht durch."

Nachdem der Kriminaltechniker Heinrichs fordernden Blick sah, erlaubte er ihnen mürrisch, dicht an der Wand entlang zum Fundort der Leiche zu gehen. Kaum um die Ecke gebogen, war der hell erleuchtete Bereich am Ende des Bunkers einzusehen.

Die Knochen lagen wild durcheinander. Adriano deutete auf eine Stelle neben dem Skelett. Auf dem staubigen Betonboden zeichnete sich ein dunkelroter Fleck von der Größe einer Untertasse ab. Aus der Mitte hatten die Kriminaltechniker eine Probe abgeschabt. Nach einem kurzen Blick darauf drehte Heinrich sich um.

„Wo ist der Kopf?"

Adriano zuckte hilflos mit den Schultern. Heinrichs Geduld neigte sich bedrohlich dem Ende entgegen. Er hatte das Gefühl, ihm würden wichtige Informationen gar nicht oder erst auf ausdrücklichen Wunsch preisgegeben. Strammen Schrittes verließ er den Bunker und stellte dem vor dem Eingang wartenden Bürgermeister ebenfalls die Frage nach dem fehlenden Körperteil.

„Das haben wir uns auch gefragt."

Heinrich drehte sich seinem uniformierten Kollegen zu.

„Lassen Sie den Bunker bitte absperren, hier darf vorläufig niemand mehr rein."

„Meine Güte, wozu der Aufstand?", Ackermann drängte sich erneut am Bürgermeister und seiner nun nicht mehr lächelnden Begleiterin vorbei, „der Bunker ist seit gestern Nachmittag offen. Wer weiß, wie viele hier schon durchgelatscht sind? Jemand wird sich den Schädel mitgenommen haben, fürs Regal oder als Aschenbecher. Überhaupt, was soll der Quatsch? Der ist doch schon ewig hinüber", er deutete mit dem ausgestreckten rechten Arm in den Bunkereingang.

„Mord verjährt nicht, Herr Ackermann. Im Übrigen ist dieser Fleck neben dem Skelett ziemlich frisch. Sollte mich wundern, wenn es sich dabei nicht um Blut handelt."

Ackermann atmete tief durch.

„Deshalb der Zirkus. Das *ist* Blut. Stammt von einem Schmierfinken der Presse, Konrad Walther oder so. Der konnte es gar nicht abwarten, wollte unbedingt als Erster in den Bunker. Der ist so schnell gerannt, dass er über das Seil gestolpert ist und sich neben dem Skelett auf die Fresse gelegt hat. Beim Sturz hat er sich den Kopf eingeschlagen. Wir haben ihn von einem Krankenwagen abholen lassen. Damit dürfte wohl alles geklärt sein, schönen Tag noch."

Mit einer ausladenden Armbewegung wies Ackermann auf die Baustellenzufahrt. Grimm ignorierte die Geste. Der fast zwei Meter große Kollege des Schutzbereichs flüsterte:

„Wir haben den Eingangsbereich gestern Abend mit Holzlatten und Absperrband gesichert, sind ein Dutzend Mal in der Nacht hier gewesen. Ich glaube nicht, dass jemand unbefugt in dem Bunker gewesen ist. Zumal die Absperrung heute Morgen unversehrt war."

„Gestern Abend? Wieso erfahren wir erst heute davon?"

Der Hüne hob abwehrend die Arme.

„Wir waren nicht drin. Wir sollten die Baustelle sichern beziehungsweise darauf achten, dass niemand den geöffneten Bunker betritt. Heute Morgen bekamen wir einen anonymen Anruf, in dem uns der Leichenfund mitgeteilt wurde. Wer konnte denn damit rechnen?"

Grimm bedankte sich bei dem Kollegen, er hatte Ackermanns These ohnehin nicht geglaubt.

„Meine Herren, ich darf Sie bitten, den Tatort zu verlassen."

„Tatort? Ich höre wohl nicht richtig."

„Herr Ackermann, ich halte es für unwahrscheinlich, dass hier jemand hereinspaziert ist und auf seinen Tod gewartet hat. Und jetzt entschuldigen Sie mich bitte."

„Das gibt es doch nicht!" Ackermann war außer sich vor Wut. „Mein Anwalt wird Ihnen eine Dienstaufsichtsbeschwerde reinhauen, die sich gewaschen hat, darauf können Sie sich verlassen."

„Ist sein gutes Recht. Schönen Tag noch, Herr Ackermann."

Grimm ging langsam um den Fundort herum, die Augen auf den Boden gerichtet. Er bemühte sich, jedes Detail zu erfassen. Oft genug entstanden auf diese Art erste Ermittlungsansätze. Grimm nannte es *„den Tatort lesen"*. Diese Eindrücke konnte er über den gesamten Verlauf der Fahndung in seinem Bewusstsein gespeichert halten.

Rippen, Schulter- und Armknochen waren wild durcheinandergestreut, die ursprüngliche Lage des Skelettes nicht mehr erkennbar. Heinrich fielen die Bein- und Fußknochen auf. Sie lagen parallel zueinander ausgestreckt. Wenige Meter weiter endete der Tunnel an einer Wand aus verdichteter Erde. Auf dem staubigen Boden waren unscheinbare Konturen erkennbar. Adriano deutete auf kleine Dellen im Lehm der rechten Seitenwand kurz vor dem Fundort. Heinrich ging näher heran und schüttelte den Kopf. Die Einbuchtungen waren im Gegensatz zur umgebenden Wand trocken, mussten also relativ frisch sein. Nachdem Heinrich sich einige Notizen gemacht hatte, entschied er, die Baustelle weiträumig sichern zu lassen. Zur Verstärkung wurden zwei weitere Streifenwagenbesatzungen angefordert.

Kurz bevor sie den Dienstwagen erreichten, meldete sich die Rufbereitschaft. Konrad Walther war vor einer halben Stunde aus der Narkose erwacht und wollte nun dringend Heinrich Grimm sprechen.

„Da bin ich sehr gespannt“, grinste Heinrich.

„Vermutlich präsentiert er uns stolz den Totenkopf als Beutestück“, antwortete Adriano. Wäre bei Camel durchaus nicht abwegig, dachte Heinrich.

„Mal im Ernst“, Adrianos Lachen verschwand, „was ist, wenn jemand den Schädel wirklich mitgenommen hat? Was macht dich so sicher, dass es sich um ein Verbrechen handelt?“

„Die Kleidung“, gab Grimm trocken zurück.

„Welche Kleidung?“

„Eben. Wo ist die Kleidung des Toten? Das Skelett jedenfalls war unbekleidet. Das kann nicht alles verrotten. Zumindest Gürtel oder Knöpfe müssten vorhanden sein. Alles ein bisschen merkwürdig, oder?“

„Na ja, da liegen zwar überall alte Klamotten herum, aber du hast recht. Da wird sich wohl kaum jemand in dem kalten Bunker zum Sterben ausgezogen haben. Ich habe auch keinen Ring gesehen“, grübelnd rieb Adriano das Kinn.

„Richtig. Keinen Ring, keine Halskette, keine Uhr. Nichts.“

04

Die Besucherparkplätze vor dem Sankt Josef-Hospital waren nur spärlich besetzt. Das kleine Krankenhaus lag idyllisch am Fuße der Hees, dem Waldgebiet bei Xanten. Deswegen und aufgrund der besonderen Atmosphäre nannten die Bewohner der Region das Hospital auch liebevoll „Heeswaldklinik". Der Verkehrslärm der nahen Hauptstraße mit dem mittlerweile unpassenden Namen „Veener Weg" drang nur verhalten herüber.

Nach wenigen Minuten erreichten die Ermittler die chirurgische Station. Aus dem Krankenzimmer kamen in diesem Moment ein Mann und zwei Frauen in weißen Kitteln.

„Tut mir leid, Herr Walther darf keinen Besuch nicht haben." Der Gesichtsausdruck der Krankenschwester mit dem polnischen Akzent wirkte streng. Heinrich zeigte ihr seinen Dienstausweis. Sie biss die Lippen aufeinander.

„Gutt, aber bitte keine Aufregung. Der Patient hat schwere Gehirnerschütterung, braucht absolute Ruhe. Sein Handy habe ich abgenommen ihm", sie hielt ihm das kleine Mobiltelefon wie eine Trophäe vor die Augen, „Herr Walther ist so unvernünftig."

Heinrich versprach ihr äußerste Vorsicht. Als Camel sie sah, wedelte er nervös mit den Armen. Er sah völlig verändert aus. Man hatte ihm den Kopf großflächig um die Wunde kahlgeschoren. Ein weißes Netz zierte seinen Schädel. Heinrich musste lachen.

„Morgen Camel, wurde auch höchste Zeit, die Matte mal abzurasieren."

„Geschenkt. Endlich kreuzt ihr mal hier auf. Zuerst möchte ich einen Diebstahl anzeigen. Diese Furie hat mein Handy gestohlen, ausgerechnet jetzt! Die spinnt doch! Und meine Zigaretten sind auch weg."

„Ruhig, Camel, die wollen nur dein Bestes. Jetzt erzähle uns doch mal, was du gestern in Alpen erlebt hast."

Camel füllte seine Lunge mit der stickigen Raumluft. Genervt verdrehte er dabei die Augen.

„Die Megastory! Und dieser Satan in Weiß klaut mir das Handy. Ich muss Trixie alles diktieren. Sag mal, kannst du mir nicht vielleicht dein Handy borgen? Kriegst es morgen zurück."

„Camel, bitte."

„Okay. Aber absolutes Stillschweigen. Nichts an die Presse, in Ordnung? Das ist meine Story."

„Natürlich, Camel. Kein Wort an die Presse. Von denen kann man doch keinem trauen", verschwörerisch sah Heinrich den Journalisten an. Camel wurde misstrauisch, erzählte aber schließlich eine ausschweifende Geschichte von einem mutigen Reporter, der auszog, gegen übermächtige Bauherren und Spekulanten zu kämpfen. Selbstverständlich nur zum Wohle der Gerechtigkeit und um seinen Lesern einen ungetrübten Blick auf die wahren Hintergründe zu gewähren. Heinrich deutete ein breites Gähnen an.

„... als ich meine Taschenlampe anhebe, blicke ich dem Toten direkt in die Augen, also quasi in den Schädel."

Mit einem Ruck saß Grimm aufrecht.

„Der Kopf des Skelettes lag dort?"

„Äh ... ja, natürlich. Warum nicht?"

„Weil dieser Kopf mittlerweile verschwunden ist", entfuhr es Adriano. Heinrich stupste ihn verärgert an.

„Was?", Camel schoss hoch. Sofort verzog er schmerzverzerrt das Gesicht. Instinktiv wollte er sich am Kopf kratzen, zog die Hand im letzten Moment zurück.

„Wundert mich nicht", stöhnte er und sackte in die Kissen zurück. Die Polizisten sahen ihn auffordernd an.

„Der Schädel hatte ein Loch in der Stirn", Camel tippte mit dem Zeigefinger auf eine Stelle oberhalb des Nasenansatzes, „Durchmesser – schätze mal neun Millimeter. Die Kuppe meines kleinen Fingers passte fast hinein."

Instinktiv sahen Heinrich und Adriano sich an. Auf einmal erschien das Verschwinden dieses Körperteils vor einem anderen Hintergrund.

„Sag mal, Camel, du hast den Totenkopf nicht zufällig mitgenommen?"

„Ich? Nein!“, in seinen Augen spiegelte sich Entsetzen. „Was denkt ihr von mir? Dazu bin ich ja gar nicht mehr gekommen. Als ich aufstehen wollte, wurde ich niedergeschlagen.“

„Journalistenblut also“, konstatierte Adriano. Heinrich nickte. Der Fall kam schneller in Fahrt, als er vermutet hatte.

„Hast du eine Ahnung, wer dich niedergeschlagen hat?“

„Eine Ahnung? Es war dieser arrogante Ackermann.“

Was die kurze charakterliche Beschreibung betraf, war Heinrich einer Meinung mit Camel.

„Weißt du das genau?“

Camel zögerte. Für eine Sekunde sah er aus dem Fenster neben sich in den wolkenverhangenen Himmel über Xanten.

„Ich habe es nicht gesehen, aber Ackermann stand hinter mir. Er muss es gewesen sein.“

„Was wolltest du überhaupt auf der Baustelle? Ich meine, du hattest doch schon sehr ausführlich darüber berichtet. Gab es etwas Neues?“

Camel zögerte. Heute Morgen hatte es ihn geärgert, abermals nach Alpen beordert worden zu sein. Aber die Alternative, über das fünfzigjährige Jubiläum des Taubenzüchtervereins „Keer Tröch e. V.“ zu berichten, hatte ihn überzeugt.

„Ich hatte so eine komische Ahnung. Irgendwie lag dort ein Geheimnis in der Luft. Als guter Journalist spürt man so etwas.“

Grimm seufzte vernehmlich. Adriano schüttelte den Kopf.

„Aha. Sagt dir deine Ahnung denn auch, ob außer Ackermann noch jemand in dem Bunker war, als du niedergeschlagen wurdest?“

„Nein. Das heißt, ja, schon. Kurz bevor ich gestürzt bin, konnte ich vom Eingang her noch weitere Schritte hören. Aber die waren zu weit weg“, schob er noch hastig hinterher. „Ihr müsst diesen Ackermann sofort festnehmen, der ist ein Mörder und … und beinahe Totschläger.“

Die schwere Körperverletzung wäre ein Grund, dachte Heinrich. Wenngleich noch keine Beweise vorlagen, was sich allerdings durch den Bericht der Kriminaltechnik ändern könnte.

„Mal sehen, was sich machen lässt. Wenn du wieder draußen bist, lass dich bei uns blicken. Wir brauchen deine Aussage schriftlich.“

05

Zweifel, die immer dann aufkamen, wenn eine Ermittlung in irgendeiner Form von der Aussage des windigen Konrad Walther abhängig war, hielten sich beharrlich. Dennoch bestellte Heinrich Grimm die Kollegen Josef Wolters und Mareike Verstappen in sein Büro. Es war ihre Pflicht, die Aussage Camels ernst zu nehmen. Zumal Grimm nicht an einen natürlichen Tod glauben wollte. Die üblicherweise für einen solchen Fall gebotene Eile einer Umfeldermittlung war zwar nicht gegeben, aber Heinrich wollte nichts unversucht lassen, schnellstmöglich Hintergründe zu erfahren und vor allem an das fehlende Körperteil zu gelangen. Kurz und knapp klärte er seine Kollegen über den bisherigen Kenntnisstand auf. Wolters, dessen kreisrunde, kahle Stelle auf dem Kopf im Neonlicht glänzte, kamen erste Zweifel.

„Der Bunker wurde im Krieg errichtet. Die Leiche kann also durchaus schon über sechzig Jahre dort gelegen haben. Vielleicht hat es sich um eine Exekution gehandelt. Die fehlenden Kleidungsstücke und den eventuell vorhandenen Schmuck könnten Grabräuber an sich genommen haben. Waren schlechte Zeiten damals."

„Und der fehlende Kopf?"

„Den sehen wir morgen früh auf Seite eins des Rheinischen Boten. Kennst doch Camel. Für eine gute Story würde der seine Mutter in Zahlung geben."

Mareike, die sich lässig neben Wolters an den Schreibtisch gelehnt hatte, strich ihre langen, schwarzen Haare nach hinten. Sie konnte die Argumentation ihres Kollegen nicht nachvollziehen.

„Wenn Camel dieses Risiko eingehen sollte, müsste der Schädel tatsächlich ein Loch in der Stirn aufweisen. Da dies natürlicherweise nicht der Fall ist, hätten wir es dann wohl mit einer Straftat zu tun. Exekution wäre ebenfalls denkbar. Meine Oma erzählt mir jeden Winter, dass die Nazis einen fünfzehnjährigen Jungen, der mit vollen Hosen in den Bunker geflüchtet war, wegen Fahnenflucht standrechtlich erschossen hatten. Aber ich denke, die Rechtsmedizin wird zumindest ungefähr den Todeszeitpunkt angeben können."

An eine Exekution mochte Heinrich nicht glauben. Erschießungskommandos zielten auf das Herz, nicht auf die Stirn. Bei dem Gedanken an die von Mareike geschilderte Grausamkeit bekam er eine Gänsehaut. Automatisch tauchte das Skelett vor seinem geistigen Auge auf. Die Extremitätenknochen erschienen ihm zu groß für einen Jungen in dem Alter. Der Gedanke beruhigte ihn.

„Gut, ich fahre nach dem Mittagessen dorthin", Heinrich wollte nicht den schriftlichen Bericht abwarten, „wäre nett, wenn ihr zwei in der Zwischenzeit mal diesen Ackermann beleuchten würdet."

Heinrich zog die Jacke an, als Engels das Büro betrat. Die ernste Miene seines Vorgesetzten ließ den Ermittler für einen Augenblick in der Bewegung verharren.

„Kam vor wenigen Minuten von der Personalstelle, Heinrich. Kannst nach Hause gehen und brauchst nicht mehr wiederkommen."

Engels stellte sich schräg neben Heinrich und legte das Blatt vor ihm auf den Tisch. Sein Gesichtsausdruck wurde eine Spur ernster. Es schien so, als erwarte er Protest.

„Deine restlichen Überstunden ergeben noch genau zwei Tage Urlaub", Engels tippte mit dem Zeigefinger auf eine Tabelle. Heinrich schluckte. Es kam ihm vor, als sei ihm die Realität in Form eines Vorschlaghammers begegnet.

„Das kann nicht sein, ich habe doch gerade erst zwei Monate abgebummelt", seine Stimme vereinte eine Mischung aus Empörung und Ungläubigkeit in sich.

„Heinrich", Engels legte die rechte Hand freundschaftlich auf Grimms Schulter, „seitdem hast du aber wieder 16 Überstunden angesammelt. Die kannst du schlecht mit in den Ruhestand nehmen. Meine Güte, sei doch froh, aus diesem Moloch zu kommen."

Heinrich schüttelte die Hand ab.

„Müsst ihr die Überstunden mal ausnahmsweise auszahlen, wir stecken mitten in einer Mordermittlung", übertrieb er.

„Mordermittlung? Davon weiß ich ja noch gar nichts. Was sagt denn deine Liebste dazu, oder sollte die leitende Staatsanwältin etwa auch noch nichts davon wissen?"

Süffisant grinste der Dienststellenleiter seinen Hauptkommissar an. Engels vermutete, Heinrich würde krampfhaft einen letzten Fall suchen. Seine Freundin Annette Gerland nahm in Düsseldorf an einem Seminar teil, würde erst am Abend zurück sein.

„Ich konnte sie noch nicht erreichen", antwortete er kleinlaut, „Mensch Gunther, gönne mir doch wenigstens die zwei Tage. Darauf kommt es doch nicht mehr an."

Gunther Engels atmete tief durch und schüttelte den Kopf. Wortlos verließ er den Raum. Heinrichs Hoffnung ruhte auf dem Ergebnis des Rechtsmediziners. Am liebsten wäre er sofort losgefahren, aber es war zwecklos, dort hatten sie um dieselbe Zeit Mittagspause. Er zog sich den Mantel an und ging über die Jülicher Straße nach Hause.

06

Als Heinrich die Haustür öffnete und zur Garderobe gehen wollte, musste er kräftig drücken. Der kleine Flur stand übervoll mit Kisten. Er stieß einen lauten Fluch aus. Seine Mutter kam aus der angrenzenden Küche. Die Dreiundsiebzigjährige sah ihn mit schelmisch glänzenden Augen an.

„Was ist das denn hier?"

„Da staunst du, was? Brunhilde war so freundlich, mit mir heute Morgen zum Baumarkt zu fahren. Wir waren vorher bei ihrer Enkeltochter in Lackhausen, da haben wir auf dem Rückweg an der Nordstraße angehalten. Kennst du die Ramona eigentlich schon?"

Heinrich antwortete nicht. Er schob seine Mutter sanft zur Seite, öffnete einen der Kartons und sah hinein. Er war randvoll gefüllt mit Tapetenrollen. Fragend blickte er seine Mutter an.

„Hier muss überall tapeziert werden, das ganze Haus. Sollte eigentlich schon im Sommer gemacht werden, du hast ja lange genug Urlaub gehabt. Aber nein, der Herr geht jeden Tag angeln. Samstag kommt der Tapezierer!"

Sie drückte ihr Kreuz durch und sah ihren Sohn mit strenger Miene an.

„Samstag?"

„Ja, Brunhilde ihr Mann macht das nebenher, bessert seine Rente damit auf. Aber die Vorarbeiten müssen bis dahin fertig sein."

Mahnend wedelte sie dabei mit dem Zeigefinger dicht vor seinem Gesicht. Der entschlossene Blick sollte direkt in sein Gewissen vordringen. Als habe er seiner Mutter hoch und heilig Hilfe versprochen. Ihre Bitte jedenfalls, wenn es denn eine solche war, hatte suggestiv wie immer geklungen:

Wir müssen hier mal wieder tapezieren. Wann hast du endlich Zeit für deine alte Mutter?

Überhaupt war es eine Marotte seiner Mutter, im Plural zu reden, wenn sie ihn meinte. Natürlich wusste er genau, wer gemeint war, wenn wir mal wieder den Rasen schneiden müssen, oder es hieß: Wir müssen das Auto waschen. Dennoch regte er sich immer wieder darüber auf. Was selbstverständlich nichts änderte. Einmal hatte er die Idee gehabt, den Spieß umzudrehen:

Wir müssen mal wieder einen leckeren Sauerbraten machen.

Wir?, hatte sie brüskiert geantwortet, *wer steht denn den halben Tag am Herd?*

Heinrich ließ den Blick langsam über die Kartons gleiten, schüttelte dabei den Kopf.

„Mutter, ich habe morgen und übermorgen noch Dienst."

Das schien sie schon wieder vergessen zu haben. Heinrich gewann mehr und mehr den Eindruck, dass seiner Mutter eine gewisse Altersdemenz zu schaffen machte.

„Du wirst doch noch ein paar Überstunden haben. Kannst du nicht einen Tag eher in Pension gehen?"

„Unmöglich! Wir haben einen Mordfall. Da wird jede zur Verfügung stehende Kraft benötigt."

Im selben Augenblick bereute er die Auskunft. Mutter Grimm wurde hellhörig. Die Tapeten gerieten in Sekundenschnelle in Vergessenheit, was nicht ihrem Alter zuzuschreiben war.

„Komm doch in die Küche, mein Junge."

Blitzschnell trat sie an die Seite und winkte ihren Sohn mit einer einladenden Geste hinein. Der Duft von Kohlrouladen lag wohltuend in der Luft. Während sie den Tisch deckte, konnte sie ihre Neugierde kaum noch zügeln. Frau Grimm war Krimifan und eine Art Hobbyermittlerin, sehr zum Leidwesen ihres Sohnes. Ihre „Fälle" hatten ihm schon einigen Spott in der Dienststelle eingetragen. Als sie vor Jahren ein Liebespaar in der Gartenlaube des Nachbarn nicht als solches erkannt hatte, alarmierte sie sofort die Polizei. Bis zu ihrem Eintreffen hatte sie den nackten Freund der Nachbarstochter mit der Mistgabel durch den Garten gescheucht. Es dauerte Monate, bis Heinrich das Verhältnis zum Nachbarn wieder halbwegs gekittet hatte. Kurz vor dem letzten Weihnachtsfest schlug sie auf dem Weihnachtsmarkt vor dem Willibrordi-Dom einem vermeintlichen Handtaschendieb so lange den Regenschirm auf den Kopf, bis dieser flüchten konnte. Der Zivildienstleistende hatte der Seniorin lediglich helfen wollen, ein Kerzengesteck zu bezahlen. Immer wieder mischte sie sich in die Ermittlungen ihres Sohnes ein, befragte Zeugen oder observierte verdächtige Personen.

„Und?

Heinrich nahm sich Kartoffeln und eine Roulade. Die Ungeduld seiner Mutter blieb ihm nicht verborgen. Amüsiert sah er in ihre Augen.

„Das ist mein letzter Fall. Den möchte ich ausnahmsweise ohne deine Mithilfe lösen. Ich will mir die Pension schließlich verdienen. Denkst du, das ist möglich?"

Ihr Kinn glitt langsam Richtung Tischplatte. Heinrich meinte es ernst. Er hatte sich fest vorgenommen, ihr diesmal kein Wort über die aktuelle Ermittlung mitzuteilen.

„Dann ruf ich eben Annette an. Ich wollte sie sowieso fragen, wann sie zu Abend essen möchte. Sie kann auch bestimmt dafür sorgen, dass du einen Tag eher in Pension gehen kannst."

Sie klang kämpferisch. Heinrich hatte sich verschluckt, musste husten. Mutter Grimm würde niemals einen Fall ihres Sohnes verpassen, schon gar nicht den letzten.

„Na schön. Aber du mischst dich nicht ein! Keine Zeugenbefragungen, keine Observationen, nichts. Verstanden?"

„Natürlich. Denkst du, ich habe nichts anderes zu tun, als dir bei der Arbeit zu helfen?"

Empört stemmte die Seniorin die Arme in die Hüfte. Heinrich verschluckte sich erneut. Nach kurzem Räuspern erzählte er seiner Mutter von dem Fund in Alpen. Details verschwieg er wohlweislich.

„Wie heißt denn dieser Architekt?"

„Manfred Ackermann", antwortete er grummelnd.

„Ackermann, … Ackermann", seine Mutter dachte angestrengt nach. Auf einmal schlug sie zum Zeichen einer Eingebung mit der flachen Hand auf den Tisch. Die Gläser wackelten bedenklich.

„Natürlich. Manfred Ackermann. Dass ich da nicht gleich draufgekommen bin", sie schlug abermals mit der Hand, diesmal vor ihre Stirn. Er hätte es sich denken können. Durch ihre Aktivitäten in zahlreichen Seniorenvereinen und ihr bewegtes Leben kannte sie praktisch jeden am unteren Niederrhein.

„War eine tragische Geschichte damals."

Heinrich holte sich eine Tasse Kaffee von der Küchentheke und machte es sich in Erwartung einer bildhaft vorgetragenen Uraltgeschichte gemütlich.

„Sie waren ein tolles Paar, der Manfred und die Birgit. Birgit Jansen vom Leitgraben."

Heinrich zuckte die Schultern. Er war in Sonsbeck-Hamb aufgewachsen. Es war ihm unerklärlich, woher er diese Birgit Jansen kennen sollte. Sie hatten damals viele Kunden aus Alpen gehabt, seine Mutter hatte jedes aktuelle Gerücht aus der Gemeinde mitbekommen, aber ihn hatte es schon damals nicht interessiert.

„Die beiden wollten heiraten, haben sie dann ja auch getan. Aber Walter Jansen, Birgits Vater, war strikt gegen die Hochzeit mit Manfred Ackermann. Kann man auch ein bisschen verstehen. Der Manfred hatte es faustdick hinter den Ohren."

Da hat sich anscheinend nichts geändert, sinnierte Heinrich.

„Drei Tage vor der geplanten Hochzeit ist Walter Jansen plötzlich spurlos verschwunden."

„Moment. Das kommt mir bekannt vor."

„Sollte es auch. Es war schließlich dein erster Fall in Wesel."

Heinrich erinnerte sich. Das war 1977. Er war seit einem halben Jahr in der Weseler Dienststelle. In dem alten Gebäude an der Jülicher Straße. Hauptkommissar Brettschneider, sein Seniorpartner, hatte das in Tränen aufgelöste Mädchen zunächst nicht ernst genommen. Bereits nach zwölf Stunden hatte sie ihren Vater vermisst gemeldet. Sein Auto war auf einem Waldparkplatz in der Leucht gefunden worden. Die eingesetzte Hundestaffel hatte das gesamte Waldgebiet durchkämmt, Hubschrauber waren den ganzen Tag über Alpen gekreist. Walter Jansen war spurlos verschwunden geblieben und bis heute nicht wieder aufgetaucht. Heinrich kam ein unangenehmer Gedanke. Sollte das Skelett in dem Alpener Bunker die Leiche von Walter Jansen sein? Nur weil der damalige Schwiegersohn in spe dort heute als Projektleiter fungierte? Camel fiel ihm ein, seine Aussage, Ackermann habe ihn niedergeschlagen. Zu wenig, um als ernsthafter Ermittlungsansatz in einem Mordfall zu dienen. Noch war nichts über den Todeszeitpunkt bekannt. Heinrich verzichtete auf den Rest seiner Mittagspause. Offene Fragen nagten an ihm.

07

Wie so oft am Tag bot der Verkehr auf der B 8 ausreichend Gelegenheit, die gemächlich vorbeiziehende Landschaft zu genießen oder sich in mehr oder weniger wichtigen Gedanken zu verlieren. Vor einer Imbissbude in Friedrichsfeld stand ein Streifenwagen. Heinrich winkte kurz herüber, sie sahen ihn nicht. Hinter der Kreuzung Hammweg bis Voerde floss der Verkehr zügiger. Er kannte die Gegend mittlerweile besser als seine Westentasche, konnte ein Nachlassen der Konzentration nicht verhindern. Er ließ die düsteren Visionen in sein Bewusstsein, ohne sich dagegen zu wehren. Sah einen vitalen Mann, der die Tage damit verbrachte, auf den Abend zu warten, und am Abend auf den nächsten Tag hoffte. Es tat ihm gut, jetzt und hier wollte er traurig sein. Dieses Gefühl akzeptierte er, es musste sein, war ein Ventil der Seele. Erst als dieses Gefühl übermächtig wurde, drohte, ihn in einen Strudel abwärtszuziehen, zwang er sich zurück in die Wirklichkeit. Selbstmitleid verachtete er, bei anderen und vor allem bei sich selbst. Es hatte damals nach dem Tod seiner Frau für eine lang anhaltende Lethargie gesorgt, in deren Verlauf sein Leben beinahe zur Bedeutungslosigkeit verkommen wäre. Heinrich drehte das Radio lauter und konzentrierte sich auf die Stimme des Nachrichtensprechers.

Grimm benötigte fast eine halbe Stunde, bis er hinter Dinslaken endlich den Duisburger Vorort Walsum-Aldenrade erreichte. Das Gebäude der forensischen Pathologie befand sich im Park etwas abseits des Klinikhochhauses. Der rot geklinkerte, zweigeschossige Bau mit dem runden Erker wirkte äußerlich wie eine gewöhnliche Arztpraxis. Er hatte unterwegs seinen Besuch angekündigt, die Empfangsdame führte ihn direkt weiter. Der hochgewachsene, schlanke, junge Mediziner begrüßte Grimm freundlich.

„Da haben Sie uns eine richtige Herausforderung gebracht. Fehlt nur noch, dass Sie hergekommen sind, um mich nach der Todesursache zu fragen."

Heinrich Grimm nahm auf der gegenüberliegenden Seite des Schreibtisches Platz. Der Raum wirkte wie das Büro der Notaufnahme eines Krankenhauses. Weiße Wandfliesen und Mobiliar aus kaltem Metall bestimmten das Ambiente.

„Nein, die können wir uns schon denken."

„Wie bitte?"

Heinrich musste lachen.

„In dem Kopf befindet sich angeblich ein Loch. Vermutlich eine Schussverletzung."

Heinrich fiel es schwer, die Aussage Camels als unverrückbare Tatsache anzuerkennen. Der Mediziner beugte sich vornüber. Eine Strähne des Seitenscheitels verdeckte dabei die Stirn.

„Interessant. Und wo ist dieser Kopf?"

„Das fragen wir uns auch. Er ist gestohlen worden. Ein Zeuge hat uns von dem Loch erzählt."

Heinrich bemerkte, wie unglaubwürdig diese Geschichte klingen musste. Vor der nächsten Frage biss er sich auf die Lippen.

„Ich bin zu Ihnen gekommen, weil wir so schnell wie möglich den Todeszeitpunkt erfahren müssen. Gibt es da erste Erkenntnisse?"

Der Arzt lehnte sich zurück. Mit seinen graublauen Augen sah er Heinrich an wie ein Kind, das fragt, wo der Mond sich tagsüber versteckt hält.

„Todeszeitpunkt, soso."

Mit ausdruckslosem Blick beugte sich der Rechtsmediziner über den Schreibtisch und stützte das Kinn auf die gefalteten Hände. „14.4.1978, vormittags, ich würde sagen, so gegen neun Uhr dreißig."

Heinrich fuhr staunend hoch.

„Plusminus drei Jahre", schob er grinsend hinterher. Heinrich verzog das Gesicht.

„Herrgott, Sie liefern uns hier einen Sack voll Knochen und wollen vier Stunden später den Todeszeitpunkt wissen. Herr Grimm, Ihre Erwartungshaltung in dieser Sache ist ein wenig zu hoch."

„Wann können Sie denn Genaueres sagen? Ungefähr."

Heinrich dehnte das letzte Wort wie einen ausgeleierten Gummi.

Die Wangen seines Gegenübers wuchsen zu kleinen Halbkugeln, schließlich stieß er den Atem aus und verschränkte die gepflegten Finger ineinander.

„1978 könnte schon hinkommen. Wenn der Tote in einem normalen Grab gelegen hätte. Der Zerfall wird entscheidend von den äußeren Gegebenheiten geprägt. Die Skelettierung ist in der Regel nach einem Zeitraum von zwanzig bis dreißig Jahren abgeschlossen. Ich müsste wissen, wie die Leiche seit dem Ableben gelagert wurde, um es mal salopp zu formulieren."

Heinrich beschrieb ihm ausführlich den Fundort. Der fehlende Sarg, so der Arzt, sei nicht relevant, er würde den Verwesungsprozess gewöhnlich nur um wenige Monate verzögern. Entscheidende Beiträge leisteten allerdings Würmer und Maden. Heinrich waren keine derartigen Tiere im Bunker aufgefallen.

„Für diesen Fall können Sie eher von einem Zeitraum von dreißig Jahren ausgehen. Normalerweise noch mehr, aber das von Ihnen beschriebene feuchte Raumklima am Fundort gleicht es wieder aus."

Der Zeitpunkt konnte also stimmen, dachte Heinrich. Als er sich von dem Mediziner verabschieden wollte, fiel ihm etwas auf.

„Sie sagten der Tote, steht das Geschlecht fest?"

„Ja, anhand des Beckenknochens konnten wir feststellen, dass es sich um einen Mann handelte. Er war zwischen einem Meter achtundachtzig und einem Meter neunzig groß."

Plusminus ein halber Meter, war Heinrich versucht zu sagen. Der ernste Blick des Mediziners hinderte ihn daran.

„Die Größe können Sie so genau ermitteln?"

„Ja. Die langen Extremitätenknochen stehen in einem linearen Verhältnis zur Gesamtkörpergröße. Für jeden Knochen gibt es eine Formel. Haben schlaue Anthropologen irgendwann mal entwickelt."

Als Grimm aufstand, streckte der Arzt den Zeigefinger in die Höhe.

„Ein Leckerli habe ich noch für Sie. Wir konnten prämortale Verletzungen feststellen. Das Opfer hat sich irgendwann in seinem Leben zwei Rippen gebrochen."

Heinrich zweifelte am Nutzen dieser Aussage.

„Das wird passiert sein, als unser Zeuge auf das Skelett gestürzt ist." Der Mediziner schüttelte wieder den Kopf.

„Nein, prämortal bedeutet, dass er sich die Verletzungen zu Lebzeiten zugezogen hatte. Die Bruchstellen sind ausgeheilt. Das Opfer muss davon gewusst haben. Die Art der Verheilung spricht für eine medizinische Betreuung. Allerdings besteht die in der Regel aus einem Stützkorsett und Schmerzmitteln. Könnte er theoretisch auch selber behandelt haben."

Heinrich stand auf und reichte dem Arzt die Hand.

„Wäre übrigens hilfreich, den Kopf zu bekommen. Nicht nur wegen des Loches in der Stirn. Die Zähne können viel über die Identität verraten."

„Wir werden uns bemühen."

Das Gebäude der forensischen Pathologie lag nur wenige Kilometer vom Duisburger Polizeipräsidium entfernt. Heinrich nutzte die Gelegenheit. Der Erkennungsdienst ihrer Behörde hatte die Aufgabe, Spuren zu sichern. Die Auswertung wurde aufgrund der besseren technischen Ausstattung in Duisburg vorgenommen oder in besonders schwierigen Fällen von den Kollegen des Landeskriminalamtes in Düsseldorf. Ein Anruf beim EKD Wesel bestätigte seine Vermutung.

Simon Berger begrüßte ihn mit vollem Mund. Er war es gewohnt, Grimm persönlich die Ergebnisse mitzuteilen. Heinrichs Blick glitt über einen mit einer weißen Papierdecke verkleideten Holztisch. Auf den Silberschalen befanden sich noch vereinzelt belegte Brötchen. Ein Tablett, gefüllt mit benutzten Sektgläsern, befand sich daneben.

„Unser Chef ist gestern in den Ruhestand gegangen. Das haben wir ein wenig gefeiert", Berger wischte sich mit einer Papierserviette den Mund ab. Heinrich unterdrückte das beklemmende Gefühl. Ihm kam es vor, als habe der Raum sich leicht verdunkelt. Eine Wolke hatte sich über sein Gemüt geschoben, das Bewusstsein für einen kurzen Augenblick getrübt. Sein Mund wurde trocken. Heinrich zwang sich zur Konzentration.

„Habt ihr die Spuren noch nicht ausgewertet?"

„Doch", er deutete auf den Tisch, „sieht schlimmer aus, als es ist. War nur eine kurze Feier, aber wenn ein Dutzend ausgehungerte Kollegen erscheint."

Berger setzte sich an den Schreibtisch und blätterte in einem Schnellhefter.

„Ich habe mich vorhin mit deinen Weseler Kollegen abgesprochen. Eines scheint bereits festzustehen: Fundort ist nicht gleich Tatort."

„Das konntet ihr feststellen?", Heinrich wirkte erstaunt.

„Na ja, es waren eure Leute, die das festgestellt haben. Erstaunlich, wie lange sich Spuren halten. Es handelt sich unter anderem um Schleifspuren, die, Moment ...", er blätterte ein paar Seiten weiter, „vom ortszugewandten Ende des Bunkers bis zum Fundort des Skelettes führten. Fußspuren befanden sich auch einige unter dem Staub, allerdings nur bruchstückhaft, die genaue Größe konnten wir nicht mehr eruieren."

Heinrich grübelte. Der Täter musste damals also auch den Bunkereingang verschlossen haben. Ihm fielen die verrotteten Kleidungsstücke auf dem Fußboden ein. Berger schien darauf gewartet zu haben. Der schlanke Mittvierziger vom Erkennungsdienst zog ein Blatt Papier aus der Mappe.

„Eine Damenbluse, Größe 34, ein Rock, ähnliche Größe, und einige Putzlappen. Ihr habt es also vermutlich mit dem Tod einer schlanken Frau zu tun."

„Im Gegenteil. Das Opfer war männlich und groß."

Berger bedachte ihn mit einem mitleidigen Blick und wandte sich wieder dem Bericht zu.

„Weiter: Ein Seil, Hersteller unbekannt, Material Hanf, dürfte vor dem Krieg produziert worden sein. Eine Blutspur, aber ich hörte, die konntet ihr bereits zuordnen. Draußen vor dem Bunker haben die Kollegen einen Betonklumpen gefunden, auf dem sich dasselbe Blut befand. Fingerprints konnten darauf keine sichergestellt werden. Die Zigarettenkippen befinden sich im Labor. Was wir bisher sagen können, ist, dass es sich um fünf verschiedene Marken handelt. Dementsprechend dürften auch die DNA-Analysen sehr unterschiedlich ausfallen."

Das war mager, die Anzahl der wirklich verwertbaren Spuren tendierte gegen null.

Unterwegs nach Wesel beschlich Heinrich eine innere Unruhe. Auf der einen Seite war ihm nun klar, dass es sich um eine Gewalttat handelte, auf der anderen Seite fehlte ein wirklich brauchbarer Ermittlungsansatz. Nach derzeitigem Kenntnisstand hätte es sich damals durchaus um Körperverletzung mit Todesfolge, Entführung oder Ähnliches gehandelt haben können. Allesamt Delikte, die längst verjährt waren. Der einzige vage Ansatz für eine Mordermittlung beruhte auf der Aussage Camels. Der Gedanke stieß Grimm bitter auf. Und er zog einen weiteren, wenig aufmunternden Gedanken hinterher: Da Fundort nicht gleich Tatort war, dürfte es kaum gelingen, weitere Spuren sicherzustellen. Sie mussten einen Vorsatz nachweisen oder zumindest ein handfestes Motiv. Nach dreißig Jahren. Wie ein graues Felsmassiv tauchte die Herausforderung ins Bewusstsein des Ermittlers.

Als er Voerde erreichte, bog er spontan in die Bahnhofstraße ein. Er wollte seine Gedanken ordnen, ging in das Restaurant von Toni und bestellte sich einen Kaffee. In dem kleinen Lokal befanden sich lediglich zwei Gäste. Wenn er mit Adriano von Duisburg kam, musste sein Kollege unbedingt bei diesem Italiener eine Pause machen. Toni begrüßte ihn freundlich. Nach einem Smalltalk servierte er das Getränk. Das Plätzchen schob er zur Seite. Heinrich war stolz auf seine Figur. Anfangs musste Annette ihn jeden Morgen antreiben, mit ihr joggen zu gehen. Heute, ohne ein Gramm zu viel auf den Rippen und mit der Kondition eines Dreißigjährigen, machte es ihm Spaß.

Was sage ich den Nachbarn, wenn sie merken, dass ich jeden Tag zu Hause bin, schoss es ihm unvermittelt durch den Kopf.

Nach einem Schluck Kaffee wanderten die Gedanken wieder zu dem Skelett aus dem Bunker in der Alpener Motte. Er fasste die spärlichen Fakten zusammen: Vor ungefähr dreißig Jahren hatte jemand eine nackte Leiche in den Bunker der Motte gelegt und ihn anschließend verschlossen. Möglicherweise im gleichen Jahr war der zukünftige Schwiegervater des heutigen Bauherrn, Walter Jansen, spurlos verschwunden. Unmittelbar nach dem Fund des Skelettes war dessen Kopf entwendet worden. Der Schädel enthielt möglicherweise den einzigen Hinweis auf eine Straftat. Heinrich glaubte nicht, dass eine völlig unbeteiligte Person den Totenkopf an sich genommen hatte. Camel fiel ihm ein und die Vermutung seines Kollegen Josef Wolters. Er hatte dem windigen Reporter noch nie getraut, dennoch glaubte er nicht an die These seines Kollegen. Sollte sein Instinkt ihn nicht täuschen, konnte dies nur bedeuten, dass der Täter noch lebte. Nicht nur das – er musste noch einmal in diesem Bunker gewesen sein. Aber warum? Es war genügend Zeit vergangen, die Tatwaffe und alle anderen Spuren zu beseitigen. Gerade durch den Diebstahl des Schädels würde er sich verdächtig machen. Es ergab alles keinen Sinn. Heinrich beschlich Nervosität. Den Grund dafür machte er schnell aus. Er wollte diesen Fall unbedingt lösen, aber ihm blieben nur noch lächerliche zwei Tage Zeit.

Hinter der Ampel Ecke Frankfurter Straße staute sich der Verkehr. Heinrich stand neben dem Lippeschlösschen. Er wunderte sich, dass der lange Besucherparkplatz des Restaurants um diese Zeit voll war. Für einen Augenblick überlegte er, nach Alpen durchzufahren. Er wollte irgendwas unternehmen, ohne zu wissen, wo er anfangen sollte. Was ändert sich, vernahm er unverhofft eine innere Stimme, wenn du diesen Fall noch löst? Wirst du nur dann ein zufriedener Pensionär oder verabschiedet man dich mit Schimpf und Schande, sollte dir das Unmögliche nicht mehr gelingen? Heinrich biss die Lippen aufeinander, er mochte diese Gedanken nicht. Er stellte das Radio lauter. Ein Mediziner sprach von Wechseljahren und dass diese auch Männer betreffen könnten. Heinrich schaltete ab. Eine Viertelstunde später betrat er das Büro. Es war leer, er ging direkt zu Engels durch.

„Hallo Gunther, wo ist Adriano?

„Hat Feierabend gemacht."

Heinrich sah instinktiv auf seine Armbanduhr. Zehn nach drei, ihr Dienst ging bis vier.

„Er muss die Zwillinge vom Kindergarten abholen. Sein Auto ist heute Morgen wieder mal nicht angesprungen, deshalb ist er mit dem Wagen seiner Frau zum Dienst gefahren. Da habe ich ihm freigegeben. Was dagegen?"

Heinrich schüttelte den Kopf. Er hatte es aufgegeben, sich über den mangelnden Arbeitseifer seines Kollegen aufzuregen. Verstehen konnte er es nicht. Seit der Geburt der Zwillinge ging es ihnen finanziell schlecht, sie konnten das Haus kaum noch halten. Das Einkommen seiner Frau fehlte an allen Ecken und Enden. Täglich musste Heinrich sich die Klagen anhören. Eine Beförderung zum Hauptkommissar hätte zumindest etwas Linderung gebracht. Aber Adriano tat nicht das Geringste, um beruflich weiterzukommen, im Gegenteil.

Heinrich wollte nicht zu denen gehören, die sich für unverzichtbar hielten, er mochte diese Einstellung nicht, aber in diesem Moment musste er dagegen ankämpfen. Tief aus seinem Bewusstsein tauchte die Frage auf, wie es nach seiner Pensionierung weitergehen sollte.

„Konnten dir die Kollegen in Duisburg weiterhelfen?"

Engels sprach in der Einzahl. So, als ob es ganz allein sein Fall wäre. Das war Engels' Art, Respekt auszudrücken. Für ihn war Heinrich die Mordkommission. Niemals in all den Jahren war auch nur ein Hauch von Zweifel durchgedrungen. Er mochte Gunther. Er mochte seine Kollegen, das Arbeitsklima. Das war es auch, dachte Grimm, was es ihm so schwer machte. Die beinahe private Atmosphäre, das freundschaftliche Umfeld, von dem er sich nicht trennen konnte. Er berichtete Gunther Engels ausführlich von den Gesprächen in Duisburg. Der Dienststellenleiter bemerkte den resignierten Unterton in Heinrichs Stimme.

„Möchtest den Fall unbedingt noch lösen, habe ich recht?"

„Wird schwer in zwei Tagen."

Engels wirkte nachdenklich.

„Ich gebe zu, ich lasse ungern jemand anderen daran, aber", er seufzte leise, „mir sind die Hände gebunden. Sobald die Urkunde kommt, darf ich dich nicht weiter beschäftigen, das weißt du. Aber du bist ja nicht ganz raus. Deine Freundin wird dich schon auf dem Laufenden halten."

„Das ist ja das Schlimme."

„Mensch Heinrich. Gib den Jüngeren eine Chance. Du hast doch auch mal angefangen."

„Ich muss noch meinen Bericht schreiben."

Als er den Monitor eingeschaltet hatte, betrat Mareike das Büro. Ihre Augen funkelten, ein untrügerisches Zeichen für eine Neuigkeit.

„Wir haben diesen Ackermann gecheckt", legte sie auch gleich los, „dabei sind wir auf interessante Dinge gestoßen."

„Ich vermute mal auf einen verschwundenen Beinahe-Schwiegervater namens Walter Jansen."

Mareike stockte. Ihr Blick drückte Verwunderung aus.

„Nein. Wovon sprichst du?"

Heinrich bat sie, sich hinzusetzen. Er erzählte ihr die Geschichte ohne Hinweis auf deren Urheber. Anschließend berichtete er in Kurzform über die neuen Erkenntnisse.

„Das ist ja ein Ding."

„Und was habt ihr herausgefunden?"

„Ackermann scheint ein übler Bursche zu sein. Stand mehrfach vor Gericht. Körperverletzung, Nötigung, Konkursbetrug und so weiter. Ausnahmslos Freisprüche, aber fast alle mit einem faden Beigeschmack. Mal haben Schöffen den Richter überstimmt, mal Zeugen ihre Aussage zurückgezogen. In einem Fall sind Beweismittel verschwunden. Der scheint über ausgezeichnete Beziehungen zu verfügen."

Heinrich nickte. Diesen Eindruck hinterließ schon das enorm selbstbewusste, arrogante Auftreten. Ackermann konnte er nicht zu den Verdächtigen zählen, die sich durch Unsicherheit oder Nervosität verraten würden. Seine Augen fixierten für einen Moment den Kalender hinter Mareike, bevor sich sein Blick senkte.

08

Heinrich wollte Annette direkt in seine Wohnung führen. Er war noch in die Stadt gefahren, hatte frisches Brot, Schafskäse und Antipasti gekauft. Bei einem gemütlichen Abendessen mit Annette wollte er abschalten. Für einige Stunden alles vergessen.

Als er das Haus betrat, vernahm er ihre Stimmen aus der Küche. Seine Mutter war wieder einmal schneller. So oft hatte er ihr das Bedürfnis nach Privatsphäre nahegelegt, vergeblich. Heinrich stellte die Tüten mit dem Einkauf auf die unterste Treppenstufe und ging in die Küche. Der Abendbrottisch war reichlich gedeckt, nach einem flüchtigen Kuss setzte er sich missmutig neben Annette.

„Gibt's was Neues im Mordfall Jansen?"

Mit einem neckischen Grinsen sah Annette ihm in die Augen. Heinrich warf einen Blick zur gegenüberliegenden Seite des Tisches, der das Kaffeewasser in einen Eisklumpen hätte verwandeln können. Seine Mutter sprang sofort hoch und wuselte geschäftig am Herd.

„Möchtest du ein Spiegeleichen, mein Junge? Habe ich extra für dich gemacht. Die isst du doch so gerne zum Abendbrot."

Die Finger seiner rechten Hand klopften wie Trommelstöcke auf die Tischplatte. Annette legte ihre Hand behutsam auf seine.

„Kennst sie doch. Wir machen uns gleich einen gemütlichen Abend und vergessen die Arbeit, in Ordnung?", flüsterte sie ihrem Freund ins Ohr.

Heinrichs Atmung wurde wieder flacher, während seine Mutter ihm ein Spiegelei servierte. Plötzlich zuckte sie und lief zum Kühlschrank.

„Das hätte ich beinahe vergessen", sie grinste Annette an, „ich habe doch Schafskäse und ein wenig Antipasti gekauft, das magst du doch so."

Heinrich reichte es. Die geballte Faust donnerte auf den Tisch. Seine Mutter ließ den Schafskäse vor Schreck in die Schüssel mit der Himbeermarmelade fallen.

„Ich habe auch Schafskäse und Antipasti gekauft. Ich habe auch Wurst, Käse und Brot gekauft. Ich wollte nämlich heute mit Annette in meiner Wohnung zu Abend essen. Aber das scheint in diesem Haus ja nicht möglich zu sein."

Seine Mutter ließ sich langsam auf ihren Stuhl gleiten.

„Aber warum kaufst du denn so viel ein? Du weißt doch, dass ich alles dahabe."

Sie schüttelte verständnislos den Kopf.

„Ach so, jetzt verstehe ich. Das ist doch kein Problem, wir können auch mal in deiner Wohnung zu Abend essen."

Heinrich stieß einen tiefen Seufzer aus. Annette schluckte ein Lachen herunter. Sie amüsierte sich immer wieder über Heinrichs tägliche Scharmützel mit seiner Mutter. Nach dem Tod ihrer Schwiegertochter hatte es Frau Grimm zunehmend in die einstige Mutterrolle zurückgedrängt. Sehr zum Leidwesen ihres Sohnes, der sich nach einem Neuanfang mit seiner Freundin sehnte. Annette hatte sich nach der Trennung von ihrem Mann eine kleine Eigentumswohnung in der Stadt gekauft. Heinrich wollte es seiner Mutter nicht zumuten, alleine in dem großen Haus zu wohnen, aber in letzter Zeit kam immer häufiger der Gedanke auf, auszuziehen. Es wunderte ihn, dass dies noch nie ein Thema zwischen ihm und Annette gewesen war. War sie mit dem Status quo zufrieden, wartete sie auf ein Zeichen von ihm? Oder wollte sie sich nicht zwischen Mutter und Sohn drängen. Heinrich nahm sich vor, mit Annette darüber zu reden.

„Was ist denn nun? Gibt es etwas Neues im Mordfall Jansen?"

Mutter Grimm sah ihn neugierig an.

„Nicht für dich. Im Übrigen gibt es auch noch gar keinen Mordfall Jansen", er imitierte dabei ihre Stimme. Auf ihre Augen legte sich ein Schatten. Heinrich genoss den Umstand, dass seine Mutter offenbar nicht die geringste Ahnung hatte.

„Hermsen scheidet jedenfalls als Täter aus", antwortete sie schnippisch.

Heinrichs Besteck glitt langsam auf den Teller.

„Wovon sprichst du bitte? Ich kenne keinen Hermsen."

„Kurt Hermsen. Einer der Hauptverdächtigen in eurem Fall. Auf den seid ihr schon damals nicht gekommen. Sag mal, was machst du eigentlich den ganzen Tag?"

Annette drückte wieder die Hand ihres Freundes, diesmal fester. Mutter Grimm verdrehte die Augen.

„Du sagst immer, ich soll mich raushalten, aber ohne meine Hilfe kommst du nicht den kleinsten Schritt weiter. Walter Jansen hatte Anfang der Siebzigerjahre damit begonnen, eine Juwelierkette zu gründen. Expandieren sagt man da, glaube ich, heute zu. Später sollte unbedingt eine Filiale in Wesel dazukommen. Anstatt ein neues Geschäft aufzumachen, wollte er aber in ein gemachtes Nest. Das von Hermsen. Hermsen dachte aber nicht daran, sein Juweliergeschäft zu verkaufen. Es lief sehr gut, außerdem war es sein Broterwerb."

Um die Spannung zu steigern, schüttete sie frischen Kaffee nach und schwieg währenddessen. Heinrichs Wut kochte immer noch, allerdings auf kleinerer Flamme. Er versuchte sich einzureden, es wäre nicht seine Mutter, sondern eine Zeugin, die sich in seinem Büro meldete. Diese fuhr nun endlich fort.

„Damit wollte Jansen sich aber nicht zufriedengeben. Er fand heraus, dass Hermsens Schwiegereltern einen großen Anteil an dem Geschäft besaßen und dass es in der Ehe der Hermsens seit geraumer Zeit kriselte. Jansen *überredete* seinen Bruder Gerd", sie betonte das Wort überredete besonders und rieb zusätzlich Daumen und Zeigefinger aneinander, „ein Verhältnis mit Frau Hermsen anzufangen. Das war nicht schwer, Gerd sah prächtig aus, war in Alpen als Casanova bekannt, hatte aber nie Geld. Erika Hermsen war eine Blume, die… ähem, seit Wochen ohne Wasser in der Vase stand, wenn ihr wisst, was ich meine."

Annette lachte kurz auf, räusperte sich dann aber schnell, um wenigstens äußerlich die Haltung zu bewahren. Heinrich hielt den Blick auf seine Mutter gerichtet. Er glaubte eine leichte Röte auf ihrem Gesicht zu erkennen.

„Nun ja, der Plan ging jedenfalls auf. Schon drei Wochen später reichte Erika Hermsen die Scheidung ein, an dem Geschäft hatte sie kein Interesse mehr, ihr Mann war erledigt. Walter Jansen hat den Laden dann für einen Spottpreis gekauft. Kurt Hermsen war natürlich dahintergekommen. Er lauerte Walter Jansen auf und schlug ihn windelweich. Leider gab es Zeugen. Hermsen hatte damals geschworen, Jansen umzubringen. Das war drei Monate vor dessen Verschwinden."

Annettes Ausdruck war wieder ernst. Erst vor einem halben Jahr hatte sie einen heftigen Streit mit der Mutter ihres Freundes gehabt, weil sich Gertrud Grimm wieder einmal in Polizeiarbeit eingemischt und dabei Interna an die Presse weitergegeben hatte. Heinrich unterdessen hatte seine Aufregung weitestgehend verdrängt. Immerhin wäre das eine Erklärung für die Rippenbrüche, dachte er. Die Körpergröße konnte ebenfalls hinkommen. Seine Tochter hatte ihn damals auf einen Meter neunzig taxiert. Obwohl er eine gewisse Zufriedenheit nicht verhehlen konnte, trug die Aussage einen schalen Beigeschmack in sich.

„Wo hast du das denn wieder her? Du hast mir doch versprochen, dich nicht einzumischen."

Frau Grimm zauderte verlegen.

„Einmischen. Ich habe mich nur mal umgehört. Die Marga kannte die Hermsens gut. Du kennst doch Marga noch? Meine Sangeskollegin aus dem Kirchenchor. Sie hat dir mal so einen wunderschönen Schal gestrickt. Hellblau mit rosa Karos drin. Hast du den eigentlich noch?"

„Mutter!"

„Noch ein Eichen, mein Junge?"

„Nein!"

Annette musste unweigerlich lachen. Als Heinrich sie verärgert ansah, hob die Staatsanwältin entschuldigend die Hände.

„Ich wollte dir nur helfen. Aber bitte, wenn du meine Hilfe nicht möchtest, musst du es nur sagen."

Wenn das so einfach wäre, dachte Heinrich. Dann fiel ihm etwas auf. Ein unangenehmer Gedanke kam ihm.

„Du sagtest vorhin, Hermsen scheidet als Täter aus. Nach allem, was du uns eben erzählt hast, habe ich nicht den Eindruck."

Eine ihrer Goldkronen blitzte auf. Das Grinsen in ihrem Gesicht verwandelte die Falten in schmale Furchen. Es schien, als habe sie auf diese Frage hingearbeitet.

„Er hat ein Alibi."

Heinrich glaubte sich verhört zu haben. Ihm war es heute mühselig gelungen, den möglichen Tatzeitpunkt zumindest auf ein Jahr einzuschränken, und seine Mutter sprach von einem Alibi. Genüsslich schmierte sie Marmelade auf ihr Weißbrot, bevor sie weitersprach.

„Das war für Kurt Hermsen alles ein bisschen viel, ist ja auch verständlich, oder?"

Zufrieden sah sie ihre Zuhörer an. Heinrichs Geduld glich einem versiegenden Rinnsal.

„Nun ja. Er hatte den Gerichtssaal gerade verlassen, da bekam er einen Herzinfarkt. Vier Wochen lag er im Krankenhaus. Danach vier Wochen Reha und anschließend sechs Wochen Kur. Zu dem Zeitpunkt, als Walter Jansen vermisst gemeldet wurde, befand sich Kurt Hermsen in Bad Kreuznach. Er kann es also nicht gewesen sein."

„Woher weißt du das alles?"

Annette wurde wieder ernst. Offensichtlich steckte Heinrichs Mutter schon wieder tief in verbotenen Ermittlungen.

„Habe ich überprüft. Marga hat mir erzählt, dass die Tochter der Hermsens noch hier in Wesel wohnt. Die Mutter ist vor zwei Jahren gestorben. Da bin ich heute Mittag hingefahren. Zu der Tochter", fügte sie noch hinzu.

Heinrich schloss die Augen, legte den Kopf in den Nacken und atmete tief durch. Annette biss sich auf die Lippen. Sie musste ein ernsthaftes Gespräch mit Gertrud Grimm führen. Ihre Handlungsweise ging eindeutig zu weit. Frau Grimm bemerkte das Missfallen Annettes.

„Ich habe mich nur ein bisschen umgehört, mehr nicht", fügte sie kleinlaut hinzu.

„Du mischst dich in die Arbeit der Polizei ein. Das kann ich nicht zulassen, Gertrud!"

„Ich habe nichts Verbotenes getan", die Stimme wurde nun schnippisch.

„Ich hoffe, das bleibt auch so."

Sie saßen nebeneinander auf dem Sofa und sahen fern. Annette bemerkte, dass ihr Freund nicht bei der Sache war. Als sie den Fernseher abschaltete, zuckte Heinrich zusammen.

„Es hat doch keinen Zweck, sich in diesen Fall zu verbeißen. Mach doch lieber Pläne. Was hältst du davon, wenn wir uns ein Wohnmobil kaufen? Wir könnten jedes Wochenende ins Blaue fahren. Du nimmst deine Angelausrüstung mit und ich einen Stapel Bücher."

Heinrich biss sich auf die Lippen. Annette hatte recht. Er musste sich mit der Wahrheit abfinden. Ein Gefühl der Ohnmacht und Leere befiel ihn.

„Was macht es denn schon aus, mich diesen einen Fall noch beenden zu lassen?"

Die Stimme klang leise, beinahe traurig.

„Nach diesem Fall kommt wieder einer und wieder und wieder. Du musst loslassen. Ich bin sicher, nach ein paar Tagen geht es dir besser als jemals zuvor."

Sie meinte es ernst, konnte aber nicht daran glauben. Ihre Worte waren nicht mehr als der Ausdruck von Hilflosigkeit. Lediglich der Vorschlag mit dem Wohnmobil verfügte über einen Hintergrund. Heinrich hatte oft davon geschwärmt, wollte eines kaufen, sobald sie beide mehr Zeit füreinander haben würden. Heute in der Mittagspause war sie bei einem Händler gewesen und hatte sich beraten lassen.

09

Die Batterie wurde allmählich schwächer. Adriano schlug wütend aufs Lenkrad. Er hatte Engels nicht schon wieder fragen wollen, ob er früher gehen könne. Außerdem war der alte Fiat heute Morgen sofort angesprungen.

Adriano wollte eine Minute warten, um der Batterie Zeit zu geben, sich zu erholen. Durch das Seitenfenster nahm er ein altes VW Käfer Cabriolet wahr, das auf den Parkplatz neben ihm einbog. Eine attraktive Frau um die vierzig stieg aus. Adriano versuchte es erneut. Stotternd drehte sich der Anlasser, ohne Ergebnis. Die Blondine klopfte an die Seitenscheibe. Erschrocken öffnete Adriano das Fenster.

„Öffnen Sie mal die Motorhaube."

„Wozu?", antwortete Adriano perplex. Die Vorstellung, diese Dame verstünde etwas von Autos, schien ihm abwegig. Er hielt es für Zeitverschwendung. Da die restliche Frühstückspause nicht mehr reichte, um noch auswärts zu essen, gab er nach. Er ärgerte sich über seine Bequemlichkeit, die Kantine der Arbeitsagentur lag nur wenige Hundert Meter entfernt. Die Frau verschwand fast vollständig unter der Motorhaube. Adriano stand daneben und sah misstrauisch zu.

„Starten Sie mal."

Der Motor sprang sofort an.

„Aus."

Adriano konnte den Sinn nicht verstehen, tat aber, wie ihm geheißen. Die Dame holte einen Seitenschneider und eine Zange aus dem Kofferraum ihres Käfers und verschwand wieder unter der Haube.

„Der lief doch", Adriano konnte es immer noch nicht begreifen. Sie zog an einem Kabel der Zündanlage und kniff ein Stück ab. Adriano schluckte.

„Ja, er lief. Möchten Sie beim nächsten Mal lieber weiterorgeln, bis er mal zufällig anspringt?"

„Schon gut", er wedelte hilflos mit den Händen.

„Fertig."

Mit einem alten Lappen wischte sie sich die Hände notdürftig sauber. Adriano startete sprachlos den Motor. Er sprang sofort an. Als er den Motor wieder ausschaltete und ausstieg, sah die Frau ihn verwundert an.

„Ich habe zu lange georgelt, die Frühstückspause ist fast rum. Sie haben einen Wunsch frei, schöne Frau. Darf ich Sie zum Essen einladen?“

Sie lächelte ihn leicht mit dem Kopf schüttelnd an. Adriano fühlte aufkommende Unsicherheit.

„Danke. Sparen Sie das Geld lieber für ein neues Auto. Aber vielleicht können Sie mir erklären, wo ich Herrn Engels finde?“

„Äh, ja schon. Wenn es um den Fall an der Motte geht, können Sie sich aber auch vertrauensvoll an mich wenden. Andreas Steilmann, Oberkommissar“, er reichte ihr die Hand, „Freunde nennen mich Adriano. Ich leite gewissermaßen in den nächsten Tagen die Ermittlung.“

„Manuela Warnke, Hauptkommissarin. Nein, ich habe einen Termin mit Herrn Engels, Herr Steilmann.“

Adriano schluckte. Leichte Röte zog über das Gesicht. Was will die Neue heute schon hier? Heinrich befindet sich doch noch im Dienst, grübelte er. Die erste Begegnung mit seiner neuen Kollegin hatte er jedenfalls gründlich in den Sand gesetzt. Mit hängenden Mundwinkeln führte er sie in Engels' Büro.

Heinrich zögerte kurz, als er das Haus an der Jülicher Straße verließ. Einen Augenblick dachte er darüber nach, Ackermann einen Besuch abzustatten. Er zog es vor, zunächst in sein Büro zu gehen. Die dunkelblonde Dame auf seinem Stuhl blätterte interessiert in einer „seiner“ Akten. Er sah Adriano an, der ein Gesicht machte, als würde ein Gewitter aufziehen.

„Junge Frau“, polterte Heinrich los, „darf ich erfahren, was Sie an meinem Schreibtisch zu suchen haben?“

Sie hatte ihn offenbar nicht gleich bemerkt. Sofort erhob sich die Hauptkommissarin und reichte ihm freundlich die Hand.

„Manuela Warnke, ich bin die Neue, angenehm. Sie müssen Herr Grimm sein. Man hat mir schon viel von Ihnen erzählt. Tut mir leid, ich wollte Sie nicht kränken. Ich wollte mich nur schon mal einarbeiten“, schob sie noch mit unsicherem Ausdruck hinterher.

Heinrich begrüßte sie einsilbig und ging schnellen Schrittes in Engels' Büro. Der Dienststellenleiter zuckte zusammen, als Heinrich die Tür aufriss.

„Was hat das zu bedeuten, Gunther?“

Grimms Stimme war eine Spur zu laut. Engels stand auf und schloss die Tür. Er bat Heinrich, sich zu setzen. Anschließend zog er einen braunen Umschlag aus der Schublade und reichte ihn Heinrich.

„Deine Urkunde. Tut mir leid, es ging alles sehr schnell. Ich hatte sie heute Morgen in der Post. Kurz darauf erschien Frau Warnke.“

Heinrich sah ihn fassungslos an. Seine Augen funkelten gefährlich. Engels nahm die langsame Rotfärbung im Gesicht seines Kollegen wahr.

„Mensch, Heinrich, sieh mich nicht so an. Ich kann doch auch nichts dafür. Und ob du nun morgen Abend in Pension gehst oder heute Morgen, ist das denn so wichtig für dich?“

„Ich gehe nicht in Pension“, schrie Heinrich, „ich werde abserviert. Ich komme in mein Büro, da sitzt eine Fremde auf meinem Platz. Findest du das in Ordnung?“

Engels stieß deutlich vernehmbar den Atem aus.

„Noch dazu mitten in einem Fall, von dem dieses junge Ding da draußen nicht die geringste Ahnung hat.“

„Jetzt reicht es mir aber. Du bist ein alter Sturkopf. Dieses junge Ding heißt Manuela Warnke, ist vierzig Jahre alt und eine gestandene Hauptkommissarin. Sie hat erstklassige Referenzen. Einen besseren Ersatz für dich hätte ich auf die Schnelle gar nicht bekommen können. Glaubst du etwa, es macht mir Spaß, dich gehen zu lassen?“

Engels' Stimme wurde nun ebenfalls lauter. Er war fest entschlossen, Heinrich notfalls aus dem Büro zu werfen. Eine bedrohlich wirkende Stille breitete sich aus. Schließlich stand Heinrich auf und verließ wortlos das Büro.

Unterwegs nach Hause ärgerte es ihn, Engels nicht seinen Dienstausweis auf den Tisch geknallt zu haben. Am Straßenrand drehte er sich noch einmal um, betrachtete den rot geklinkerten Gebäudekomplex neben dem Straßenverkehrsamt. Sah zurück auf ein halbes Leben. Seine Augen schimmerten in feuchtem Glanz. Heinrichs Gefühle schwankten zwischen Wut und Enttäuschung. Er wandte sich ab und lief über die Straße, einer gähnenden Leere entgegen.

Was nun, alter Mann?

10

Manuela Warnke schob die Akte beiseite.

„Dürftig, würde ich sagen. Was sagt der Staatsanwalt dazu?"

Adriano, dem die erste Begegnung mit der neuen Kollegin immer noch peinlich war, hob die Augenbrauen.

„Staatsanwältin. Annette Gerland, übrigens die Lebensgefährtin Ihres Vorgängers. Sie weiß noch nichts. Das heißt, nicht offiziell."

Die Hauptkommissarin lehnte sich zurück. Der dunkelrote Pullover ließ ihre Figur dabei zum Vorschein kommen. Über dem Gürtel zog sich eine leichte Wölbung um ihre Hüfte. Die Blicke des Kollegen endeten eine Handbreit höher. Das Gespräch vorhin aus Engels' Büro hatten sie mühelos mithören können. Als ihr die Stelle offeriert worden war, war nur von einem Kollegen die Rede gewesen, der in Pension ging. Die Begleitumstände hatte man ihr diskret verschwiegen. Vielleicht wusste Oppermann nichts Näheres, als er ihr die Stelle nahegelegt hatte.

Mädchen, du musst raus hier, je eher, desto besser.

Das Regenwasser lief in langen, dünnen Fäden die Scheibe herunter. Schien die Sonne, ging es ihr gut. Regnete es, zogen Wolken über ihre Seele. Als sie vor zwei Stunden aus dem Auto gestiegen war, ging es ihr gut. Die anfängliche Skepsis war gewichen, sie sprühte vor Tatendrang. Sie wollte einen Neuanfang, einfach nur weit weg vom KK 11 in Duisburg. Ihr Blick verfing sich irgendwo in den Wolkenbergen über den Rheinwiesen. Die Zuversicht hatte sich längst in die hintersten Winkel ihres Bewusstseins verkrochen. Der Blick ihres Kollegen, als Engels sie ihm vorstellte. Er hatte sich keine große Mühe gemacht, freundlich zu wirken. Du sitzt auf meinem Platz, hatte sie in seinen Augen gelesen. Ihr Vorgänger hatte es unverhohlen ausgedrückt. Prima, Manuela, der Hauptgewinn. Ein erfahrener Kollege, der sich weiterhin mit dem Titel Oberkommissar zufriedengeben muss. Ein Vorgänger, der sich geschasst fühlte, und eine Staatsanwältin ihr gegenüber auf der anderen Seite der Macht. Bei dem letzten

Gedanken musste sie schmunzeln. Sie hasste Vorurteile und war im Begriff, selber voreilige Schlüsse zu ziehen. Es würde wie immer sein. Sie musste mehr leisten als ihre männlichen Kollegen, um anerkannt zu werden. Vielleicht würde es sich sogar als Vorteil erweisen, für eine Staatsanwältin zu arbeiten. Okay, Manuela, Augen zu und durch. Beim Anblick des immer noch schmollenden Kollegen kam Mitleid auf. War ihr Verhalten ihm gegenüber zu dominant gewesen?

„Was ist mit diesem Journalisten? Ist er vertrauenswürdig?"

„Sie meinen, der hat den Kopf irgendwo versteckt?"

„Würden Sie es ihm zutrauen?"

„Camel würde ich alles zutrauen. Aber Heinrich glaubt nicht daran. Ich bin mir nicht sicher."

Heinrich glaubt nicht daran.

Vermutlich würde es noch eine Weile dauern, bis es ihr gelänge, den Schatten zu vertreiben. Vor einer Stunde hatte Andreas Steilmann ihr den letzten Bericht ihres Vorgängers vorgelegt. Für ihn schien er bereits die Lösung des Falls vorwegzunehmen. Ein seit dreißig Jahren vermisster Mann aus Alpen und das gefundene Skelett eines Mannes, der vor etwa dreißig Jahren gestorben sein könnte. Dies waren für Manuela die beinahe einzigen brauchbaren Informationen aus den Aufzeichnungen. Wenngleich sie die Zusammenhänge mehr beschäftigten, als sie Adriano gegenüber zugeben wollte. Ein schneller Ermittlungserfolg würde ihr den Neuanfang sicherlich nicht erschweren.

Annette Gerland wirkte irritiert. Engels hatte sie sofort informiert. Der erste Gedanke der Staatsanwältin war, Heinrich aufzusuchen. Aber sie wusste, wie sehr er übertriebene Fürsorge hasste. Ein kurzer Anruf hatte die Bestätigung gebracht. Mürrisch hatte ihr Freund behauptet, es gehe ihm gut. Mit der Frage im Hinterkopf, womit sie ihn aufmuntern könne, betrat die Juristin das Büro seiner Nachfolgerin. Als sie sich freundlich vorstellte, fiel es Manuela schwer, das aufkommende Misstrauen zu verbergen.

„Herr Grimm hat mir bereits alles erzählt", begann die Staatsanwältin. Manuela gelang es nicht schnell genug, die Kontrolle zu erlangen. Reflexartig seufzte sie. Im selben Augenblick schämte sie sich. Annette Gerland war zunächst leicht konsterniert, bevor sie die Situation entspannte.

„Keine Sorge, Frau Warnke. Es ist nicht so, wie Sie vermutlich denken. Ich bin zwar mit ihrem Vorgänger befreundet, aber das ist rein privat. Herr Grimm ist ab sofort in Pension, und das ist auch gut so. Als seine Nachfolgerin genießen Sie mein volles Vertrauen."

Annette wunderte sich über die Kälte ihrer Worte. Mit einem Satz beendete sie das Berufsleben eines geschätzten Kriminalbeamten. Dass dieser Kollege ausgerechnet der Mann war, den sie über alles liebte, verursachte Schuldgefühle. Über Manuela Warnkes Gesicht huschte ein Grinsen.

„Ich muss allerdings sagen, dass es mir nach Aktenlage schwerfällt, ein Mordermittlungsverfahren einzuleiten."

Adriano sah sie erstaunt an. Hätte sie das Heinrich gesagt, wäre er in Deckung gegangen.

„Ich verstehe Sie nicht, Frau Gerland. Laut Aussage des Zeugen Walther befand sich am Tatort ein Totenkopf, der offenbar eine Schussverletzung aufweist."

Annette nickte zweifelnd. Sie setzte sich auf den Besucherstuhl.

„Sie kennen diesen Zeugen noch nicht. Herr Walther ist, gelinde gesagt, nicht besonders vertrauenswürdig. Er neigt zu Übertreibungen, um beruflich voranzukommen. Einzig die gefundenen Schleifspuren und die Tatsache, dass sich keine Kleidung des Toten am Tatort befand, sind merkwürdig. Hinweise auf ein Gewaltverbrechen könnte man darin erkennen, aber auf einen Mord deutet meiner Ansicht nach noch gar nichts."

Manuela setzte sich aufrecht. Für sie wiesen die Begleitumstände sehr wohl auf einen Mord hin. Im Übrigen hielt sie es für unwahrscheinlich, eine derart platzierte Schussverletzung in Notwehr oder Affekt zu erzielen. Dennoch konnte sie die Argumentation der Staatsanwältin ansatzweise nachvollziehen. Selbst wenn sie die Person finden würden, die den Toten ausgezogen und dort abgelegt hatte, für eine Mordanklage wäre es immer noch dürftig.

„Wir suchen also einen Totenkopf?"

Annette nickte stumm. Manuelas Ausdruck ging in Ratlosigkeit über.

„Sehen Sie es als Herausforderung. Bevor ich es vergesse: Es gibt da noch einen gewissen Kurt Hermsen. Ich weiß nicht, ob er etwas mit der Sache zu tun hat, aber eine Überprüfung kann nicht schaden."

Die Staatsanwältin gab Frau Grimms Einschätzung detailliert wieder, ohne jedoch auf die Quelle zu verweisen.

„Wo fangen wir an?"

Manuela sah ihrem Kollegen herausfordernd in die Augen. Adriano zuckte mit den Schultern. Ihm fiel es noch schwer, sich an die neue Situation zu gewöhnen.

„Soll ich mal beim Fundbüro anrufen?"

„Sehr witzig. Was ist mit Manfred Ackermann? Er stand doch unmittelbar daneben, als dieser Camel auf das Skelett fiel. Dazu die Aussage des Reporters, Ackermann habe ihn niedergeschlagen. Außerdem dürfte er kein allzu großes Interesse daran haben, dass wir durch eine Mordermittlung sein Bauprojekt blockieren."

„Aus dem bekommen Sie nichts raus. Das ist eine harte Nuss."

„Dann sind wir die Nussknacker. Auf nach Alpen."

11

Der Regen hatte nachgelassen, als Manuela ihm auf dem Parkplatz den Autoschlüssel zuwarf.

„Sie kennen sich hier besser aus."

Auf dem Hansaring in Höhe der Schneemannstraße hatte sich ein Auffahrunfall ereignet. Adriano reagierte sofort. Er riss das Lenkrad herum und schaffte es gerade noch, ins Westglacis einzubiegen. Manuela fiel dabei gegen seine Schulter. Über die Parallelstraße mit dem seltsam klingenden Namen „Am halben Mond" und die Fischertorstraße gelangte er schließlich hinter die Unfallstelle auf den Hansaring. Manuela fühlte sich in ihrer Entscheidung bestätigt. Sie kannte von Wesel lediglich den kleinen Vorort Ginderich, in dem ihre Oma lebte. Sie war noch ein Kind gewesen, als ihre Eltern nach Rheinhausen zogen. Ihr Vater hatte die Stelle bei Thyssen-Krupp bekommen, von einem Arbeitsplatz auf Lebenszeit gesprochen. Deshalb erschien es damals sinnvoll, das elterliche Haus in Xanten zu verkaufen, um in der Nähe des Arbeitsplatzes eine günstige Werkswohnung zu beziehen.

Auf der B 58 hinter Büderich fuhren sie hinter einem Traktorgespann. Beide Anhänger waren voll beladen mit Zuckerrüben. Um diese Jahreszeit brachten die Bauern sie zur Verarbeitung nach Appeldorn. Manuela sah gedankenversunken auf den hohen Turm des Salzbergwerks. Als Kind hatte sie mit der Schulklasse die Grube besichtigt. Sie war von der Größe beeindruckt gewesen. In manche dieser schneeweißen, unterirdischen Hallen hätte ein mehrgeschossiges Einkaufszentrum gepasst. An der Ortschaft Rill fuhr das Gespann auf eine Bushaltestelle, um den Verkehr vorbeiziehen zu lassen. Fünf Minuten später erreichten sie die Motte. Adriano parkte den Wagen direkt gegenüber auf dem Grünstreifen. Am Fuße des Hügels blieb Manuela stehen, betrachtete das Baustellenschild. Quer über die farbenprächtige Abbildung des neuen Hotels war mit roter Farbe der Satz „Rettet die Motte" gesprayt. Manuela wandte sich Adriano zu und deutete mit ausgestrecktem Arm auf die Tafel.

„Was bedeutet eigentlich *Motte*?"

„Stammt aus dem Französischen und bedeutet so viel wie Erdklumpen", berichtete Adriano, der sich die Informationen am Vortag aus dem Internet besorgt hatte. „Ein künstlicher Erdhügel vor den Toren der Stadt mit einer meist turmhohen Burg drauf."

„Alle Achtung", Manuela nickte anerkennend, „und wo ist diese Burg nun?"

Adriano nestelte nervös in der Innentasche seiner Jacke und faltete schließlich einen Zettel auseinander. Manuela konnte ein Lachen nicht unterdrücken.

„1758 hatte es ein Erdbeben gegeben, die Burg war danach unbewohnbar. 1809 erließ Napoleon den Befehl, die Burg abzutragen, um die Steine für den Bau der heutigen Burgstraße zu nutzen. In dem Hügel befinden sich lediglich noch die Grundmauern der Burg. Kurfürstin Amalie von der Pfalz übrigens …"

„Schon gut", unterbrach Manuela, „ich denke, der Rest wird für die Ermittlungen keine große Rolle spielen."

Als sie die Baustellenauffahrt hochkamen, hörten sie Ackermann, der einen der Arbeiter anbrüllte.

„Ist er das?", fragte Manuela Warnke vorsichtig.

„Ich habe Sie gewarnt. Das sieht nach Ärger aus", antwortete Adriano. Sekunden später war es so weit. Ackermann hatte Adriano erkannt und lief strammen Schrittes auf die Polizisten zu.

„Da sind Sie ja endlich", fauchte er Adriano an, ohne seine Kollegin auch nur eines Blickes zu würdigen, „der Bunker ist immer noch gesperrt! Was soll das?"

Das fragte Manuela sich auch. Die Spuren waren gesichert, der Tatort konnte wieder freigegeben werden.

„Hauptkommissarin Warnke, schönen guten Tag, Herr Ackermann."

Sie hielt ihm die Hand hin. Ackermann ignorierte die Geste.

„Was wollen Sie denn hier? Wird das zum Ausflugsziel für gelangweilte Beamte, oder was?"

Manuela sah ihn freundlich an und zögerte ihre Antwort einen Moment hinaus.

„Herr Ackermann, Sie haben sicherlich einen sehr anstrengenden Job, ich verstehe das."

Ihre Worte klangen weich und mitfühlend.

„Aber sehen Sie, wir müssen auch unsere Arbeit erledigen. Das verlangen Sie von ihren Leuten sicherlich ebenso, oder etwa nicht?"

Ackermann hielt einen Moment inne. In seinem Blick war ein Hauch Verständnis erkennbar.

„Selbstverständlich. Aber wir müssen hier weiterarbeiten. Der Bunker kann nicht gesperrt bleiben."

„Das ist klar. Ich mache Ihnen einen Vorschlag: Sie helfen uns, und ich sorge dafür, dass der Bunker so schnell wie möglich freigegeben wird, in Ordnung?"

Der Bauunternehmer kratzte sich nachdenklich am Hinterkopf. Manuela fiel auf, dass er als Einziger keinen Helm trug.

„Meinetwegen. Aber ich wüsste nicht, wie ich Ihnen helfen könnte."

Ackermann führte sie in einen Baucontainer. Als Adriano an ihm vorbeiging, glitten seine Mundwinkel herab. Sie setzten sich an einen kleinen Tisch in der Ecke.

„Ich kann Ihnen nichts anbieten. Es gibt hier um diese Zeit nur noch lauwarmen Kaffee aus Thermoskannen."

Adriano staunte. Ackermann klang immer noch mürrisch, aber dass er Heinrich und ihn in diesen Container eingeladen hätte, wäre undenkbar gewesen.

„Herr Ackermann, wir sind immer noch auf der Suche nach dem Kopf des Toten."

Ackermanns Gesichtszüge spannten sich. Die bis eben noch halbwegs zu erahnende Freundlichkeit verschwand aus seinen Augen.

„Ich habe keine Ahnung, wo sich dieser Schädel befindet. Das habe ich Ihrem Kollegen gestern schon gesagt."

Die Stimme nahm wieder die gewohnte Schärfe an.

„Tja, das habe ich mir gedacht. Sonderbar ist es aber schon. Warum haben Sie den Journalisten Konrad Walther niedergeschlagen, Herr Ackermann?"

„Wie bitte? Also falls Sie gekommen sind, um mir absurde Unterstellungen an den Kopf zu knallen, können Sie direkt wieder verschwinden. Dieser Schmierfink ist gestolpert und mit seinem blöden Schädel vor die Wand geknallt."

Ackermann gab seine Zurückhaltung auf. Die Körpersprache des Architekten deutete auf erhöhte Aggressionsbereitschaft.

„Wir haben auf dem Gelände vor dem Eingangsbereich des Bunkers einen Stein gefunden, auf dem sich Blut des Journalisten befindet, wie erklären Sie sich das?"

„Gar nicht. Es reicht, verschwinden Sie!"

Er packte die Kripobeamtin am Oberarm und zog sie hoch. Einen Wimpernschlag später befand sich der kräftige Arm auf seinem Rücken, die Beine wurden mit einem schnellen Tritt weggezogen, und er fiel flach auf den Bauch.

„Ich war noch nicht fertig!"

Ackermann rappelte sich mühevoll hoch. Sein Kopf färbte sich knallrot. Adriano hatte die Aktion staunend verfolgt.

„Hinsetzen!" schrie sie ihn an. Auf Manuela Warnkes Stirn trat eine Ader hervor.

„Das wird ein Nachspiel haben", flüsterte er wütend.

„Denke ich auch. Tätlichkeit gegen eine Polizeibeamtin, das wird teuer, Herr Ackermann. Dazu noch die schwere Körperverletzung, da dürfte Ihr Anwalt Schwierigkeiten haben."

Ackermann saß halb auf dem Stuhl, lehnte sich an die Wand. An seinem Kinn befand sich eine kleine Schürfwunde.

„Bin gespannt, wie Sie mir das beweisen wollen."

Was die Körperverletzung an dem Journalisten anging, stand Aussage gegen Aussage, dachte Manuela. Aber darum ging es hier nicht. Die Lage war beinahe aussichtslos. Momentan hatten sie nicht den geringsten Beweis gegen Ackermann in der Hand. Da gegen ihn, was den Fund des Toten anging, ebenfalls nicht das Geringste vorlag, würden sie auch keine Durchsuchungsanordnung für seine Büro- und Privaträume bekommen. Dann kam ihr eine Idee. Diese Baustelle gehörte immer noch, zumindest peripher, zum Tatort. Einen solchen zu durchsuchen bedurfte es keiner entsprechenden richterlichen Legitimation. Sie wollte diesem Ansatz nachgehen, als Adriano übernahm.

„Herr Ackermann, wissen Sie, was merkwürdig ist? Wir finden das Skelett von einem Mann, der vor ungefähr dreißig Jahren ums Leben gekommen ist. Auf Ihrer Baustelle. Zufällig wird seit demselben Zeitraum ein Mann vermisst namens Walter Jansen. Sie erinnern sich?"

Ackermann verzog gequält das Gesicht.

„Das ist noch nicht alles. Walter Jansen hat kurz vor seinem Verschwinden damit gedroht, seine Tochter, ihre zukünftige Frau, zu enterben. Bevor es aber dazu kommen konnte, verschwand er spurlos. Sollte es sich bei der Leiche aus dem Bunker um eben diesen Jansen handeln, hätten Sie ein Problem."

„Dann finden Sie das mal heraus, Herr Kommissar."

Das Zusammenspiel mit ihrem Kollegen klappte bereits hervorragend, stellte Manuela fest. Er lieferte ihr genau das Stichwort, auf das sie gewartet hatte. Ackermann zeigte sich allerdings völlig unbeeindruckt.

„Wenn ich den Gedanken meines Kollegen weiterverfolge, stelle ich fest, dass Sie einen triftigen Grund hätten, den Kopf verschwinden zu lassen. Laut der Aussage von Herrn Walther befanden Sie beide sich am Fundort. Ich denke, wir werden diese Baustelle noch einmal gründlich auf den Kopf stellen müssen. Richten Sie sich schon mal auf ein paar Tage Pause ein."

Ackermann schoss hoch. Völlig außer sich schrie er sie an.

„Das dürfen Sie nicht. Gegen mich liegt nichts vor."

„Das muss es auch nicht", übernahm Adriano, „wir suchen lediglich ein Beweisstück."

Ackermann stand jetzt ganz dicht vor Manuela.

„Das wollen wir doch mal sehen. In zehn Minuten ist mein Anwalt hier. Solange warten Sie gefälligst noch."

Die Polizisten verabschiedeten sich. Wenig später saßen sie ratlos im Auto.

„Wollen Sie die KT wirklich noch einmal anrücken lassen?"

Manuela schüttelte den Kopf.

„Quatsch. Sollte er den Schädel an sich genommen haben, wird er nicht so blöd sein, ihn auf der Baustelle aufzuheben. Dass wir kein Recht haben, seine Privaträume zu durchsuchen, wird sein Anwalt ihm längst erzählt haben. Ackermann ist hundertprozentig sicher vor uns, und das weiß er genau. Außerdem hören Sie endlich mit dem blöden „Sie" auf. Ich heiße Manuela", sie reichte ihm die Hand.

Adriano zögerte. Er war immer noch verärgert, dass die Behörde ihn übergangen hatte. Ebenso wenig konnte er verstehen, warum sie Heinrich nicht eine oder zwei Wochen später pensionieren konnten, was machte das aus? Manuela schluckte, langsam zog sie ihre Hand zurück. Adriano spürte Schuldgefühle aufkommen. Manuela traf keine Schuld, sie kannte die Verhältnisse in Wesel nicht, hatte eine sich bietende Gelegenheit nutzen wollen. Er hielt ihr die Hand hin.

„Okay, Andreas. Aber nenne mich ruhig Adriano, machen alle."

Lächelnd schlug sie ein.

„Hat dieser Walter Jansen irgendwelche Verwandten?"

„Nur Birgit, die Tochter. Die Ex von Ackermann hat hier in Alpen eine Boutique."

Die dunkelhaarige Frau legte ein kühles Businesslächeln auf, als sie die Kripobeamten begrüßte. In dem kleinen Laden an der Rathausstraße herrschte wenig Betrieb. Eine ältere Dame verschwand mit einem halben Dutzend Blusen über dem Arm in eine der beiden Umkleidekabinen.

Die Geschäftsfrau hatte ihren Namen nach der Scheidung behalten. Frau Ackermann führte sie durch einen Vorhang in ein kleines Büro hinter der Ladentheke. Sie räumte eilig Kartons von einem Bistrotisch und bot ihren Gästen freundlich Kaffee an. Sie selbst blieb im Eingangsbereich stehen, um den Laden im Blick zu behalten. Manuela kam direkt zur Sache. Als sie die adrett gekleidete Frau nach ihrem Vater fragte, schloss diese für einen Moment die Augen und formte ihre Lippen zu einem schmalen Strich. Bevor sie antwortete, goss sie Kaffee ein.

„Es ist über dreißig Jahre her", sie zögerte, „ich denke immer noch oft an ihn. Aber wieso kommen Sie nach so langer Zeit hierher und fragen mich nach meinem Vater?"

Manuela hätte mit dieser Frage rechnen müssen. Dennoch war sie für Sekunden verunsichert. Alles was sie hatten, war ein vager Ermittlungsansatz, der es hier und jetzt nicht wert war ausgesprochen zu werden. Während sich die Ermittlerin um die Formulierung einer möglichst unverfänglichen, aber doch bestimmten Frage bemühte, kam Adriano ihr zuvor.

„Glauben Sie, Ihr Vater wurde Opfer eines Verbrechens?"

Die Geschäftsfrau schluckte. Ihrer Mimik war zu entnehmen, für wie naiv sie diese Frage hielt.

„Er hatte nicht davon gesprochen, zu verreisen", antwortete sie eine Spur zu provokant. Am Haaransatz über den Ohren erkannte Manuela zarte graue Härchen, die sich verräterisch von der pechschwarzen Frisur abhoben.

„Die Polizei hat damals mit einer Hundestaffel und Hubschraubereinsatz die gesamte Umgebung abgesucht, er ist nie gefunden worden."

Frau Ackermann zündete sich eine Zigarette an. Manuela bemerkte ein leichtes Zittern ihrer Finger.

„Das stimmt. Dafür gibt es keine Erklärung. Ich bin seit diesem Tag nie mehr in der Leucht gewesen. Ich stelle mir vor, er liegt dort irgendwo unter dem Laub begraben."

Frau Ackermann wurde von einer stetig steigenden Nervosität befallen. Sie führte die Kaffeetasse mit beiden Händen zum Mund. Beinahe gierig zog sie danach an ihrer Zigarette.

„Wie war das Verhältnis zwischen Manfred Ackermann und Ihrem Vater?"

„Mein Vater mochte ihn nicht."

Die Nervosität flog von ihr wie Blätter in einem Herbststurm. Sie wirkte von einem Moment auf den nächsten gefasst. Ihr Blick wurde sicher. Sie stellte die Tasse ab und drückte das Kreuz durch. Manuela nahm diese plötzliche Gefühlsschwankung wahr.

„Und Ihr Ex, wie stand er zu Ihrem Vater?"

„Anfangs nur ablehnend. Als Manfred erfahren hatte, dass mein Vater mich enterben wollte, falls wir heiraten, ist er ausgerastet", sie blies den Qualm zur Decke, „damals habe ich blöde Kuh noch geglaubt, er liebt mich."

Manuela fand diesen Gedanken beim Anblick der attraktiven Frau nicht abwegig.

„Hatte Ihr Vater irgendwelche Feinde?"

„Nein", die Antwort kam wie ein Pistolenschuss, „er war sehr beliebt. Niemand konnte sich vorstellen, dass ihm jemand etwas angetan haben könnte."

Manuela beschlich das Gefühl, Birgit Ackermann würde ihnen nicht die ganze Wahrheit sagen. Adriano sprach ihren Gedanken unaufgefordert aus.

„So beliebt kann er nach unseren Ermittlungen nun auch wieder nicht gewesen sein. Immerhin wurde er kurz vor seinem Verschwinden ziemlich übel verprügelt."

Frau Ackermann massierte mit dem Zeigefinger die Nasenspitze. Aus dem Lokal war das Läuten der Türglocke zu vernehmen.

„Stimmt, die Sache mit Hermsen hatte ich schon vergessen. Dieser Spinner hatte überhaupt nichts begriffen. Mein Onkel hatte damals ein Verhältnis mit Hermsens Frau, und der Kerl machte meinen Vater dafür verantwortlich. Anstatt ihm dankbar zu sein, dass mein Vater ihm noch einen Haufen Geld für den heruntergewirtschafteten Laden gegeben hatte. Der wäre doch unter die Räder gekommen ohne meinen Vater."

Manuela sah sie verwundert an. Die Türglocke ertönte erneut, die Geschäftsfrau versprach einer Kundin, in wenigen Augenblicken für sie da zu sein.

„Hatte Ihr Vater eigentlich eine Lebensversicherung?"

Birgit Ackermann verzog ihr Gesicht, als habe sie in eine Zitrone gebissen.

„Ja, es gab eine Lebensversicherung. Sie hat zwar erst nach zehn Jahren gezahlt, als mein Vater für tot erklärt worden war, aber dafür so viel, dass ich mir dieses Geschäft und dazu ein paar andere Annehmlichkeiten leisten kann. Außerdem war das Erbe nicht unbeträchtlich. Stehe ich nun unter Mordverdacht?"

Sie befinden sich zumindest im Kreis der Ermittlungen, dachte Manuela.

„Was ist nach dem Verschwinden ihres Vaters aus den Juweliergeschäften geworden?"

Birgit Ackermann atmete tief durch, bevor sie zur Antwort ansetzte.

„Meine Mutter hatte die Geschäfte noch ein halbes Jahr weitergeführt, bis sie krank wurde. Sie wollte, dass ich sie eines Tages übernehme. Ich sollte es ihr kurz vor dem Tod versprechen, aber das konnte ich nicht."

Die Polizisten tauschten zweifelnde Blicke.

„Dieser Schickimickikram war noch nie meine Welt. Untreuen Ehemännern empfehlen, mit welchem Kettchen sie ihre Liebste wieder gnädig stimmen können und so was? Nein, dann schon lieber Damenbekleidung, das habe ich gelernt. Gegen den Willen meiner Eltern übrigens. Außerdem liefen die Läden sowieso nicht mehr besonders. Mein Vater meinte, es sei nur ein Trend, den er überstehen müsse. Wir haben für die Läden auch wesentlich weniger bekommen, als wir erwartet hatten."

„Hat Manfred Ackermann auch von dieser Lebensversicherung oder dem Erbe profitiert?"

„Ja, nicht zu knapp. Er hat mit dem Geld seine Firma erweitert. Kurz darauf haben wir uns scheiden lassen. Wenn ich das geahnt hätte …"

Ihre Laune besserte sich wieder. Manuela kam es vor, als sei es ihr vollkommen bewusst, den Verdacht damit auf ihren Exmann zu lenken.

Bevor sie nach Wesel zurückfuhren, hielten sie noch an einer Tankstelle schräg gegenüber der Landmaschinenfabrik Lemken. Manuela kaufte die aktuelle Ausgabe des Rheinischen Boten. Auf den Beifahrersitz gekauert las sie interessiert die Zeitung.

„Und? Ist der Schädel dort abgebildet?"

„Nein, aber trotzdem interessant."

„Kann schon sein, Camel liegt ja im Krankenhaus."

„Die berichten auf einer ganzen Seite von dem Skelett in der Motte, wie es hier steht. Alles haarklein beschrieben. Das ist merkwürdig."

Adriano musste an der Ampelkreuzung „Haus Grünthal" anhalten. Interessiert sah er über ihre Schulter.

„Ich kann dir nicht folgen. Ist doch logisch, dass die Presse, gerade im Lokalteil, darüber berichtet. Man findet in Alpen doch nicht alle Tage ein Skelett ohne Kopf."

Adriano machte eine ahnungslose Geste. Er überholte kurz vor Büderich einen Linienbus. Als er einscherte, bremste er stark ab. Wenige Meter vor dem Starenkasten hatte er den Wagen auf Tempo siebzig gedrosselt. Manuela stützte sich am Armaturenbrett ab und schüttelte den Kopf.

„Das ist in Alpen Tagesgespräch. Gerade als Geschäftsfrau muss sie davon wissen."

„Ja natürlich. Worauf willst du hinaus?"

Adriano stand schon wieder vor einer roten Ampel. Diesmal mitten in Büderich. Er wollte sich gerade seiner Kollegin zuwenden, als er in dem Fahrzeug auf der gegenüberliegenden Seite der Kreuzung ein bekanntes Gesicht bemerkte. Das gibt es doch nicht, dachte er. Sollte Heinrich etwa … Adriano betätigte die Lichthupe. Heinrich sah im selben Augenblick verstohlen aus dem Seitenfenster.

„Adriano! Nehmen wir mal an, dein Vater verschwindet plötzlich spurlos. Es wird fieberhaft nach ihm gesucht. Erfolglos. Dreißig Jahre später wird im Ort ein unbekanntes Skelett gefunden. Kurz darauf erscheint die Kripo bei dir. Was wäre deine erste Reaktion?"

„Ich würde fragen, ob der Tote mein Vater ist."

Adriano schlug sich vor die Stirn. „Sie hat uns nicht danach gefragt – warum?"

„Das frage ich mich auch."

„Noch etwas", fiel Adriano ein, „sollte es sich bei dem Toten in dem Bunker um Walter Jansen handeln, stellt sich die Frage, warum er dort hingeschafft wurde."

Manuela bewegte langsam den Kopf hin und her.

„Weniger, der Tote war ein Spurenträger. Das Loch in seiner Stirn hätte sofort die Mordkommission auf den Plan gerufen. Er durfte nicht gefunden werden."

„Dann scheidet Manfred Ackermann als Tatverdächtiger aus. Er wäre wohl kaum so blöd, dort zu bauen, wenn er weiß, was dieser Hügel verbirgt."

„Kommt ganz darauf an, von wem die Idee stammt."

Manuela sah auf die Borduhr. 12:30 Uhr zeigten die kleinen Leuchtziffern an. Im Alpener Rathaus dürften sie um diese Zeit niemanden erreichen.

Im Büro nahm sich die Hauptkommissarin sofort die Vermisstenakte „Walter Jansen" vor. Aufmerksam las sie vor allem die Verhörprotokolle. Nach einer halben Stunde bestätigte sich ihre Vermutung. Zur Sicherheit blätterte sie noch einmal in dem Bericht ihres Vorgängers.

„Hermsen taucht in dem Fall nirgendwo auf. Der Name fällt erstmals in dem gestrigen Bericht von Herrn Grimm."

Adriano beugte sich vornüber und stützte seine Ellenbogen auf die Tischplatte.

„Selbstverständlich wusste Birgit Ackermann davon. Ich meine, das bekommt man doch mit, wenn der Vater verprügelt wird und eine Morddrohung erhält."

„Ganz genau. Und warum hat sie das damals mit keinem Wort erwähnt?"

Manuela wurde deutlich lauter, Wut überfiel sie.

„Sie wurde stundenlang von unseren Leuten verhört, aber über diesen Hermsen steht kein Wort in der Akte", sie schlug mit der Hand auf die dicke Mappe, „warum hat sie den Namen eines mutmaßlichen Täters verschwiegen? Sie hätte doch wissen müssen, dass wir dahinter…"

Mitten im Satz brach Manuela ab, beugte sich vor.

„Woher weiß Herr Grimm eigentlich davon?"

Adriano kaute stumm auf den Lippen.

12

An der Tankstelle kurz vor dem Ortsausgang Büderich breitete Heinrich den Faltplan der Gemeinde Alpen dicht hinter der Frontscheibe aus. Er hatte die Lesebrille zu Hause gelassen, musste die Straßenkarte mit ausgestreckten Armen studieren. Das Gespräch mit seiner Mutter drang in seine Erinnerung, der Ärger kam wieder hoch. Er hatte sie nach der Familie Jansen fragen müssen. Der bloße Gedanke, dass ausgerechnet seine Mutter momentan die einzige Informationsquelle für ihn darstellte, schmeckte bitter. Er hatte vorgegeben, die Kollegen hätten nichts darüber herausfinden können. Die überraschend schnelle Pensionierung hatte er ihr verschwiegen.

Kurz hinter dem Restaurant „Haus Grünthal“ bog er rechts in den Römerweg ein. Er mochte die alte Römerroute, abseits der Bundesstraße, manchmal stellte er sich Römer mit Pferden und Gespannen vor, die vor 2000 Jahren hier entlang von Xanten nach Köln oder Trier gereist waren. Kurze Zeit später gelangte er über die Bönniger Straße zur Unterheide. Majestätisch überragte die fünfhundert Jahre alte Kastanie das zum Bauernhofcafé umgebaute Anwesen. Er fragte sich, wie frisch die Erinnerung an die ehemaligen Bewohner noch sein würde. Nach dreißig Jahren könnte sich ein undurchdringlicher Schleier des Vergessens über alles ausgebreitet haben.

Frau Stoppa, die Inhaberin des „Kastanienhofes“, begrüßte ihn freundlich. Das Café würde erst um 14 Uhr öffnen, sie waren ungestört. Heinrich hoffte, sie würde ihn nicht nach seinem Dienstausweis fragen. Mittlerweile bekam er Übung darin, die Abkürzung für „außer Dienst“ am Telefon derart undeutlich auszusprechen, dass sie nicht wahrgenommen wurde. Für den Ernstfall hatte er sich vorgenommen, bei der Wahrheit zu bleiben und sich nicht der Amtsanmaßung schuldig zu machen. Frau Stoppa stellte ihm eine ältere Dame vor.

„Das ist Frau Mühlberg. Sie kann Ihnen sicherlich eher helfen. Frau Mühlberg hat vor dreißig Jahren auf dem Hof gearbeitet. Sie war sozusagen der gute Geist des Hauses.“

Er reichte der zierlichen Seniorin mit dem schneeweißen Haar freundlich die Hand. Frau Stoppa bot ihnen einen Tisch am Fenster an. Nach einem kurzen Gespräch über den alten Hof kam Heinrich zur Sache.

„Walter Jansen habe ich nicht mehr kennengelernt. Seinen Bruder Gerd schon. Er war ja praktisch der Vorvorgänger der Familie Stoppa."

Nach der Beschreibung seiner Mutter konnte Heinrich sich Gerd Jansen nicht als Landwirt vorstellen. Frau Mühlberg musste lachen.

„Das war er auch nicht. Er hat den Hof von seinen Eltern geerbt. Walter hatte seinen Anteil in die Juweliergeschäfte gesteckt. Gerd musste seinem Vater auf dem Totenbett versprechen, den Hof weiterzuführen. Eine schlechte Wahl. Der Gerd hat", sie zupfte verlegen an ihrem Kleid, „die Arbeit nicht gerade erfunden. Der hatte nur die Frauen im Kopf. Vorzugsweise solche, die ihn aushielten. Landwirtschaft kam für ihn überhaupt nicht infrage. Schließlich baute er die Scheune um und setzte auf Kälbermast."

„Das haben damals viele gemacht", antwortete Heinrich.

„Eben. Hätte aber trotzdem klappen können. Wenn er mitgearbeitet hätte. Aber das war eben nichts für Gerd. Der Herr hatte es vorgezogen, andere für sich arbeiten zu lassen, während er selber andauernd ausging."

„Aber nicht in Alpen."

„Nein", sie schmunzelte, „meistens fuhr er nach Kleve. Immer auf der Suche nach gelangweilten, gut situierten Ehefrauen oder wohlhabenden Witwen. Das konnte natürlich nicht lange gut gehen. Das heißt, anfangs schon. Er fand immer wieder Damen, die seinen Lebenswandel finanzierten. Aber auch an ihm ging der Zahn der Zeit nicht spurlos vorüber. Am Ende musste er Konkurs anmelden."

„Konnte oder wollte sein Bruder ihn nicht unterstützen? Nach meinem Wissen war Walter Jansen doch nicht gerade arm, oder?"

Zwei junge Frauen bereiteten die Kuchentheke vor. Eine Kellnerin servierte ihnen Kaffee.

„Der Walter? Seinen Bruder unterstützen? Nein. Die beiden waren sich spinnefeind. Bis auf den Tag, als Walter die Hilfe seines Bruders benötigte."

Frau Mühlberg raffte ihre mintfarbene Bluse und erzählte ihm die Geschichte von dem Juwelier Hermsen. Heinrich hörte interessiert zu. Sie deckte sich größtenteils mit der Version seiner Mutter. Bis auf einen entscheidenden Unterschied.

„Als Belohnung versprach er Gerd die Leitung des Juweliergeschäftes in Wesel. Nicht nur das, kurz bevor Gerd mit Frau Hermsen anbandelte, fuhr er auf einmal einen nagelneuen Mercedes. Alles wäre in bester Ordnung gewesen, aber Walter dachte überhaupt nicht daran, sein Versprechen einzuhalten. An dem Tag, als er das Juweliergeschäft gekauft hatte, ließ er als Erstes in aller Frühe den Mercedes abholen. Drei Tage später übertrug er einem seiner Angestellten die Leitung der Weseler Filiale."

„Wie hat sein Bruder darauf reagiert?"

Frau Mühlberg schüttelte die Hand, als habe sie sich verbrannt. Dann senkte sie den Blick, sprach leiser weiter, geradezu so, als ob Gerd Jansen ihr leidtäte.

„Der war so in Rage, den durfte man tagelang nicht ansprechen. Ich hatte solche Angst, dass er seinem Bruder was antut. Wäre ja auch beinahe passiert."

Heinrich setzte langsam die Kaffeetasse ab. Er erinnerte sich dunkel an die Ermittlungen vor dreißig Jahren. Sie hatten nur Positives über Walter Jansen in Erfahrung bringen können. Mittlerweile zeichnete sich mehr und mehr ein Bild ab, welches den Ermittlungen von damals komplett widersprach. Offensichtlich war das Licht, in das seine Mitmenschen ihn getaucht hatten, so hell, dass jeder Schatten darunter verborgen geblieben war.

„Es passierte beim Jahresfest von Viktoria Alpen. Sie spielten damals noch in der Landesliga", aus ihrer Stimme klang Stolz, „Walter war Sponsor des Vereins. Als Gerd sich für zehn Mark Lose kaufte, fragte ihn sein Bruder vor versammelter Mannschaft, ob er sich das denn leisten könne. Gerd war daraufhin total außer sich vor Wut. Er hat sich ein langes Messer vom Buffet geschnappt und ist auf seinen

Bruder losgegangen. Sie konnten ihn gerade noch rechtzeitig überwältigen. Walter hat ihn daraufhin nur höhnisch ausgelacht."

Heinrich überlegte, wie er diese Aussage bewerten sollte. Es war eine Ausnahmesituation gewesen. Konnten Wut und Hass groß genug sein, den eigenen Bruder zu töten? In der Kriminalstatistik gab es solche Fälle. Ihm war es immer schon schwergefallen zu verstehen, warum jemand einen Menschen vorsätzlich töten konnte. Im Laufe seiner langen Dienstzeit hatte er sich damit abfinden müssen.

„Hätten Sie Gerd Jansen zugetraut, seinen Bruder zu töten?"

Frau Mühlberg zögerte. Der hin- und hergleitende Kopf unterstrich ihre Zweifel.

„Gerd war sehr impulsiv, konnte leicht aufbrausend werden. Aber den eigenen Bruder töten … Nein, das glaube ich nicht."

„Sie sagten, er war. Lebt er nicht mehr?"

Frau Mühlberg schluckte. Ein kaum wahrnehmbares Zucken durchfuhr ihren Körper. Als ob sie aus einem Traum erwachte. Einem jener Träume, die man am liebsten mit klarem, kaltem Wasser vertreiben möchte.

„Der Gerd ist ein halbes Jahr nach dem Streit im Sportheim ums Leben gekommen. Er hat als Handlanger auf einer Baustelle von Ackermann gearbeitet, um einigermaßen über die Runden zu kommen. Gerd stand oben auf dem Gerüst, als es zusammenbrach. Zum Glück, muss man ja sagen, war er alleine dort. Ackermann hatte die anderen schon nach Hause geschickt."

Heinrich bedankte sich bei der Rentnerin. Wieder fiel der Name Ackermann im Zusammenhang mit einem Opfer. Heinrich wischte den Gedanken wie eine Staubschicht beiseite. Gerd Jansen war nicht der Tote im Bunker. Sollte er tatsächlich zuvor seinen Bruder getötet haben, wäre der Fall wohl kaum aufzulösen. Er drehte sich noch einmal um.

„Was ist danach aus dem Hof geworden?"

Frau Mühlberg verzog das Gesicht.

„Das war auch komisch. Na ja, der Gerd war nicht verheiratet und hatte keine Kinder. Irgendwie kam Birgit Ackermann damals an das

Erbe, angeblich gab es ein Testament. Auf jeden Fall hat ihr Mann den Hof sofort zu Geld gemacht. Hat den an so einen Hallodri verkauft. Der ist nach ein paar Jahren über Nacht verschwunden, als die Polizei ihn gesucht hatte. Der soll Kälber mit verbotenen Östrogenen gemästet haben.“

Heinrich blieb eine Minute unter dem gewaltigen Laubdach der alten Kastanie stehen, die dem Hof seinen Namen gab, und atmete die klare Luft. Er dachte an seinen ersten Fall: Den vermissten Walter Jansen. Sie hatten die Ermittlungen damals auch deswegen eingestellt, weil dieser Mann keine Feinde hatte und im ganzen Ort äußerst beliebt gewesen war. Hatten sie damals oberflächlich ermittelt? Selbstzweifel kamen auf. Ist er erst im Laufe der vielen Jahre zu dem Polizisten geworden, der jetzt pensioniert wurde? Es schienen überall Anhaltspunkte für eine Gewalttat vorhanden, scheinbar unabhängig davon, in welche Richtung die Ermittlungen ihn trieben. Die Patina des Gutmenschen, die Jansen wie eine Schutzschicht umhüllte, war nach all den Jahren nicht mehr erkennbar. Er musste die weitere Vorgehensweise sorgfältig überdenken.

Im Auto fragte er sich nach dem Sinn seines Handelns. Normalerweise würde er jetzt ins Büro fahren und die Erkenntnisse mit den Kollegen aufarbeiten. Sie mussten diese Aussage in die Ermittlungen einfließen lassen. Einen Moment dachte er daran, Annette davon zu berichten, schob diesen Gedanken aber erst einmal beiseite.

13

Die kleine SoKo hatte sich im Pausenraum der Rufbereitschaft eingefunden. Manuela berichtete ausführlich über den aktuellen Ermittlungsstand. Am Ende verschwieg sie nicht, dass Staatsanwältin Gerland bislang noch kein Verfahren eingeleitet hatte. Josef Wolters konnte es nicht verstehen.

„Dass eine Straftat vorliegt, ist ja wohl unstrittig."

„Mag sein", wiegelte die Hauptkommissarin ab, „aber für Verstöße gegen das Bestattungsgesetz sind wir nicht zuständig."

„Du glaubst doch nicht, dass jemand die Leiche in den Bunker geschleppt hat, um Beerdigungskosten zu sparen?"

Manuela hatte zu Beginn ein Tablett mit Brötchen und zwei Kannen Kaffee auf den Tisch gestellt und den Kollegen das „Du" angeboten.

„Ehrlich gesagt, nein. Aber es ist zurzeit der einzige vorliegende Verstoß. Den Schädel haben wir ja nicht."

Mareike, die bis dahin ruhig zugehört hatte, kamen ebenfalls Zweifel.

„Wir haben nur mal ein bisschen an der Oberfläche gekratzt und schon eine Menge Staub aufgewirbelt. Camel hat vorhin angerufen. Ihm ist eingefallen, dass Ackermann das Aufbrechen des Bunkers unbedingt verhindern wollte. Der muss den Baggerführer ganz schön angemacht haben, weil dieser ihn nicht gehört und den Bunker freigelegt hatte. Angeblich hatte Ackermann Sorge, den Bunkereingang über Nacht sichern zu müssen."

„Quatsch", rief Wolters, „der wusste genau, was sich in dem Bunker befand. Der wollte das Skelett in der Nacht beiseite schaffen. Den Kopf hat der sich doch auch noch schnell gekrallt. Dafür dem armen Camel eins überbraten, na ja, verdient hat er es ja mal."

Adriano schüttelte den Kopf.

„Daran habe ich auch schon gedacht. Aber warum sollte er dann ausgerechnet dort bauen?"

„Damit es kein anderer tut."

Manuelas Satz schnitt das Gespräch ab wie einen überhängenden Faden. Wolters massierte seine Lippen.

„Der Hügel modert seit sechshundert Jahren vor sich hin. Was macht ihn auf einmal so interessant?"

Wolters, der in Schermbeck lebte, hatte die Berichte der Lokalpresse nicht mitbekommen. Mareike klärte ihn auf.

„Die Gemeinde Alpen hat den Bau eines Hotels ausgeschrieben. Das Gelände der Motte direkt vor dem Ortskern wäre ideal dafür."

„Aha, und ausgerechnet Ackermann hat den Auftrag bekommen?"

„Warum denn nicht", das Gespräch der beiden wurde hitziger, „er war der einzige Alpener unter den Bewerbern, das bedeutet, er zahlt auch seine Steuern dort. Wäre nicht die erste Ausschreibung, an der gedreht wurde. Außerdem schießt du dich für meinen Geschmack zu sehr auf diesen Ackermann ein."

Josef stemmte die Arme in die Hüfte, wollte antworten, als Manuela dazwischenging. Ohne entsprechendes Hintergrundwissen bestand nur die Möglichkeit, über Vermutungen zu diskutieren, was sie kaum weiterbringen dürfte. Es galt, die Staatsanwaltschaft möglichst schnell zu überzeugen, ein Ermittlungsverfahren einzuleiten. Manuela bat Mareike und Josef, etwas über den Juwelier Hermsen herauszufinden. Sie nahm sich vor, mit Adriano noch einmal nach Alpen zu fahren.

Rudi Ahrens erklärte sich am Telefon sofort bereit, ihre Fragen zu beantworten. Der Bürgermeister empfing sie in seinem Büro. Seiner Mimik fehlte die gewohnte Sicherheit, die Sorge um das Image der Gemeinde war ihm anzusehen. Manuela fragte ihn direkt nach dem Bauprojekt. Ahrens begann ein weitläufiges Referat über die wirtschaftlichen Verhältnisse der Gemeinde. Er verwies auf den enormen Standortvorteil, den es zu nutzen gelte, über Zukunftsprognosen von Wirtschaftsexperten und erhöhtem Steueraufkommen. Die Geduld der Polizistin näherte sich bedrohlich einer Grenze, jenseits deren ihre gewohnte Freundlichkeit nur noch zu erahnen wäre. Als Ahrens begann, das kommunale Ausschreibungsverfahren zu thematisieren, überschritt er diese Grenze.

„Herr Bürgermeister, wir sind nicht hierhergekommen, um einen Kursus in Kommunalpolitik zu belegen. Uns interessiert, wie Herr Ackermann an diesen Auftrag gekommen ist. Gab es Mitbewerber? Stammt die Idee, dort zu bauen gar von ihm, und so weiter."

Ahrens bedachte sie mit einem strengen Blick. Dann atmete er tief ein. Offensichtlich war das Thema heikel.

„Also, der Vorschlag kam ganz sicher nicht von Herrn Ackermann. Im Gegenteil, er wollte uns das Projekt ausreden."

„Wie bitte?"

Nicht nur Adriano erschien diese Aussage widersprüchlich.

„Herr Ackermann wollte oben auf der Bönninghardt ein großes Hotel bauen, direkt an der Autobahn. Wir wollten ein Hotel am Ortskern. Aufgrund der ausgezeichneten Marktanalysen haben wir uns entschlossen, als Investor zu fungieren und die Baumaßnahme auszuschreiben. Ein zweites Hotelprojekt hätten wir nicht genehmigt, das wusste er. Dass er gegen die Motte als Bauplatz war, hatte einen ganz profanen Hintergrund: Die Baukosten sind bei einem Bodendenkmal durch die Auflagen natürlich exorbitant höher."

Manuela strich sich nachdenklich durchs Haar, sie vermochte den Sinn dieser Aussage nicht zu verstehen.

„Aber das gilt doch für jeden Bewerber."

„Das ist schon richtig", auf seiner Stirn bildeten sich kleine Fältchen, „aber niemand weiß, was die Archäologen dort finden. Es kann durchaus sein, dass die Bauarbeiten einige Monate ausgesetzt werden müssen. Das Risiko ist kaum kalkulierbar. Für diesen Fall muss der Auftragnehmer mit einer hohen Eigenkapitaldecke ausgestattet sein."

„Was bei Ackermann nicht der Fall ist."

Ahrens schwieg. Sein Gesichtsausdruck verriet Manuela, dass sie richtig lag.

„Das klingt alles logisch", antwortete sie, „aber warum möchte die

Gemeinde denn unbedingt dort das Hotel bauen lassen, auf einem Bodendenkmal?"

Ahrens strich sich nachdenklich über den Bart. Mit dieser Frage war er seit der Entscheidung viel öfter konfrontiert worden, als er erwartet hatte. Der geplante Neubau hatte bei den Bürgern eine Welle der Empörung ausgelöst. Zum Glück standen in naher Zukunft keine Wahlen an.

„Ein Großhotel als reiner Schlafplatz in Bönninghardt hätte dem Ort fast keine Vorteile gebracht. Die Hotelgäste würden die Autobahn abfahren, dort nächtigen und am nächsten Tag auf demselben Weg wieder verschwinden. Von ihrer Kaufkraft würden weiterhin die großen Städte wie Düsseldorf, Krefeld oder Duisburg profitieren. Das Burghotel hingegen würde, entsprechendes Marketing vorausgesetzt, darüber hinaus Wochenendurlauber und Touristen anlocken, die den Ort zusätzlich beleben."

Manuela Warnke konnte die Gründe nachvollziehen, wenngleich ihr der Glaube fehlte, Alpen könnte ein Touristenmagnet werden.

„In Ordnung. Kommen wir also zur Ausschreibung. Ich nehme mal an, Herr Ackermann sah dieses Projekt letztendlich als eine Art Spatz in der Hand. Wie viel war ihm dieser Spatz denn wert, im Vergleich zu den anderen?"

„Das ist ein ganz schön fetter Spatz, um Ihre Formulierung aufzugreifen. Der Auftrag hat ein Gesamtvolumen von vierzehn Millionen Euro. Es gab sechs Bewerber, Herr Ackermann hat mit dem niedrigsten Angebot den Zuschlag bekommen."

„War es denn sehr viel niedriger als das der Konkurrenten?", setzte die Hauptkommissarin nach, ohne Rudi Ahrens eine Pause zu gönnen. Die Miene des Bürgermeisters verdunkelte sich. Er stockte eine Sekunde. Ahrens schien diese Frage für einen Angriff auf seine Person zu halten.

„Ich nehme an, Ihre Frage zielt darauf, ob Herrn Ackermann die Gebote der Konkurrenten bekannt waren. Dies ist nicht der Fall gewesen. Dafür lag sein Gebot viel zu weit unter denen der Mitbewerber", der Ton des Politikers wurde rauer.

Manuela bemerkte die Kälte, die sich wie eine dünne Eisschicht zwischen sie schob. Sie musste einlenken, bevor ihr Gesprächspartner sich verschließen würde.

„Herr Ahrens, wir ermitteln im Fall des Leichenfundes. Uns ist nicht daran gelegen, die Gemeinde in irgendeiner Form zu diskreditieren", ihre Stimme bekam wieder diesen sanften Klang, als würde sie mit ihrer besten Freundin reden. Adriano hatte ihr erzählt, wie peinlich Ahrens der Auftritt von Ackermann gewesen war. Möglicherweise war ausgerechnet der Unternehmer der gemeinsame Nenner, mit dessen Hilfe sie das Gespräch wieder auf eine vertrauensvolle Basis stellen konnte.

„Vergessen Sie mal für einen Augenblick, dass Sie der Bürgermeister der Gemeinde Alpen sind. Was halten Sie persönlich von dieser Entscheidung? Ehrlich gesagt, kommt mir Herr Ackermann sehr seltsam vor. Ich möchte noch darauf hinweisen, dass wir dieses Gespräch absolut diskret behandeln."

Rudi Ahrens stand auf und lief ein paar Schritte durch den Raum. An einem Fenster blieb er stehen und sah hinaus. Als er sich ihnen zuwendete, wirkte er nachdenklich.

„Manchmal ist dieses Amt nicht leicht", Ahrens nahm wieder hinter seinem Schreibtisch Platz, er zögerte, als wäre es ihm unangenehm. „Ich gestehe, Herrn Ackermann nicht besonders zu mögen. Er ist kein einfacher Zeitgenosse. Aber davon mussten Sie sich ja bereits überzeugen. Ehrlich gesagt, wäre mir ein anderer Projektleiter lieber gewesen. Aber es gibt nun einmal Gesetze, an die wir uns halten müssen."

„Das verstehe ich nicht", mischte Adriano sich ein, „die Gemeinde müsste doch froh sein, einen ortsansässigen Unternehmer beschäftigen zu können. Schließlich zahlt Herr Ackermann seine Steuern doch an die Gemeinde Alpen, oder etwa nicht?"

Ahrens lachte laut auf. Manuela und Adriano sahen sich an.

„Das Wort Steuern dürfte Herr Ackermann mittlerweile gar nicht mehr in seinem Wortschatz haben, so lange ist das her. Darüber hinaus ist er Architekt und fungiert als Projektleiter. Eine mittlerweile fast gängige Praxis. Architekten lassen sämtliche Gewerke von Subunternehmen ausführen. Dadurch können sie Risiken wie die Gewährleistung weiterreichen, immer preiswertere Subunternehmer ausfindig machen und die Gewinne gleichzeitig optimieren. Allerdings verlieren einige dabei die Qualität aus den Augen, was zu erheblichen Verzögerungen und damit verbundenen Konventionalstrafen führen kann."

Ahrens machte eine kurze Pause, sein Blick verdunkelte sich.

„Herr Ackermann selbst ist dermaßen überschuldet, der zahlt schon seit Jahren keine Gewerbesteuer mehr. Vielleicht können Sie meine Zweifel jetzt verstehen. Ich habe die Sorge, dass gegen Herrn Ackermann mitten in der Bauphase ein Konkursverfahren eröffnet wird."

„Trotzdem konnte er die Konkurrenz unterbieten?"

„Ja. Es ist zwar schleierhaft, wie er das angestellt hat, aber uns waren die Hände gebunden. Im Übrigen war es ja nicht allein meine Entscheidung. Der Gemeinderat trägt sie mit einer großen Mehrheit mit. Wenn es gut geht, spart die Gemeinde einen schönen Batzen Geld. Falls nicht, werde ich wohl keinen Tag länger im Amt bleiben", schob er mit Galgenhumor hinterher.

„Wir wollen hoffen, dass es nicht so weit kommt. Können Sie uns bitte die Adressen der Mitbewerber geben."

Ahrens zog einen Aktenordner aus der Regalwand hinter sich. Von einem Stapel Papier entfernte er anschließend eine Büroklammer und reichte den Polizisten das Deckblatt. Mit dem Zeigefinger deutete er dabei auf die erste Anschrift.

„Gisbert Fischreiter, der dürfte interessant für Sie sein. Sein Angebot war wirklich günstig. Bevor wir das des Architektenbüros Ackermann vorliegen hatten … lassen wir das", der Bürgermeister winkte verächtlich ab, „Herr Fischreiter hat uns öffentlich Mauschelei vorgeworfen. Er behauptete, kein seriöses Unternehmen könne sein Angebot unterboten haben."

14

Die einsetzende Dämmerung ließ die farbenfrohe Landschaft allmählich verblassen. Der Durchgangsverkehr in Richtung Veen hatte längst nachgelassen, Vogelstimmen unterbrachen gelegentlich die beginnende Abendruhe. Es schien so, als würde das Leben gegen Ende des Tages gemächlicher ablaufen. An dem Tümpel im angrenzenden Feld landete ein Fischreiher. Für einen Augenblick verharrte er abwartend, drehte den Kopf kurz herüber zur nahen Unterheide, tauchte schließlich mit dem langen Schnabel in die moosgrüne Oberfläche ein.

Misstrauisch behielt sie den Zähler im Auge. Bevor sie vor wenigen Minuten an der Bushaltestelle Lindenallee in das Taxi gestiegen war, hatte sie sich den kürzesten Weg genau eingeprägt. Es ärgerte sie, dass kein Bus in diese einsame Gegend fuhr. Als der Fahrer in den Bergweg einbog, zog sie das Portemonnaie aus der Handtasche. Kurz vor dem Wäldchen führte ein kleiner Wirtschaftsweg zu dem Bauernhof. Sie wartete, bis der Fahrer das Taxameter abgestellt hatte.

„Bleiben Sie bitte hier, junger Mann. Es dauert nicht lange."

Der Taxifahrer sah sie ungläubig an.

„Da muss ich die Uhr aber wieder einschalten, Zeit ist Geld."

„Unterstehen Sie sich, sonst lasse ich die Konkurrenz kommen."

Ein breites Grinsen fuhr über die glattrasierten Wangen des Fahrers und ließ strahlend weiße Zähne erkennen.

„Wird schwierig. In Alpen gibt es nur ein Taxiunternehmen. Aus den anderen Orten nehmen die Fahrer extra Anfahrt. Glauben Sie mir, ist billiger, wenn die Uhr läuft."

Mürrisch gab sie bei. Sie besaß kein Handy und wusste nicht, was sie hier erwartete. Den aufkommenden Gedanken, die fast fünf Kilometer nach Alpen zur Bushaltestelle zurückzulaufen, schob sie mit einem Blick in den dunkler werdenden Abendhimmel beiseite.

Die Türglocke sendete ihren lauten Hall durchs Haus. Einige Meter abseits im Halbdunkel rannte ein Hund wütend bellend durch einen angerosteten Zwinger. Das Geräusch von Schritten drang nach außen. Sie zog noch einmal hastig an ihrem dunkelgrauen Mantel und klemmte einen Ordner unter die linke Armbeuge. Hinter den braun getönten Scheiben der Tür erkannte sie ein prüfendes Augenpaar. Ein Schlüssel drehte sich mehrmals, eine Sperre wurde entriegelt, schließlich kam eine alte Frau zum Vorschein. Die mit etlichen Spangen hochgesteckten, grauen Haare hatten Ähnlichkeit mit einem Kaktus.

„Wir kaufen nichts." Sie klang schroff.

„Nein, keine Sorge, ich will nichts verkaufen", das Lächeln und ihre Stimme wirkten gekünstelt, „Gertrud Grimm, schönen guten Abend, Frau Hermsen."

„Böckerhoff-Hermsen, bitteschön. Was wollen Sie?"

Über zwei mächtigen Tränensäcken verengten sich ihre graublauen Augen zu argwöhnisch blinzelnden Schlitzen.

„Ich bin vom Verband „Christliche Fürsorge unserer Toten", „e. V." schob sie noch schnell hinterher und steckte den Mitgliederausweis des Müttergenesungswerkes ein, bevor ihr Gegenüber einen genaueren Blick darauf werfen konnte. „Könnte ich bitte Herrn Kurt Hermsen sprechen?"

Misstrauisch sah die Gastgeberin auf das Taxi hinter ihr.

„Ähem … tja, Sie wohnen so abgelegen, da muss man halt investieren. Für die gute Sache ist uns kein Weg zu weit."

Frau Grimm war am Morgen noch einmal zu der Tochter von Hermsen gefahren. Sie hatte ihre gesamte Überredungskunst einsetzen müssen, um an die Adresse des Vaters zu kommen. Laut Aussage der Tochter hatte Kurt Hermsen drei Jahre nach der Scheidung wieder geheiratet. Die neue Familie hatte „alte Zöpfe" abschneiden und von vorne beginnen wollen. Bei dem Gedanken daran, dieser „alte Zopf" zu sein, war ihre Stimme in Tränen untergegangen.

Frau Böckerhoff-Hermsen führte sie durch den Flur in die Wohnküche. Die Tapeten waren leicht vergilbt, die Möbel stammten aus der Mitte des letzten Jahrhunderts. Ein großer, mit gelblichen Fliesen verkleideter Kachelofen sorgte für wohlige Wärme.

„Kurt, kommst du mal!“

Es hörte sich nicht so an, als riefe die wohlbeleibte Bäuerin nach ihrem Mann, es klang vielmehr wie ein Befehl. Kurz darauf erschien der Herr des Hauses, was sich allem Anschein nach nur auf das Geschlecht bezog. Nach einem fragenden Seitenblick zu seiner Gattin setzte er sich auf den Stuhl gegenüber von Frau Grimm. Sie gaben ihr weder die Gelegenheit, ihren Mantel auszuziehen, noch bot man ihr etwas an. Frau Grimm trug noch einmal den Satz vor, den sie kurz vor ihrer Abfahrt vor dem Flurspiegel geprobt hatte, und kam zur Sache.

„Wir sehen es als unsere Aufgabe an, uns um die Gräber der Toten zu kümmern, die keine Angehörigen mehr haben. Meine Aufgabe ist die Pflege der Mitgliederliste. Da gibt es manchmal Problemfälle. Unser langjähriges Mitglied Walter Jansen beispielsweise.“

Hermsen erschrak. Die plötzlich einsetzende Unruhe blieb Frau Grimm nicht verborgen.

„Der gute Mann ist vor fast genau dreißig Jahren von einem Tag auf den anderen spurlos verschwunden. Nun, nach dreißig Jahren endet seine Mitgliedschaft, falls nichts über den Verbleib bekannt ist. Aber vorher versuchen wir noch alles, diesen herauszubekommen. Dabei wurde mir gesagt, dass Sie, Herr Hermsen, mit ihm befreundet waren. Da dachte ich mir, Sie können mir vielleicht weiterhelfen.“

„Das ist ja der Gipfel der Unverschämtheit“, rief Frau Böckerhoff-Hermsen dazwischen. „Befreundet? Mit dem? Manche im Ort hatten meinen Mann damals sogar verdächtigt, Jansen umgebracht zu haben!“

„Nein! Wer macht denn so was?“

Gertrud Grimm hielt sich empört die Hand vor den Mund.

„Birgit Ackermann, geborene Jansen, dieses Miststück. Die ist ein paar Mal bei meinem Mann aufgetaucht, hatte sich wie eine Furie benommen. Nicht wahr Kurt, hast du doch erzählt. Herrje, Kurt! Jetzt sag' doch auch mal was.“

Der Angesprochene fingerte nervös an der altmodischen Strickweste mit blassbuntem Karomuster. Hinter einer übergroßen Hornbrille blinzelten nervös zwei kleine, grünlich schimmernde Augen.

„Das stimmt. Dabei war ich doch in Kur, als das passiert ist.“

Gertrud Grimm fiel es schwer, ihre Zufriedenheit nicht durchblicken zu lassen. Das Gespräch geriet genau in die Bahn, die sie sich gewünscht hatte. Nur der letzte Satz machte sie stutzig.

„Als was passiert ist? Ist er etwa …?

Hermsen sprang hoch und lief zum Kühlschrank.

„Möchten Sie auch etwas trinken?“

„Nein“, antwortete die Gastgeberin, „das Taxi wartet doch draußen. Außerdem essen wir gleich. Da brauchst du nicht vorher noch ein Bier trinken.“

Kurt Hermsen stellte die Flasche mit sinkenden Mundwinkeln zurück und setzte sich wieder.

„Als er verschwunden ist halt“, er machte eine gleichgültige Armbewegung.

„Aber er ist doch am Geburtstag Ihrer Tochter verschwunden. An diesem Wochenende sind Sie nach Hause gefahren. Montags waren Sie dann wieder in der Klinik. Wieso haben Sie Ihre Tochter eigentlich nicht besucht, wo Sie schon einmal hier waren?“

Die Atmosphäre kühlte spürbar ab. Während seine Frau nach Worten rang, beugte Hermsen sich zu dem Gast herüber, seine Augen funkelten gefährlich.

„Was soll das? Woher wissen Sie das? Wer sind Sie wirklich?“

Seine Stimme nahm den Klang dumpfen Donners an, als ob ein Gewitter aufziehen würde. Frau Grimm biss sich auf die Lippen. Ihr wurde schmerzhaft bewusst, den Bogen überspannt zu haben. Sollte sie jetzt die Wahrheit sagen? Dass sie es nach über einem Dutzend Telefonaten mit Geschichten, die selbst den Grenzen ihrer Fantasie bedrohlich nahe kamen, von der Kurklinik erfahren hatte? Das würde die sichtlich überreizten Gastgeber womöglich noch mehr beunruhigen.

„Von Peter Jordan. Sagen Sie nicht, den kennen Sie nicht mehr. Er war doch auch zu der Zeit in Bad Kreuznach. Da dachte ich immer, ich bin vergesslich. Macht ja nichts. Der Peter lebt übrigens heute in Bayern. Soll ich Ihnen mal die Adresse zukommen lassen? Dann können Sie sich über alte Zeiten unterhalten.“

Kurt Hermsen lehnte sich wieder zurück. Nachdenklich rieb er die Hand über sein Gesicht. Dabei murmelte er immer wieder den Namen des vermeintlichen Mitpatienten. Irgendwann stülpte er die Lippen vor und schüttelte den Kopf.

„Nee, Peter Jordan, nee … kenne ich nicht."

Ich auch nicht, dachte Frau Grimm.

„Das war so ein großer, schlanker Mann. Hatte damals schon graue Haare und eine Nase, meine Güte, war das ein Zinken. Er ist übrigens auch Mitglied bei uns. Wir sind in ganz Deutschland vertreten. Aber nun sagen Sie mal, was wollten Sie denn hier, wenn Sie nicht wegen des Geburtstages Ihrer Tochter angereist sind?"

„Ich wollte …"

„Das weiß er doch jetzt nicht mehr", mischte Frau Böckerhoff-Hermsen sich barsch ein, „er hat ja schon den Namen seines Kumpanen vergessen. Ich denke, das reicht. Wie Sie bemerkt haben, wissen wir nichts über den Verbleib von Walter Jansen. Wenn Sie jetzt bitte gehen würden, wir essen zeitig."

Während die Gastgeberin aufstand und ihrem Anliegen mit unmissverständlichen Gesten Nachdruck verlieh, kam Gertrud Grimm ein Fluch in den Sinn, der sich für eine Dame ihres Alters nicht geziemte. Sie presste die Lippen aufeinander und stand auf. Ein letzter Blick auf die zitternden Augenlider Hermsens bestätigte ihren Verdacht.

Der Taxifahrer lümmelte sich dösend in dem halb heruntergeklappten Sitz. Als sie die Tür öffnete, fuhr er hoch.

„Bilden Sie sich nicht ein, dass ich das bezahle", herrschte sie ihn sogleich an. Sie deutete empört auf das Taxameter.

„Fast sechs Euro für Ihr Nickerchen. Sofort ausmachen, sonst steige ich nicht ein."

„Na schön, dann laufen Sie eben."

Wütend zog er die Tür zu und startete den Motor. Gertrud Grimm schnappte nach Luft. Nach dem Gespräch mit dem Ehepaar Hermsen wollte sie nicht noch einmal in das Haus. Eilig riss sie die Beifahrertür wieder auf und stieg in das Taxi.

„Lindenallee", knurrte sie verächtlich.

15

Es wunderte Heinrich, vorhin nicht direkt von seiner Mutter begrüßt worden zu sein. Er hatte die Gunst der Stunde genutzt und das Abendbrot zubereitet. Annette goss sich einen Tee ein, den strengen Blick auf Heinrich gerichtet.

„Das kann ich nicht zulassen. Du bist seit gestern in Pension und ermittelst weiter, als ob nichts geschehen wäre."

Dieses Kribbeln unter den Nägeln hatte er nicht mehr länger aushalten können. Obwohl Heinrich es zunächst nicht vorhatte, berichtete er ihr von dem Gespräch auf dem Kastanienhof.

„Haben deine Ermittler sich denn um Jansens Bruder gekümmert? Sind sie dieser Spur nachgegangen?"

„Nein, sind sie nicht. Ob es überhaupt eine Spur ist und wohin sie führt, ist zumindest zweifelhaft. Heinrich, dich hat es doch ständig aufgeregt, wenn deine Mutter sich eingemischt hat. Nun machst du genau dasselbe. Was sagst du ihr, wenn sie davon erfährt?"

„Das muss sie ja nicht."

In dem Augenblick war wie auf ein Zeichen zaghaftes Klopfen an der Tür zu vernehmen. Bevor jemand etwas sagen konnte, trat Mutter Grimm auch schon ein.

„Hier seid ihr. Stimmt, mein Junge, du hattest gesagt, dass wir auch mal oben essen sollten."

Ungefragt setzte sie sich zwischen die beiden. Annette holte ihr einen Teller. Heinrich schüttelte sprachlos den Kopf.

„Ich habe auch eine tolle Neuigkeit für dich."

„Du hast doch nicht schon wieder ermittelt, Gertrud?", Annettes mahnender Ton verfehlte seine Wirkung nicht. Frau Grimm wand sich wie ein Aal.

„Ermittelt würde ich es nicht nennen. Also nicht direkt. Ich habe heute Morgen zunächst mal die Kurklinik in Bad Kreuznach angerufen. Die haben mich stundenlang hin und her verbunden, aber es hat sich gelohnt. Kurt Hermsen hat überhaupt kein Alibi …"

„Mutter!“

Heinrichs Finger krallten sich dermaßen fest an das Besteck, dass die Knöchel der Hände aussahen wie weiße Kugeln.

„Einer muss das ja überprüfen“, herrschte sie ihren Sohn an. „An dem fraglichen Wochenende war er gewissermaßen auf Heimaturlaub.“

Stolz kreisten ihre Augen über die Gesichter der Zuhörer. Heinrich dachte an die Jugendzeit zurück. Sein Vater hatte nicht gewollt, dass er Polizist würde. Nach dem Wunsch seines Erzeugers sollte Heinrich Hufschmied werden wie er und vor ihm sein Vater. Seiner Mutter hatte es Heinrich letztendlich zu verdanken, dass er damals die Ausbildung zum Polizisten absolvieren durfte. Die passionierte Krimiliebhaberin war seitdem ungeheuer stolz auf „ihren“ Kommissar.

„Dann sollten die Kollegen schnellstmöglich herausbekommen, wo dieser Hermsen sich heute aufhält“, Heinrichs Wut wich mittlerweile einem gesteigerten Interesse.

„Auf dem Bergweg in Alpen. Da komme ich gerade her. Die Tochter von Kurt Hermsen hat mir die Adresse gegeben.“

Das ging zu weit, Heinrichs Zorn kehrte zurück.

„Was hattest du dort zu suchen? Das ist mein … ich meine, das ist ganz allein Sache der Polizei. Der Fall geht dich überhaupt nichts an. Hast du das verstanden?“

Die scharfen Blicke von Mutter und Sohn trafen sich. Außenstehende konnten den Eindruck gewinnen, zwei Hirschböcke stritten Stirn an Stirn um das Revier.

„Moment! Erstens geht es euch beide nichts an, und zweitens ist noch gar nicht geklärt, ob überhaupt ein Ermittlungsverfahren eingeleitet wird. Darüber entscheide nämlich ich. Und momentan sehe ich keine Veranlassung dazu.“

Langsam richteten sich die Augen auf Annette. Mutter Grimm fasste die Situation in dürren Worten zusammen.

„Kein Ermittlungsverfahren?“

Wofür mache ich mir dann die Mühe, schien die Seniorin zu denken. Ihre Mimik war ein einziger Ausdruck der Enttäuschung.

„Augenblick“, Heinrich setzte sich kerzengerade, den Blick ebenfalls vorwurfsvoll auf Annette gerichtet, „kein Ermittlungsverfahren? Das kann doch nicht dein Ernst sein!“

„Und wieso geht es uns beide nichts an?“, bemerkte Gertrud Grimm verspätet.

„Das lässt du dir am besten von Heinrich erklären. Um offiziell Ermittlungen aufzunehmen, fehlt der geringste Hinweis auf einen Mord. Und dies ist nach dreißig Jahren nun einmal die einzige Straftat, die noch nicht verjährt wäre.“

„Ein Einschussloch in der Stirn spricht nicht für einen Unfall“, bemerkte Heinrich trocken.

„Wobei wir uns dabei, ebenso wie bei der angeblichen Körperverletzung, auf die Aussage eines, sagen wir mal, zweifelhaften Reporters stützen. Ich habe keine Lust, mir von diesem Camel während einer Pressekonferenz strahlend den unversehrten Kopf des Toten präsentieren zu lassen.“

Spät am Abend saßen Annette und Heinrich bei einem guten Rotwein auf der Couch. Heinrich wurde wieder von dieser inneren Unruhe befallen, die ihn immer dann quälte, wenn er den Eindruck hatte, irgendwas unternehmen zu müssen. Er startete noch einen Versuch.

„Findest du es nicht merkwürdig, dass Gerd Jansen auf einer Baustelle von Ackermann ums Leben gekommen ist? Ackermann hatte vorher alle anderen nach Hause geschickt. Da stimmt doch was nicht.“

Annette stellte ihr Glas ab, die Augen starr auf Heinrich gerichtet. Die Pupillen inmitten der dunkelbraunen Iris regten sich nicht. Die weiche Haut ihrer Wangen glänzte im Licht der flackernden Kerzen. Lediglich kleine Fältchen am Rande der Augen wiesen auf ihr Alter hin.

„Heinrich, gibt es irgendeinen ernst zu nehmenden Hinweis auf die Identität des Toten oder darauf, dass er gewaltsam ums Leben gekommen ist, außer deinem Glauben?“

Ihre Stirn kräuselte sich.

„Deiner Meinung nach handelt es sich um Walter Jansen, weil dieser zufällig ungefähr um dieselbe Zeit vermisst gemeldet wurde. Das ist doch absurd. Heinrich, ich erkenne dich nicht mehr wieder. Hätte Adriano einen Verdacht auf einer derart wackeligen Basis geäußert, hättest du ihn ausgelacht."

Heinrich fühlte, wie sich seine Nerven anspannten. Er konnte es sich nicht erklären, warum seine Partnerin in diesem Fall so ignorant war.

„Wenn du kein Verfahren einleitest, werden wir die Wahrheit niemals erfahren."

„Das Leichenermittlungsverfahren läuft doch noch."

„Das ist zu wenig. Er hatte vor, seinen zukünftigen Schwiegersohn zu enterben. Kurz nachdem dieser davon erfuhr, ist Walter Jansen verschwunden und wurde seitdem von niemandem mehr gesehen. Dreißig Jahre später taucht eine Leiche auf. Und zwar zufällig auf einer Baustelle von Manfred Ackermann. Der EKD hat Schleifspuren zum Bunkerausgang gesichert, die Leiche war nackt. In dem Kopf der Leiche befand sich ein Loch. Camel wird niedergeschlagen, der Kopf verschwindet, was willst du denn noch?"

„Um Recht zu behalten, schließt du sogar einen Pakt mit dem Teufel, nicht wahr? Du kennst Camel lange genug. Ein Skelett allein reicht ihm nicht. Ich halte es durchaus für möglich, dass dieses Einschussloch in den Bereich seiner", sie wedelte mit der rechten Hand, „künstlerischen Freiheit fällt."

Annette wurde nun wütend. Heinrich schürzte die Lippen. Camel und er waren nie die besten Freunde gewesen. Es gab nichts, was er an dem Reporter mochte. Die Art und Weise, vor allem die Mittel, die der Journalist häufig für den vermeintlichen Erfolg einsetzte, waren ihm zuwider. Es setzte ihm gewaltig zu, sich ausgerechnet von seiner Mutter und diesem Provinzreporter helfen zu lassen. Vielleicht sollte er doch besser angeln gehen. Annette schien seine Gedanken zu erraten.

„Ich denke noch einmal darüber nach, und jetzt lass uns das Thema bitte beenden."

16

Manuela Warnke knüllte die Packung zusammen und öffnete eine weitere Tafel Schokolade. Ihr Blick landete auf einem Foto an der gegenüberliegenden Wand neben dem Fernseher. Der Kopf war hochrot, das Trikot durchnässt. Es war der Zieleinlauf des Bocholter Triathlons aus dem vergangenen Jahr. Sie hatte einen beachtlichen vierten Platz in ihrer Altersklasse belegt. Das war nur läppische fünfzehn Monate her. Seitdem versammelten sich acht fettige Kilos um ihre Extaille. Kummerspeck, der dafür verantwortlich war, dass sie nur noch Pullover und Sweatshirts tragen konnte. Ein heller Fleck neben dem Foto brachte die Gedanken zurück. Auch wenn das Bild schon lange nicht mehr an der Wand hing, schien Jochen sie immer noch unverschämt anzulachen. Wird er Susan auch so behandeln? Sie fragte sich, ob sie es ihrer ehemals besten Freundin gönnen sollte. Wie lange geht das schon, hatte sie ihn gefragt. Drei Jahre, hatte er leise und mit gesenktem Blick geantwortet. Bis zu diesem Augenblick waren Ehrlichkeit und Treue Charaktereigenschaften, die sie an Jochen besonders geschätzt hatte. Und obwohl jeder Gedanke an die Vergangenheit ein verschwendeter war, fragte sie sich oft, wie sie sich so in ihm hatte täuschen können.

Seit der Ausbildung waren die drei eng befreundet gewesen, hatten danach alles versucht, gemeinsam in diese Dienststelle zu kommen. Das Versetzungsgesuch war ihr wie eine Flucht vorgekommen. Wieder einmal musste sie ganz von vorn beginnen. Wieder allein mit einem traurigen Rest Zuversicht. Allein gegen den Schatten eines pensionierten Kollegen, mit einem Mitarbeiter, dem der pünktliche Feierabend wichtiger war als der berufliche Erfolg.

Sie hatte Adriano erst zur Dienststelle bringen müssen, bevor sie die Ermittlungen allein fortsetzen konnte. Vor zwei Stunden war sie in der Villa des Bauunternehmers an der Danziger Straße in Sonsbeck gewesen. Fischreiter hatte getobt, als sie ihn nach der Ausschreibung fragte. Er war sicher gewesen, den Zuschlag zu bekommen. Ein

Schwager, der als Architekt fast umsonst in der Kalkulation stand. Niedriglohnkräfte aus Polen und Tschechien, Materialeinkauf zum Dumpingpreis sowie erstklassige Kontakte zu den Denkmalschützern sorgten für ein Angebot, das laut Fischreiter unmöglich auf legalem Weg zu unterbieten war. Der Unternehmer war der festen Ansicht gewesen, Ackermann würde gewaltig draufzahlen müssen. Ackermanns Motiv, so vermutete Fischreiter, bestand darin, einen lästigen Konkurrenten aus dem Markt zu boxen. Beiden Unternehmen ging es nicht besonders gut, sie hangelten sich von Auftrag zu Auftrag, um zu überleben. Dabei waren sie sich immer wieder in die Quere gekommen.

Manuelas Gedanken flogen durch ein Labyrinth aus Wirrungen. Den richtigen Ausgang schien es nicht zu geben. Fischreiters Aussage über die Liquidität und das erstaunlich niedrige Angebot hatte Rudi Ahrens bereits bestätigt. Das Skelett im Bauch der Motte musste also nicht unbedingt Ackermanns Motiv darstellen, den Auftrag um jeden Preis zu bekommen. Die Exfrau des Architekten tauchte vor ihrem geistigen Auge auf. Ihre Körpersprache, die eigenartig wirkte, gar nicht zu ihren Aussagen passen wollte. Warum hatte sie Hermsen damals gedeckt? Die Staatsanwältin dürfte diesen Ansatz von Heinrich Grimm haben, war sie sicher. Manuela Warnke plante ohnehin, das Gespräch mit ihrem Vorgänger zu suchen. Das schlechte Gewissen, sie hätte sich nicht direkt an den Arbeitsplatz ihres Vorgängers setzen sollen, verlangte danach. Manuela nahm es sich für den nächsten Morgen vor.

17

„Bist du wahnsinnig, hier aufzutauchen", eilig zog sie ihn hinein und verschloss die Tür. Unterwegs in das geräumige Wohnzimmer fiel Zigarettenasche auf die weißen Fliesen. Ihr Konsum hatte sich in den letzten Tagen verdoppelt. Sie bot ihrem Gast mit einer fahrigen Armbewegung den schwarzen Ledersessel an und rannte durch den Raum, um die Rollläden zu schließen.

„Hast du einen Whisky für mich?"

Kopfschüttelnd ging sie zur Bar und kam mit einem kleinen Glas und der Flasche in den Händen zurück. Nach einem tiefen Zug blies die aparte Frau den Qualm zur Decke und sah ihren Gast vorwurfsvoll an.

„Du hast vielleicht Nerven."

Er ging nicht auf sie ein. Schweigend führte er das Glas an die Lippen und nippte daran.

„Was wollte die Polizei von dir?"

„Das weißt du auch schon?"

Er nickte stumm. Sie hätte es sich denken können. Ihm war nie die kleinste Kleinigkeit entgangen. Nichts geschah in diesem Ort, ohne dass er es mitbekam. Wie konnte sie so naiv sein zu glauben, das hätte sich geändert?

„Sie wissen von Hermsen."

Die Mundwinkel glitten sanft hoch, in seinen Augen war Zufriedenheit erkennbar. Genüsslich trank er einen weiteren Schluck. Sie hatte geglaubt, es würde ihn irritieren. Immerhin hatten sie dreißig Jahre benötigt.

„Der alte Hermsen. Eigentlich bin ich ihm sogar zu Dank verpflichtet."

Sie zündete sich eine neue Zigarette an. Ihr lag die Frage auf der Zunge, warum er ausgerechnet Hermsen dankbar sein sollte. Sie schwieg.

„Ohne ihn würde die Polizei zuviel in meiner Vergangenheit stöbern."

„Was macht dich so sicher, dass sie es nicht tut?"

Er schwenkte das Glas vor dem Schein der Deckenlampe, betrachtete das goldgelbe Farbspiel.

„Mein Gefühl", antwortete er lapidar. Sie beobachtete ihn genau, suchte nach geringsten Anzeichen von Nervosität. Das linke Augenlid, erinnerte sie sich. Es vibrierte immer dann, wenn er unruhig wurde. Nicht sehr heftig, eher in kurzen schnellen Schlägen, wie die Flügel einer Motte. Bis auf gelegentliche Wimpernschläge blieb es völlig ruhig.

„Du musst verschwinden."

„Ja."

Er leerte das Glas in einem Zug bis zur Neige.

„Pass auf, was du der Polizei sagst", es klang scharf, fast wie eine Drohung. Sie lächelte zynisch. Die Tage waren längst vorbei, an denen er ihr Angst machen konnte. Er stand auf und trat ganz nah an sie heran. Der stechende Blick prallte nicht vollständig an ihr ab. Ein Teil fraß sich wie ein Feuer in sie hinein und loderte heiß in ihrer Seele. Er dachte nur an sich. Heute wie damals, als er diesen schrecklichen Mantel wie ein Gespenst ausgebreitet hatte und sie darunter zurückließ. Er ahnte nichts von den vielen Nächten, in denen sie schweißgebadet aufwachte und in sein Gesicht blickte. Die Erinnerung verließ ihren Geist nur sehr langsam, in winzigen, losen Gedanken, Stück für Stück. Vorgestern, als sie das Gerücht von einem Leichenfund erreichte, war sie mit einem Schlag zurückgekehrt. Es kam ihr vor, als habe die Baggerschaufel mit dem Tunneleingang auch ihre verkrustete Seele aufgerissen. Sie hatte es nicht glauben wollen, diese Ahnung immer wieder verdrängt. Als sie die Schlagzeilen gelesen hatte, tauchte lähmende Gewissheit sie in einen schrecklichen Tagtraum. Eine Frage war all die Jahre offengeblieben. Sie hatte ihn nie gefragt, aus Angst, die Antwort könne ihre schlimmsten Befürchtungen wahr werden lassen. Heute fühlte sie sich seltsam stark. Als sie die Frage stellte, wünschte sie sich im selben Moment, geschwiegen zu haben.

„Was ist wirklich mit dem Mädchen passiert, diese ..."

„Lydia."

Er klang gelangweilt. Mit geweiteten Augen starrte sie ihn an.

„Ihr Name war Lydia. Ein schrecklicher Unfall."

Sie schloss die Augen. Als er gegangen war, blieb sie noch eine Minute reglos im Türrahmen stehen. Kleine Tränen liefen über ihre Wangen. Die Kälte durchzog ihren Körper in seichten Wellen.

18

Annette war vor wenigen Minuten gegangen. Heinrich rührte lustlos in seinem Kaffee und überlegte, was er noch machen könnte, als die durchdringende Stimme seiner Mutter ihn hochfahren ließ. Er hatte ihr, als er vom Bäcker kam, von der Pensionierung berichtet. Sofort hatte sie begonnen, Pläne zu schmieden.

„Du hast Besuch", hörte er aus dem Treppenhaus. Als er die Tür öffnete, stand Frau Warnke in Begleitung seiner Mutter im Flur.

„Sie ist von der Polizei", flüsterte Frau Grimm, die hinter der Kommissarin stand. Um zu verdeutlichen, wen sie meinte, zeigte sie mit dem Zeigefinger von oben auf den Kopf der Kommissarin. Sie stand dabei auf Zehenspitzen und wankte unsicher.

„Guten Morgen, Frau Warnke", mit einem Schritt zur Seite ließ er sie passieren. Als seine Mutter sich vorbeidrängeln wollte, schob Heinrich sich dazwischen.

„Frau Warnke, wollten Sie mich besuchen oder meine Mutter?"

„Sie natürlich", antwortete Manuela erstaunt.

„Habe ich mir gedacht. Wissen Sie, meine Mutter versteht manche Dinge nicht mehr so richtig, aber hören kann sie noch ganz gut. Das hast du doch verstanden, nicht wahr, Mutter?"

Mit einem Schwung drehte er sich herum und schleuderte seiner Mutter einen strengen Blick entgegen. Ihre Augen zogen sich zusammen, über die Wangen glitt ein leichtes Zittern. Ohne ein Wort drehte sie sich auf dem Absatz um und lief die Treppe herunter. Unterwegs imitierte sie seine Stimme: „Meine Mutter versteht nichts mehr. Na warte, Bürschchen."

Der Frühstückstisch war noch nicht abgeräumt, zwei Mehrkornbrötchen lagen im Brotkorb. Angesichts des strömenden Regens hatten Annette und er die morgendliche Joggingrunde ausnahmsweise ausfallen lassen. Dementsprechend hatte ihnen der Appetit gefehlt.

„Setzen Sie sich doch. Haben Sie schon gefrühstückt? Kaffee oder Tee?", fragte Heinrich sachlich, ohne Emotionen preiszugeben. Manuela Warnke entschied sich für grünen Tee. Sie hatte bereits Cornflakes und eine Banane gegessen. Während der Gastgeber Wasser kochte, überlegte sie, mit einem Smalltalk zu beginnen, um das Eis zu brechen. Floskeln wie das schlechte Wetter oder die allzu hübsche Wohnung zu bemühen, waren ihr zuwider. Außerdem fand sie die Einrichtung ohnehin spießig. Das Mobiliar wirkte auf sie wie ein zurechtgesägter und verleimter Eichenwald.

Die Pensionierung Grimms erinnerte sie an ihren Vater. Er war nur wenig älter gewesen, als die Firma für immer geschlossen wurde. Vierzig Jahre fehlerfreie Arbeit hatten nicht mehr gezählt. Der Sachbearbeiter vom Arbeitsamt hatte ihm schonungslos zu verstehen gegeben, nicht mehr gebraucht zu werden. Seit dieser Zeit verzog er sich wie ein Eremit in seinen Hobbykeller, trank schon morgens. Sie machten sich Sorgen. Erst als Marco, sein Enkelsohn zur Welt kam, lebte Vater wieder auf.

„Herr Grimm, ich bin hier, um mich für meine Dreistigkeit zu entschuldigen und“, sie stockte, „um mir von einem erfahrenen Kollegen Rat zu holen.“

In Heinrichs tief liegenden Augen waren Zweifel erkennbar.

„Von einem Rentner?“

„Bis vorgestern war es Ihr Fall. Sie sind pensioniert, falls Sie nichts mehr damit zu tun haben wollen, kann ich das verstehen.“

Heinrich bekam das Gefühl, von hinten entwaffnet worden zu sein. Nach kurzem Nachdenken gestand er sich ein, sie ungerecht behandelt zu haben. Was war ihr übrig geblieben? Hätte sie eine angemessene Karenzzeit von einem Stehtisch aus arbeiten sollen? Sie trug keine Schuld, es war die Entscheidung der Vorgesetzten, die er immer noch nicht nachvollziehen konnte. Es ärgerte ihn, sich vorschnell ein falsches Bild gemacht zu haben. Eine wohlige Wärme breitete sich in seinem Innern aus, er fühlte sich geschmeichelt. War es Absicht? Für eine Sekunde stellte er sich vor, gemeinsam mit ihr und Adriano im Büro den Fall durchzusprechen. Zweifel kehrten zurück, wurden aber schnell von Sorgen überlagert. Heinrich wollte nicht, dass sie seinetwegen Ärger bekäme.

„Weiß die Dienststelle davon?"

„Ich habe im Auto gewartet, bis Ihre Freundin aus dem Haus gegangen ist", antwortete sie spitzbübisch.

Auf diese Art hatte sie schon ihren Vater immer wieder um den Finger wickeln können. Zum Leidwesen ihrer Mutter hatte sie fast jeden Wunsch erfüllt bekommen. Das Eis war endgültig gebrochen. Über Heinrichs Gesicht zog ein zufriedenes Lächeln. Der Hauptkommissar a. D. stand elanvoll auf und holte vom Sideboard einen zwischen Versandhauskatalogen versteckten Schnellhefter. Er rückte den Stuhl zu ihr herum, schob mit dem Unterarm Geschirr zur Seite und schlug den Ordner auf.

„Moment noch", flüsterte er. Vorsichtig erhob er sich, ging mit leisen Schritten zur Tür und riss sie auf. Seine Mutter konnte sich gerade noch am Türrahmen festhalten.

„Ich … ich wollte dir die Zeitung bringen", stotterte sie verlegen. Neugierig streckte sie sich, bog ihren Körper zur Seite und blickte an ihm vorbei ins Zimmer.

„Das ist nett", Heinrich streckte die offene Hand vor. Verwundert sah sie ihn an.

„Die Zeitung. Du wolltest sie mir bringen."

„Huch, ich habe sie wohl unten vergessen. Ich hole sie schnell."

„Nicht nötig. Hast du eigentlich nichts vor?"

Verärgert biss sie die Lippen aufeinander und ging. Manuela schmunzelte. Adriano hatte ihr bereits von den Marotten der Seniorin berichtet.

Nacheinander glichen sie die Ermittlungsergebnisse ab. Manuela wunderte sich, wie weit ihr Vorgänger bereits gekommen war. Vor allem die unterschiedlichen Ansätze machten sie nachdenklich. Zuletzt hatte sie den „Bericht" von der Befragung am Kastanienhof gelesen. Während ihnen nicht einmal etwas von einem Bruder Walter Jansens bekannt war, hatte Grimm den merkwürdigen Unfalltod vermerkt.

Nichts deutete darauf hin, dass ihr Vorgänger pensioniert worden war. Manuela überkam ein ungutes Gefühl. Sie hätte nicht hierherkommen dürfen. So hatte sie die neue Tätigkeit eigentlich nicht beginnen wollen. Ihr war es wichtig, die leidige Angelegenheit zu klären, sich zu entschuldigen, maximal. Aber nicht um Rat fragen, auch wenn es sich nur um eine Geste der Höflichkeit handeln sollte. Es kam ihr vor, als sei sie in seichtes Wasser gegangen, das nun immer tiefer wurde. Sie bemerkte Grimms auffordernden Blick, zwang sich zur Aufmerksamkeit.

„Hm, diesen Unfall können wir Ackermann wohl kaum noch anhängen."

„Stimmt. Aber merkwürdig ist es schon. Vielleicht war es wirklich ein Unfall."

Manuela schlürfte den heißen Tee. Ihre Augen verkleinerten sich.

„Und wenn nicht?"

„Für den Fall suchen wir ein Motiv. Folgende These: Ackermann erschießt Walter Jansen. Der Bruder bekommt das irgendwie mit. Ihm tut es nicht besonders leid, er sieht seine Chance und erpresst Ackermann."

„Es muss irgendwelche Aufzeichnungen von diesem Unfall geben. Ich werde das überprüfen. Aber Ackermanns Motiv für den Mord an Walter Jansen fehlt mir noch."

„Forciertes Erben", antwortete Heinrich wie selbstverständlich.

Sie schüttelte den Kopf. Eine innere Stimme warnte sie, es lag zwar auf der Hand, aber für ihren Geschmack eine Spur zu offen.

„Also, das Erbe stand zunächst mal seiner späteren Frau zu. Außerdem dauert es Jahre, bis eine vermisste Person für tot erklärt wird, das Erbe also angetreten werden kann. Ebenso verhält es sich mit der Lebensversicherung. In dieser Zeit kann viel passieren. Ehrlich gesagt, halte ich dieses Motiv für unzureichend, Herr Grimm."

Heinrich formte die Lippen zu einem dünnen Strich, nickte zustimmend. Völlig verwerfen wollte er diesen Ansatz nicht. Das Vermögen Jansens dürfte es wert gewesen sein, einige Jahre darauf zu warten.

„Ja, daran habe ich auch schon gedacht. Wir müssen noch mehr herausbekommen und das möglichst schnell. Bevor die Akte geschlossen wird."

Dieses *wir* stieß ihr unangenehm auf. Sie dachte erneut darüber nach, ob es ein Fehler war, hierherzukommen. Grimm fühlte sich scheinbar wieder zugehörig. Sie strich ihr dunkelblondes Haar nach hinten. Ein Frisörbesuch war überfällig.

Da sie es nicht mehr rückgängig machen konnte, wollte sie wenigstens so viele Informationen wie möglich mitnehmen.

„Ihre Mutter war doch bei Hermsen. Wie war ihr Eindruck?"

Fast gleichzeitig klopfte es an der Tür. Ohne die Einwilligung abzuwarten, trat Frau Grimm ein.

„Ich habe gerade das Treppengeländer abgestaubt, da habe ich zufällig meinen Namen gehört. Kann ich vielleicht helfen?"

„Das ist wirklich ein Zufall", antwortete Manuela, „wir haben tatsächlich gerade von Ihnen gesprochen."

„Zufall?", grummelte Heinrich, „meine Mutter staubt das Geländer immer ab, wenn ich Besuch habe."

„Quatsch."

Sie setzte sich unaufgefordert an den Tisch. Neugierig blickte sie in die Runde. Heinrich verzog ärgerlich das Gesicht.

„Frau Grimm, ich fragte, welchen Eindruck Sie von Kurt Hermsen hatten, als Sie gestern Abend dort waren?"

„Der Mann weiß etwas", sie senkte die Stimme, verlieh ihr zusätzlich einen verschwörerisch klingenden Unterton, „aber er darf nichts sagen."

Heinrich stieß ein verächtliches Lachen hervor. Seine Mutter ging nicht darauf ein. Während ihre Augen an Manuela Warnke hafteten, nickte sie bedeutungsvoll. Sie erzählte von Frau Böckerhoff-Hermsen, die ihrem Mann ausgerechnet in dem Augenblick über den Mund gefahren war, als dieser, so glaubte die Dreiundsiebzigjährige, ein Geständnis hatte ablegen wollen. Selbstverständlich hatte sie noch gestern Abend einen umfassenden Bericht geschrieben. „Wie es sich gehört", betonte sie. Die knochigen Finger zogen ein gefaltetes Blatt aus der Kitteltasche. Mit einem Anflug von Stolz überreichte sie es der Hauptkommissarin. Heinrich schüttelte nur den Kopf. Der „Bericht" ähnelte in Schrift und Form einem Kochrezept. Manuela fiel es schwer, nicht zu lachen und darüber hinaus höchstes Interesse zu heucheln. Sie überflog die Zeilen und stellte rasch fest, dass keine verwertbaren Details enthalten waren. Ohnehin musste einer ihrer Leute die Befragung wiederholen.

„Das ist sehr interessant, Frau Grimm. Darf ich den Bericht für unsere Akten mitnehmen?"

„Selbstverständlich", Heinrich kam es vor, als sei seine Mutter soeben um einen halben Meter gewachsen, „dafür gebe ich mir schließlich die Mühe."

„Ich muss Sie aber trotzdem bitten, uns die weiteren Ermittlungen zu überlassen. Das ist viel zu gefährlich für eine Dame in Ihrem Alter."

„Ich habe keine Angst!"

Es klang trotzig.

„Das glaube ich, Frau Grimm. Aber wir wollen doch nicht arbeitslos werden."

Manuela Warnke warf einen Blick auf die Wanduhr gegenüber. Zehn vor neun. Der spätestmögliche Arbeitsbeginn lag bei neun Uhr.

Kaum im Büro angekommen, erwartete Engels sie bereits. Die Laune des Dienststellenleiters war nicht dazu angetan, als Kontrastprogramm zum herbstlichen Schmuddelwetter herzuhalten. Mit bitterböser Miene entfaltete er einen Brief. Zwischen Lesebrille und den buschigen, schwarzen Augenbrauen lag ein Augenpaar hinter kleinen, dunklen Schatten.

„Herzlichen Glückwunsch, Frau Warnke. Zwei Tage im Amt und schon eine Dienstaufsichtsbeschwerde am Hals."

Engels verschwieg, dass gestern vom selben Absender eine Beschwerde gegen Heinrich Grimm eingetroffen war. Manuela zeigte keinerlei Gefühle.

„Von wem stammt die denn?"

„Von einem gewissen Herrn Doktor Georg Fuchs. Er ist der Rechtsanwalt von Herrn Manfred Ackermann."

Engels machte eine kurze Pause. Manuela gewann den Eindruck, dass er eine Erklärung erwartete. Als die Pause kommentarlos verstrichen war, senkte Engels den Kopf wieder auf den Brief.

„Ich zitiere:

Nachdem mein Mandant die Polizistin freundschaftlich an der Schulter berührt hatte, sprang diese wie von einer Tarantel gestochen hoch und streckte meinen Mandanten mit etlichen harten Schlägen zu Boden. Mein Mandant erlitt dabei mehrere Prellungen sowie Schürfwunden. Ein ärztliches Attest konnte bislang aus Zeitgründen noch nicht erstellt werden, kann aber bei Bedarf jederzeit nachgereicht werden.“

Engels blätterte mit strengem Blick um. Manuela war über diese Frechheit fassungslos.

„... *da mein Mandant für den Druck und den besonderen Stress, dem Polizisten in diesem Land ausgesetzt sind, vollstes Verständnis aufbringt, ist er gegebenenfalls bereit, von einer Anzeige gemäß Paragraph 223 StGb, Körperverletzung, Abstand zu nehmen. Zur Bedingung erklärt er eine Maßregelung der Beschuldigten seitens der Behördenleitung sowie eine förmliche Entschuldigung.*“

Manuela Warnke war nun außer sich vor Wut.

„Was erlaubt sich dieser arrogante Lackaffe? Der hat mich hochgerissen, wollte mich rauswerfen. Soll ich mir das bieten lassen?“

Sie hatte die Stimme unverhältnismäßig angehoben.

„Fragen Sie Herrn Steilmann, falls Sie mir nicht glauben. Er war dabei.“

Die laute Antwort hatte dafür gesorgt, dass Gunther Engels ruhiger wurde. Selbstverständlich hatte er Adriano dazu befragt. Die Aussage des Kollegen deckte sich zu einhundert Prozent mit der Frau Warnkes.

„Frau Warnke, ich glaube Ihnen. Was mir nicht gefällt, ist Ihre Wahl der Mittel. So eine Aktion kann dem Ansehen der Polizei großen Schaden zufügen. Menschenskind, Sie als erfahrene Polizistin lassen sich derart provozieren. Konnten Sie die Hand nicht einfach abschütteln, anstatt ihn direkt niederzuschlagen?“

„Niederzuschlagen? Sie glauben doch nicht …“

Manuela verschluckte sich, hustete.

„Ich habe ihm den Arm auf den Rücken gedreht und die Beine weggezogen, das war alles.“

Engels legte den Brief in die Ablage, stützte die Ellenbogen auf die Tischplatte und hakte die Finger ineinander.

„So, das war die Maßregelung. Jetzt sind Sie dran.“

Engels lehnte sich entspannt zurück. In ihrer Wut fielen Manuela die leicht hochgezogenen Mundwinkel und der freundschaftliche Blick ihres Vorgesetzten nicht auf.

„Richtig. Der wird sich wundern.“

Auf ihren Wangen war eine leichte Rotfärbung erkennbar, als sie sich erhob.

„Was haben Sie jetzt vor?“

„Ich werde den Gedanken von diesem Rechtsverdreher aufgreifen und eine Anzeige nach StGB 223 anfertigen.“

„Spinnen Sie jetzt? Wegen einem blauen Fleck am Arm, oder was?“

„Nein. Wegen einem eingeschlagenen Schädel. Dem des Journalisten Konrad Walther. Zeuge: Konrad Walther. Das wollen wir doch mal sehen.“

Ohne einen Gruß stapfte sie in ihr Büro.

„Warum macht Ackermann das?“, wollte Adriano wissen. „Ich meine, er muss doch wissen, dass er damit nicht durchkommt.“

Manuela hatte sich wieder einigermaßen beruhigt. Die Frage war berechtigt, dachte sie.

„Der Fuchs kommt aus dem Bau. Er wurde offenbar aufgescheucht.“

„Ich glaube eher, der lässt seine Muskeln spielen. Und? Entschuldigst du dich bei ihm?“

Die Kommissarin fuhr sich mit dem Zeigefinger an die Stirn. Sie dachte an Camel. Bei Körperverletzung erfolgte das Strafverfahren automatisch. Dass dieses noch nicht eingeleitet worden war, musste als Indiz für die mangelnde Glaubwürdigkeit des Zeugen gewertet werden. Tatsächlich konnte der Journalist die Tatausübung nicht bezeugen. Auf den bloßen Verdacht hin würde dies nur bedeuten, Wasser auf die Mühle von Ackermanns Anwalt zu gießen. Manuela verwarf den Gedanken, auch wenn er ihr in der ersten Aufregung gefallen hatte.

„Ackermann will sich um jeden Preis die Polizei vom Hals halten. Weshalb, was haben wir übersehen?“

Adriano zuckte die Schultern.

„Nichts. Der Erkennungsdienst war da, der Schädel weg. Wüsste nicht, was es dort noch zu verbergen gibt.“

Manuela erzählte ihrem Kollegen vom Besuch bei Grimm und dessen Aussage betreffend Gerd Jansens Unfalltod. Für Adriano schien es selbstverständlich, den erfahrenen Grimm mit einzubeziehen. Manuela sträubte sich innerlich dagegen. Nach einigen Telefonaten versprach ihr eine Kollegin, die Akte zu dem Unfall herauszusuchen.

19

Heinrich Grimm kam sich vor wie ein Pennäler, der wichtige Informationen für eine Hausaufgabe suchte. Er besaß zu Hause keinen Computer. Das Internet war für ihn verzichtbar, privat zumindest. Es ärgerte den Pensionär, ausgerechnet in der Öffentlichkeit nach wichtigen Fakten suchen zu müssen. Er musste eine Viertelstunde warten, bis das Terminal in der ersten Etage der Stadtbücherei an der Ritterstraße frei wurde.

„Was macht der Opa denn da? Ich muss mir noch Infos für den Biotest saugen."

Heinrich drehte sich um und strafte eine Gruppe Schüler mit verächtlichem Blick. Als er die Hose eines Jungen sah, schüttelte er den Kopf. Offenbar um den Verschleiß der Sportschuhe zu verringern, trug er eine Jeans in einer Größe, die es ihm erlaubte, sie mühelos unter die Sohle zu schieben. Der halbdurchsichtige Kinnbart, mit Haaren so dünn wie Gänseflaum, sollte wohl das Selbstwertgefühl steigern. Lange, dunkle Haare hingen von der rechten Kopfhälfte herab, die linke war fast kahlgeschoren.

„Das dauert hier noch, vielleicht nutzt du die Zeit für einen Frisörbesuch?"

„Boah, hört euch den an. Lass dir mal die Haare färben, Alter, friedhofsblond ist megaout!"

„Jetzt reicht es!"

Die freundliche Angestellte der Bücherei verwies die Jugendlichen mit gar nicht freundlichem Tonfall und einer resoluten Armbewegung zur Treppe. Da das Treppengeländer die Eigenart hatte, mit jedem Schritt einen hellen Ton von sich zu geben, erklang kurz darauf eine schrille Melodie. Frau Dorinth sah ihnen kopfschüttelnd hinterher, anschließend bot sie Heinrich freundlich Hilfe an. Er lehnte dankend ab. Zum ersten Mal kam er sich wie ein Rentner vor. Im Monitor spiegelte sich der graue Bürstenhaarschnitt. Grimm wollte unbedingt Hintergründe über die Familie Jansen und Manfred Ackermann in

Erfahrung bringen. Nach dem Gespräch mit Manuela Warnke war er sich nicht mehr sicher, was das Motiv betraf. Seine Nachfolgerin hatte die These vom Erbe gehörig ins Wanken gebracht.

Was die smarte Kommissarin betraf, musste er sein vorschnelles Urteil revidieren. Er konnte Engels' Freude über den schnellen und vor allem kompetenten Ersatz nun verstehen. Aber anstatt sich mit ihm zu freuen, schmerzte es, derart gut und schnell ersetzt worden zu sein. Ein nahtloser Übergang, mitten in einem Fall, scheinbar unbemerkt. Heinrich schämte sich für dieses Gefühl.

Über Ackermann hatte das Internet nur aktuelle Informationen parat. Bei Jansen verhielt es sich anders. Auf dem Monitor war ein altes Bild von der Eröffnung des ersten Juweliergeschäftes an der Burgstraße zu sehen. Was er suchte, waren Wegbegleiter Jansens, Ansprechpartner, die ihm vielleicht wertvolle Angaben liefern könnten. Auf einer Internetseite, die sich „Freunde-Suchmaschine" nannte, wurde Heinrich erstmals fündig.

Einmal angemeldet, konnte der Benutzer hier die Schule eintragen, die er zuletzt besucht hatte, und den Jahrgang der Entlassung. Was aber sein Interesse besonders erregte, war die Tatsache, dass man beliebig nach alten Bekannten stöbern konnte, vorausgesetzt, sie hatten sich eingetragen. Als er den Namen des Gesuchten eintippte, fuhr der Zeigefinger zaghaft zur Eingabetaste. Heinrich wusste nicht mehr, wo er noch suchen konnte. Drei Sekunden später tauchte das Ergebnis ernüchternd vor ihm auf. Viermal stand der Name in einer Liste, der früheste Entlassjahrgang war allerdings 1967, was im Fall Jansen nicht zutreffen konnte. Heinrich setzte enttäuscht die Lesebrille ab und rieb sich die Augen. Dieser Mann musste doch irgendwo Spuren hinterlassen haben. Er bekam nicht mit, dass die freundliche Bibliothekarin sich genähert hatte. Als sie sich räusperte, fuhr Heinrich erschrocken herum.

„Suchen Sie einen alten Freund?"

Mit einem Anflug von Pessimismus atmete er tief durch und nickte.

„Also, diese Freunde-Suchmaschine ist eher etwas für die Jüngeren. Die meisten Menschen in Ihrem Alter interessieren sich nicht für das Internet, tragen sich also auch nicht ein."

„Gibt es sonst noch eine Möglichkeit, einen ungefähr siebzig Jahre alten Mann ausfindig zu machen?"

„Hm, Moment", nachdenklich rieb sie ihr Kinn.

„Was hat der Herr denn beruflich gemacht?"

Heinrich machte einen hilflosen Eindruck.

„Kaufmann, oder vielleicht auch Goldschmied?"

„Wenn Ihr Bekannter Goldschmied war, könnten Sie es bei den Berufsschulen oder der Handwerkerinnung versuchen."

Heinrich bedankte sich für den Hinweis. Er schluckte den aufkommenden Ärger herunter, nicht selber auf die naheliegende Idee gekommen zu sein. Hoffnungsvoll führte er die Suche fort. Die Berufsschulen in Moers und Wesel boten kein Archiv an. Er notierte sich die Telefonnummern der Sekretariate. Die Handwerkskammer brachte ihn ebenfalls nicht weiter. Er bezahlte und verließ die Bücherei. In einem italienischen Restaurant am gegenüberliegenden Kornmarkt bestellte er einen Milchkaffee und zückte das Handy. Die Sekretärin der Berufsschule Moers dämpfte zunächst die Erwartungen.

„Wir sind eine kaufmännische Berufsschule, Goldschmiedlehrlinge betreuen wir hier nicht."

Freundlicherweise verband sie ihn mit einem Sachbearbeiter. Heinrichs Hoffnung war zu diesem Zeitpunkt bereits auf ein Mindestmaß gesunken. Juweliergeschäfte entstanden früher hauptsächlich dadurch, dass Uhrmacher oder Goldschmiede ihren reinen Reparatur- und Anfertigungsservice erweiterten. Der nächste Satz hauchte seiner Hoffnung wieder neues Leben ein.

„Walter Jansen, da haben wir ihn. Hier kommt nichts weg", Lachen drang durch den Hörer, „Ausbildung zum Einzelhandelskaufmann, 1951 bis 1954."

„Können Sie mir sagen, wer noch in dieser Klasse war und aus der Gegend um Alpen stammt? Ich organisiere ein Klassentreffen. Leider existieren von der Volksschule Alpen keine Aufzeichnungen mehr. Vielleicht hat ja noch jemand meiner Kameraden diesen Beruf ergriffen", Heinrich seufzte, „das ist vielleicht schwierig nach all den Jahren."

Geschickt umschiffte der pensionierte Ermittler den drohenden Hinweis auf den Datenschutz. Einen alten Mann würde der Sachbearbeiter sicherlich nicht abwimmeln, redete er sich ein.

„Na ja, darf ich eigentlich nicht. Aber in dem Fall will ich mal nicht so sein."

Heinrich kramte den Kugelschreiber aus der Innentasche des Mantels. Vergeblich durchsuchte er die Taschen nach einem Block. Als sein Gesprächspartner eine Reihe Namen vorlas, zog Grimm sich eine Papierserviette aus dem Ständer in der Tischmitte.

Der Kellner brachte ihm ein Telefonbuch. Gut ein Dutzend Namen befand sich auf der Serviette, er bestellte erneut einen Milchkaffee. Da er nicht wissen konnte, wo Jansens ehemalige Weggefährten heute wohnten, gestaltete sich die Suche sehr mühselig. Jeden Namen suchte Heinrich in sechs Orten, zunächst vergeblich, erst beim siebten Namen wurde er fündig. Siegmund Steiger, Alpen, Tackenstraße. Die restlichen Namen befanden sich nicht im Telefonbuch des Kreises Wesel.

Grimm wollte schon auflegen, als sich eine leise Stimme meldete. Er stellte sich als Hauptkommissar Grimm vor und fragte nach Walter Jansen. Das „a. D." nach seinem Namen sprach er wieder kaum wahrnehmbar aus. Leises Rauschen drang an sein Ohr. Er wollte noch einmal nachfragen, als er die Stimme abermals vernahm. Sie klang krächzend, als sei sein Gesprächspartner erkältet.

„Da hätten Sie mal eher kommen sollen. Der Kerl ist doch längst über alle Berge. Das hätte es früher nicht gegeben, was der sich erlaubt hat. Das arme Ding. Wissen Sie, was man früher mit so einem gemacht hätte?"

„Steht dir gut. Besser als vorher auf jeden Fall."

Amüsiert deutete sie auf den turbanähnlichen Verband auf Camels Kopf. Trixies Kollege hatte kein Interesse an ihren Späßen. Er war immer noch mit den jüngsten Vorfällen beschäftigt. Er sah sich schon an zusammengeknoteten Bettlaken aus dem Krankenhaus fliehen. Hätte er sicherlich auch gemacht, wenn dieser Drache im weißen Kittel nicht einen Tag nach der Einlieferung seine Kleidung konfisziert hätte, um sein Vorhaben zu unterbinden. Heute Morgen hatten sie schließlich den Drohungen nachgegeben und ihn auf eigene Verantwortung entlassen. Schlimmer aber war das, was ihm bei der Weseler Polizei widerfahren war. Es ärgerte den Redakteur, dass sein wichtigster Informant ohne vorherige Ankündigung in den vorzeitigen Ruhestand verschwunden war. Aber dieses Gefühl, nicht ernst genommen zu werden, schlug ihm auf den Magen. Als ob er die völlige Ignoranz seiner journalistischen Klasse auf die Spitze treiben wollte, hatte dieser Nachwuchskommissar ihn gefragt, wo er den Totenkopf versteckt hielt. Dabei war er es doch, der den Fall überhaupt aufgedeckt hatte und das immerhin unter Einsatz seines Lebens. Der Gedanke daran brachte die rasende Wut zurück.

„Sag mal Camelchen", flötete Trixie, „wann rückst du eigentlich den Kopf heraus? Das Titelblatt für morgen ist noch frei."

Das erste, was der Redakteur zu fassen bekam, war das Marmeladenbrot neben der Tastatur. Die aerodynamischen Eigenschaften einer mit Erdbeermarmelade beschmierten Weißbrotschnitte sind nicht besonders ausgeprägt. Das Flugobjekt verfehlte Trixies Kopf und beendete seine kurze Reise mit der Marmeladenseite voran auf der Rückseite von Camels Trenchcoat. Dort angekommen, folgte es den Gesetzen der Gravitation und glitt gemächlich, eine dezente rote Spur hinterlassend, an dem Kleidungsstück aus den frühen Siebzigern herab. Diese Steilvorlage konnte Trixie sich unmöglich entgehen lassen. Mit angedeutetem Kennerblick betrachtete sie die Garderobe hinter sich.

„Alle Achtung“, sie pfiff anerkennend, „ein neuer Beuys, und das in unseren bescheidenen Gemäuern.“

Sofort ging sie in Deckung und wedelte entschuldigend mit den Armen.

„Friede. Heute Morgen hat jemand von der Baustelle Motte in Alpen für dich angerufen. Er sagte, er hätte etwas sehr Interessantes für dich.“

Langsam legte Camel den Locher zurück auf den Schreibtisch. Brennende Neugierde und der Anflug von Stolz brachten ihn auf andere Gedanken. Zumindest in der Bevölkerung schien seine Kompetenz anerkannt.

„Das sagst du erst jetzt? Hat er seinen Namen genannt?“

„Nein. Er hat mir nur eine Handynummer gegeben. Augenblick“, Trixie fingerte in einem Wust von Zetteln. Sie hob die Tastatur an, verschob das Mousepad, sah unter dem Telefon nach.

„Ich hätte schwören können, den Zettel hier irgendwo hingelegt zu haben, komisch.“

Camels Nerven spannten sich, jeder einzelne fühlte sich an wie die Sehne eines abschussbereiten Bogens.

„Hm, kann auch sein, dass ich den Zettel schon auf deinen Schreibtisch gelegt habe.“

Hektisch begann Camel die Suche. Dabei rutschte die andere Schnitte über die Kante des Tisches. Einem ihm unbekannten physikalischen Gesetz folgend, klatschte sie mit der Nougatcreme auf die hellblaue Teppichfliese.

„Da ist er ja“, jubelte Trixie und reichte ihm den Zettel über den Tisch. Sofort hackte er die Nummer in die Tastatur des Funktelefons.

„Wischnewski“, kam es unfreundlich aus dem Hörer. Camel stellte sich freundlich vor.

„Ich bin derjenige, der hinter Ihnen her in den Tunnel gelaufen war. Ich habe gesehen, wie mein Chef Sie niedergeschlagen hat.“

Wunderbar, jubilierte der Redakteur innerlich. In seinem Bewusstsein tauchte eine stetig größer werdende Zahl auf. In diesem Moment ärgerte es ihn, vorzeitig aus der Klinik gegangen zu sein. Für die Berechnung des Schmerzensgeldes wäre ein längerer Aufenthalt sicherlich vorteilhaft gewesen. Aber auch so würde es diesen arroganten Pinsel eine schöne Stange Geld kosten, war er überzeugt. Sollte er diesen Wischdings dafür zum Essen einladen?

„Das muss allerdings unter uns bleiben. Ich kann es mir nicht leisten, gegen meinen Chef auszusagen."

Bereits heute Morgen, als er immer noch im Halbschlaf nach den Strapazen im Krankenhaus hatte feststellen müssen, dass sein Wohnungsschlüssel zwar steckte, aber leider in der falschen Seite des Schlosses, keimte in ihm ein erster Verdacht, dass dies nicht sein Tag werden würde.

„Um mir das zu sagen, sollte ich Sie anrufen?"

Der Ton wurde mürrisch, die anfängliche Euphorie verflog so schnell, wie sie gekommen war. Camel wollte das Gespräch beenden, als Wischnewski sich noch einmal meldete.

„Nein. Ich habe noch mehr gesehen."

Camels Gedanken flossen zäh wie die süße Marmelade an seinem Überzieher. Er hatte nicht die geringste Vorstellung, wovon der Arbeiter sprach.

„Ich konnte erkennen, wie Ackermann diesen Totenkopf unter seinen Mantel geschoben hat."

„WAS? Wissen Sie, wo er ihn aufbewahrt?"

„Allerdings."

„Wo? Ich muss ihn haben."

Camel klemmte hektisch das Telefon hinters Ohr, kramte mit der linken Hand in einem Zettelhalter und suchte mit der Rechten einen Stift. Ohne Einfluss darauf ausüben zu können, präsentierte das Unterbewusstsein sein lächelndes Antlitz, abgebildet auf der Titelseite der morgigen Ausgabe. In den Händen hielt er stolz das Corpus delicti. Kollegen von Rundfunk und Fernsehen erbaten abwechselnd Interviewtermine, sein Chef bot ihm den Posten eines Redaktionsleiters in Düsseldorf an, als er die ernüchternde Antwort Wischnewskis vernahm.

„Langsam, junger Mann. Sie sind nicht der einzige Interessent.

Allerdings hat die Polizei noch keine Belohnung ausgesetzt. Das macht es für mich nicht gerade interessant, meine Stellung zu riskieren, verstehen Sie?“

Camel verstand nur zu gut. Dieser Gauner wollte den Schädel zu Bargeld machen. Ihm war schon lange aufgefallen, dass die Moral in diesem Lande den Bach hinunterging.

„Okay“, presste er hervor, „wie viel verlangen Sie?“

„Hm, darüber habe ich noch gar nicht richtig nachgedacht. Was ist er Ihnen denn wert? Ich meine, da dürfte ja eine tolle Story für Sie drin sein.“

Gut, dachte Camel. Der hat überhaupt keine Ahnung. Da er nicht lange feilschen wollte, andererseits aber unbedingt diesen Schädel haben musste, unterbreitete er sofort ein kaum auszuschlagendes Maximalgebot.

„Fünfhundert Euro, cash.“

Für eine Sekunde fühlte er sich sicher. Dann dachte er, dass die Hälfte vermutlich auch gereicht hätte, bis dieses hämische Lachen an sein Ohr drang.

„Häng' mal 'ne Null dran, Jungchen.“

Camel überlegte fieberhaft. Sollte dieser Witzbold ihm für fünf Mille die Information geben, dass Ackermann den Kopf des Toten in seinem Tresor aufbewahrte, würde es ihm gar nichts nutzen. Adriano konnte er heute Morgen entlocken, dass es bislang keine Mordermittlung gebe. Eine Belohnung würde es daher vorläufig auch nicht geben. Dann kam ihm ein Gedanke, der das Angebot in ein völlig neues Licht rückte. Aus welchem Grund sollte Ackermann den Schädel aufheben? Da er ohnehin nicht wusste, woher er das Geld so schnell bekommen sollte, erbat er sich bis zum Abend Bedenkzeit.

21

Diesmal benötigte Heinrich keine Karte. Während ihrer Fahrradtouren im Frühjahr hatten sie des Öfteren eine ausgedehnte Mittagspause im Spargelzelt an der Tackenstraße verbracht. Findige Gastronomen aus Alpen stellten jedes Jahr zur Spargelsaison ein großes Bierzelt auf die grüne Wiese, direkt an einer der schönsten Fahrradrouten der Gegend. Um die Mittagszeit war dort kaum ein Platz zu bekommen.

Das allein stehende Haus unweit des Mühlenfeldes erkannte er schon von weitem. Siegmund Steiger öffnete ihm in einem dunkelgrünen Arbeitsanzug. Die knochigen Hände waren mit grünen und braunen Flecken übersät. Steiger bemerkte Heinrichs kurzes Zögern, als er ihm die Hand hinhielt.

„Entschuldigen Sie bitte, ich komme gerade aus dem Garten. Die Hecke hatte es wieder einmal nötig."

Heinrich dachte an den Garten zu Hause. Ohne den Einsatz von Mutter wäre er längst zum Urwald verkommen, was sie allerdings auch bei jeder Gelegenheit betonte. Der Gastgeber führte ihn in das geräumige Wohnzimmer. Rundherum an den Wänden hingen Geweihe und ausgestopfte Köpfe einheimischen Wildes. Klobige, dunkle Möbel, ein dicker roter Teppich im Zusammenspiel mit der erdrückend grünen Stofftapete gaben dem Raum das spießbürgerlich anmutende Ambiente eines Seniorenstiftes. Heinrich fiel Annettes Kritik an seinem Geschmack ein, was die Einrichtung seiner Wohnung betraf. Selbst er wäre dafür noch mindestens zehn Jahre zu jung, sagte sie das letzte Mal im Spaß. Sie nahmen auf Sesseln Platz, die mit karierten Wolldecken vor Verschmutzung geschützt wurden.

„Herr Steiger, wie gut kannten Sie Walter Jansen?"

Steiger nahm sich Pfeife und Tabak vom Kacheltisch. Die grobporige Haut wirkte wie Leder. Während er in aller Ruhe die Antwort überdachte, stopfte er die Pfeife.

„Ich kannte ihn nicht so gut. Meine Frau hat einige Jahre in dem

Geschäft auf der Burgstraße gearbeitet, bis er sie rausgeschmissen hat."

Mit einem Streichholz entzündete er den Tabak und entfachte durch mehrmaliges kurzes Saugen die Glut. Heinrich war ernüchtert. Er vermutete, Steiger würde die Situation nutzen, um Walter Jansen nachträglich zu denunzieren.

„Warum hat Jansen Ihrer Frau gekündigt?"

Der süße, schwere Geruch von Whisky breitete sich aus.

„Sie hat zu viel mitbekommen."

Steiger lehnte sich zurück und schlug die Beine übereinander. Mit der Pfeife in der Hand genoss er scheinbar die Neugierde seines Gesprächspartners.

„Sie kommen nicht von hier, stimmt's?"

Heinrich nickte.

„Jansen hatte damals ein Lehrmädchen aus Krefeld, Lydia Arnolds. Die Kleine war", Steiger atmete schwer, der Kopf bewegte sich zögernd, „geistig ein wenig zurückgeblieben, ein Geburtsfehler. Sie kam von der Sonderschule. Ihre Eltern waren damals heilfroh, als Jansen ihr die Lehrstelle gab. Im ersten Jahr hat ihre Mutter sie jeden Tag zum Geschäft gefahren und abends wieder abgeholt. Die Kleine hatte meiner Frau so leidgetan. Lisbeth kam oft fix und fertig von der Arbeit nach Hause. Sie sagte immer, die Lydia wäre so fleißig und hilfsbereit und Jansen würde das nur ausnutzen."

Es war mehr als dreißig Jahre her, aber aus seiner Stimme klangen Hass und Wut so frisch, als sei es gestern gewesen. Heinrich erfüllte eine beklemmende Ahnung. Immer neue Abgründe schienen sich vor ihm zu öffnen.

„Es war an einem Freitagabend im Juli. Der Laden hatte schon geschlossen. Lisbeth musste noch einmal zurück. Sie hatte im Lager ihre Handtasche liegen gelassen. Lydia lag vornübergebeugt auf dem Schreibtisch. Jansens linke Hand befand sich unter der Bluse des Mädchens, ihren Rock hatte er hochgeschoben, mit der rechten Hand fummelte Jansen an seinem Gürtel. Das Mädchen heulte unentwegt. Jansen schrie: Sei ruhig, oder soll ich die Polizei rufen?"

Steigers Tonfall wurde eindringlicher, die Worte drangen schmerzvoll an Heinrichs Ohren.

„Warum hätte er die Polizei rufen sollen?"

„Das Schwein besaß einen Zweitschlüssel von den Spinden. Er hatte ein Paar Ohrringe in den Spind der Kleinen gelegt und behauptet, sie hätte sie stehlen wollen."

Heinrich schämte sich für den zweifelnden Blick.

„Niemals! Lydia ist einmal einen Zug später nach Hause gefahren, weil sie einer Kundin nach Feierabend zwei Mark gebracht hat, die diese zuviel bezahlt hatte."

Heinrichs Puls beschleunigte sich. Er glaubte, eine Schlinge um seinen Hals zu spüren, der Atem geriet ins Stocken. Es kostete ihn Mühe, die Fassung zu wahren.

„Wie hat Ihre Frau reagiert?"

Steigers Lachen wirkte abstoßend. Er faltete ein Pfeifenbesteck auseinander und stopfte den Tabak nach. Heinrich bemerkte die feinen Härchen auf dem Handrücken, die sich aufrecht im dünnen Qualm, der in kleinen Fäden aus dem Pfeifentopf aufstieg, bewegten. Als er den Kopf hob, wurde sein Blick stechend.

„Sie hat ihn angeschrieen. Er hat die Kleine sofort losgelassen, sie war heulend an Lisbeth vorbeigelaufen."

„Hat Ihre Frau die Polizei eingeschaltet?", die Antwort konnte Heinrich sich denken.

„Sie hat Jansen damit gedroht. Der Kerl hat Lisbeth nur höhnisch ausgelacht. Sie solle sich nicht lächerlich machen, hatte er gesagt. Ihre Aussage gegen seine, einer geistig behinderten Diebin würde eh niemand glauben. Damit hat er Lisbeth nicht beeindrucken können, das musste er gespürt haben. Er drohte meiner Frau, Lydia Arnolds wegen Diebstahl anzuzeigen und fristlos zu kündigen, sollte die Polizei oder irgendjemand sonst Wind von der Lappalie bekommen. Genau so hat er sich ausgedrückt. Ich habe mir bei der Jagd mehr als einmal gewünscht, Jansen würde mir vor die Flinte laufen."

„Davon hat Ihre Frau sich einschüchtern lassen?"

Steiger stand wortlos auf und ging zur breiten Fensterfront. Topfblumen verdeckten zur Hälfte den Blick in den Garten. Vom Dorf her zogen dunkle Wolken auf.

„Glauben Sie nicht, es wäre ihr leichtgefallen“, murmelte er, die Augen in den Garten gerichtet. „Was ihr selber geschehen würde, war Lisbeth egal. Aber Lydia …“, er kramte ein Taschentuch aus der Hose und schnaufte hinein, „Jansen wäre mit der Anzeige durchgekommen. Glauben Sie, die hätte noch irgendjemand genommen?“

Heinrich konnte sich jetzt nicht mehr beherrschen. Dieses Kopf-in-den-Sand-Gehabe machte ihn rasend.

„Da kann man besser die Augen verschließen und das Mädchen weiter seinem Peiniger aussetzen“, Heinrich stand nun dicht neben dem Senior und schrie ihm ins Gesicht, „ist es das, was Sie mir sagen wollen, Herr Steiger?“

„Ich hätte überhaupt nichts sagen sollen.“

Heinrich schüttelte verächtlich den Kopf. Er wollte nur noch so schnell wie möglich hier fort.

„Meine Frau hat Lydia danach nicht mehr mit diesem Kerl allein gelassen. Sie haben das Geschäft von da an morgens gemeinsam betreten und abends gemeinsam verlassen.“

Die Stimme klang bedrückt. Steiger schien sich für diese Entschuldigung zu schämen.

„Die Polizei benötigt möglicherweise die Aussage Ihrer Frau.“

„Lisbeth ist vor fünfundzwanzig Jahren gestorben. Krebs. Es hat sie innerlich aufgefressen.“

„Das tut mir leid. Was ist aus Lydia Arnolds geworden? Wissen Sie, wo sie heute lebt?“

Sein Kopf senkte sich. Eine Geste, die Heinrich verunsicherte.

„Das ist es ja, was meiner Frau so zugesetzt hatte.“

Sie setzten sich wieder an den Tisch. Heinrich gab ihm Zeit, sagte nichts, sah ihn nur an mit einem Blick, der Wut und Mitleid in sich vereinte.

„Lydia Arnolds ist ein halbes Jahr später gestorben. Ein Verkehrsunfall, jemand hat das Mädchen überfahren und wie ein totes Tier auf der Straße liegen lassen. Es ist nie herausgekommen, wer das war.“

Heinrich schluckte, seine Kehle war wie zugeschnürt. Er war hierhergekommen, weil er sich ein Bild von Walter Jansen machen wollte. Was er bekam, glich einem Albtraum. Steigers Gesichtsausdruck verriet ihm, dass er nicht an einen Zufall glauben konnte.

„Man hat sie auf der Lindenallee gefunden, oben am Wald. Was wollte sie dort, morgens um sieben? Der Bahnhof liegt genau am anderen Ende von Alpen. Lisbeth hat Jansen unverhohlen die Schuld gegeben, er hat sie daraufhin rausgeschmissen."

„Sie müssen eine große Wut auf Jansen gehabt haben."

„Ja, das können Sie laut sagen."

Steiger stockte, seine Augen verengten sich, über der Nasenwurzel zeichnete sich eine senkrechte Falte ab.

„Oh nein, vergessen Sie es."

„Sie haben Jansen gehasst für das, was er Ihrer Frau und dem Mädchen angetan hat. Sie sind Jäger."

Steiger atmete schwerfällig. Sein Blick glitt ins Leere.

„Ich hätte ohne mit der Wimper zu zucken abgedrückt, wenn ich die Gelegenheit gehabt hätte, aber dazu hat es der feige Hund nicht kommen lassen. Geben Sie mir Bescheid, sobald Sie ihn gefunden haben, es erspart der Justiz unnötige Kosten."

Heinrich konnte nicht einfach zurückfahren und weitermachen. Den nächsten Mosaikstein suchen, immer getrieben von dem Gedanken, das Gesamtwerk endlich vor sich zu sehen. Kurz hinter Ginderich bog er links in den Perricher Weg ab, parkte den Wagen nach wenigen Metern und lief über einen schmalen Feldweg irgendwohin. Ist es das wert, hörte er sich fragen. Seine Augen flogen über abgeerntete Maisfelder, endeten in der Ferne an den beiden Rheinbrücken. Einen Steinwurf davor, im Schatten der Brücken, blieb sein Blick an den Überresten des ehemaligen Fort Blücher haften, dem alten Gemäuer, in dem er vor zwei Jahren einen Menschen erschossen hatte. Die Wunden waren immer noch nicht verheilt. Wieder sah er die Bilder vor sich. Sah Wolf Eilers, den ausgestreckten Arm, blickte in die Mündung, auf den sich langsam bewegenden Zeigefinger seines Gegenübers. Heinrich war keine Wahl geblieben, sein Zeigefinger krümmte sich reflexartig. Ein antrainierter Automatismus, der den Tod zur Folge hatte.

Polizist fällt auf Spielzeugpistole herein.

Die Schlagzeile einer großen Boulevardzeitung zwei Tage später war ihm wie ein Urteil vorgekommen. Die Journalisten hatten Untersuchungen verlangt. Für seine Behörde war dies kein Thema, sie hatten ihm geglaubt. Nur Heinrich selbst hatte an diesem Tag den Glauben an sich verloren. Der Schrei einer Krähe holte ihn zurück in die Realität. Langsam ging er zum Auto zurück. Er fühlte sich wie ein alter, zahnloser Wolf in der fernen Weite der Taiga. Ruhelos umherirrend, einer zur Sinnlosigkeit verkommenen Bestimmung folgend.

Alles schien vorgestern noch überschaubar. Mord aus Habgier. Zwei Tage, drei, vielleicht eine Woche, und er hätte bewiesen, noch nicht zum alten Eisen zu gehören. Er drückte das Kreuz durch, flutete die Lunge mit der kalten, feuchten Herbstluft. Dann kehrte er um.

22

Schweren Herzens stieg Camel am Parkplatz der Polizeibehörde aus dem Auto. Er hatte wirklich alles probiert. Den Dispositionskredit des Girokontos hatte er fast bis ans Limit ausgereizt. Die Bank war bereit gewesen, ihm maximal eintausendzweihundert Euro zu geben. Mangels Sicherheiten und alter Verbindlichkeiten kam ein entsprechender Kredit ebenso wenig infrage.

Bei seinem Vorgesetzten war die mühsam zurechtgelegte und, wie er fand, absolut schlüssige Argumentationskette wirkungslos geblieben. Sennheiser winkte ab, wollte mit solchen Methoden nichts zu tun haben. Einen halben Monatslohn Vorschuss hatte er Camel angeboten, was selbst mit den läppischen achthundert Euro, dem höchsten Gebot des Tages für den altersschwachen Mustang, nicht ausreichte. Dabei würde seine Bonität mit diesem Artikel schlagartig zulegen, was allerdings keinen dieser Ignoranten interessierte. Es gab nur eine Möglichkeit. Er musste hoffen, im Austausch wichtige Informationen exklusiv zu erhalten. Zähneknirschend klopfte er an die Bürotür.

„Hm …“, Adriano wunderte sich, nachdem Camel ihnen die Geschichte von Wischnewski erzählt hatte, „und so was überlässt du uns? Bestehst doch sonst immer auf die Erstverwertung. Komisch.“

Camel machte einen empörten Gesichtsausdruck.

„Es geht hier um ein Beweisstück in einem Mordfall. In diesem Fall sehe ich mich dazu verpflichtet, es sofort der Polizei zu melden.“

„Ist klar, so kennen wir dich.“

Camel ging nicht auf die Anspielung ein.

„Außerdem hat dieser Wischnewski den Mordversuch an mir beobachtet. Ihr müsst ihn unbedingt aussagen lassen, am besten gleich vereidigen!“

Manuela Warnke grinste amüsiert. Sie kannte den Reporter bisher nur von Aussagen der Kollegen. Dieses Bild untermalte er jedoch in wenigen Minuten. Sie konnte nun bestens verstehen, dass die Staatsanwältin kein Verfahren aufgrund von Konrad Walthers Aussage einleiten wollte. Was sich jetzt aber schlagartig ändern könnte. Sollte Wischnewski Camels Angaben bestätigen, dürfte es nicht schwierig sein, die Durchsuchungsanordnung zu bekommen. Adriano sah auffällig auf die Uhr. Manuela verstand. Camel ließ sich nur mit der schwammigen Zusage abwimmeln, ihm nach Möglichkeit zuerst Informationen, den Fall betreffend, zu geben.

„Auf nach Alpen. Noch dürfte dort gearbeitet werden."

„Eben", antwortete Manuela, die keine Anstalten machte, aufzustehen. „Wischnewski behauptet, Ackermann beobachtet zu haben, als er Camel niedergeschlagen und den Schädel eingesteckt hat."

„Genau. Sollte er uns diese Aussage bestätigen, ist Ackermann dran. Worauf wartest du noch?"

„Auf Wischnewskis Feierabend."

Adriano konnte ihr nicht folgen.

„Es besteht durchaus die Möglichkeit, dass Ackermann mitbekam, von Wischnewski beobachtet worden zu sein. Wenn wir jetzt dort aufkreuzen und ihn sprechen wollen, wird Ackermann den Schädel schneller verschwinden lassen, als du das Wort Durchsuchungsanordnung buchstabieren kannst."

Der Anflug von Röte breitete sich in Adrianos Gesicht aus. Mit jedem Tag wurde Manuela klarer, warum sie auf diesem Stuhl saß. Ein Anruf bei der Pathologie brachte wie erwartet keine neuen Erkenntnisse. Mit Ausnahme der Tatsache, dass die Mediziner keine nachweisbaren Gifte in den Knochen gefunden hatten. Aber das war nach einem solchen Zeitraum ohnehin nur in den seltensten Fällen möglich. Manuelas Hoffnung galt nun der Beschaffung des Kopfes. Die Hauptkommissarin durchforstete zum wiederholten Male die Akte von 1977, als Heinrich anrief. Er gab an, wichtige Neuigkeiten zu haben. Als Manuela ihn bat, ins Büro zu kommen, druckste er herum, und so verabredeten sie sich im Q-Stall, einer gemütlichen Gaststätte am Yachthafen.

Manuela überkam ein schlechtes Gewissen. Sie durfte eigentlich nicht zulassen, dass sich der pensionierte Grimm in die Ermittlungen einmischte. Aber sie war es gewesen, die ihrem Vorgänger zu verstehen gab, seine Ratschläge anzunehmen. Manuela hatte es versäumt, Kompetenzbereiche rechtzeitig abzustecken.

Während sie mit ihrem Vorgänger telefonierte, brachte eine ältere Kollegin die Akte zum Unfalltod von Gerd Jansen. Manuela überflog den Bericht. Ein Sachverständigengutachten sagte aus, dass Dübel unsachgemäß im Putz des Gebäudes verankert worden waren. Zwei Mitarbeiter der Gerüstbaufirma waren daraufhin zu Freiheitsstrafen verurteilt worden, die allerdings in beiden Fällen zur Bewährung ausgesetzt wurden. Beide waren sich absolut sicher, keinen Fehler begangen zu haben. In einer Aussage wurde gar der Verdacht geäußert, die Befestigungen seien nachträglich manipuliert worden. Beweise hierfür konnten nicht erbracht werden.

Damit hatte Manuela gerechnet.

23

Manfred Ackermanns Augen wanderten noch einmal über die Baustelle, bevor er den Container betrat. In der Abenddämmerung hüllten die Schatten der Kräne und Bagger das Plateau in gespenstisch anmutendes Zwielicht. Die Ruhe kam ihm trügerisch vor. Seine Männer hatten die Baustelle bereits vor einer halben Stunde verlassen, als Wischnewskis Toyota immer noch auf dem behelfsmäßigen Schotterplatz am Fuß der Motte stand. Es kam öfter vor, dass einige von ihnen nach Feierabend auf ein Bierchen in den Ort gingen und den Wagen stehen ließen. Eine innere Stimme warnte ihn, diesem Gedanken zu vertrauen. Wischnewski benahm sich merkwürdig.

„Es gibt Dinge, die kann auch der stärkste Regen nicht wegspülen“, hatte er heute Mittag in seine Richtung bemerkt, als der Himmel seine Schleusen schlagartig geöffnet hatte. Ackermann bildete sich ein, den Worten seines Maschinenführers einen drohenden Unterton entnommen zu haben. Immer wieder fischte der Unternehmer in den Erinnerungen an diesen Spätnachmittag. Und immer wieder lagen dieselben Bilder im Netz. Wischnewski war ungefähr acht Meter weg gewesen, am Eingangsbereich des Bunkers. Tanzende Lichter zweier Taschenlampen hatten den tunnelförmigen Raum nur schemenhaft ausgeleuchtet. Was konnte er gesehen haben, dröhnte es durch Ackermanns Kopf. Viel zu viel, hörte er sich sagen. Kleine, frische Kratzer am Vorhängeschloss des Metallschranks untermauerten die düstere Ahnung.

Vorsichtig, um festzustellen, ob das Schloss weiteren Schaden genommen hatte, führte er den flachen Schlüssel ein. Als er den Schrank öffnete, atmete Ackermann erleichtert auf. Im obersten Regal, in Augenhöhe, lag die in einen graumelierten Putzlappen gehüllte Kugel vor ihm. Behutsam nahm er sie heraus und legte sie auf den kleinen Tisch in der Ecke. Dann schlich er auf Zehenspitzen zur Tür und riss diese auf. Mit lautem Rascheln verschwand das Rehkitz in die schützende Dunkelheit. Mit der Taschenlampe in der Hand umrundete Ackermann den Baucontainer. Stille umgab ihn, lediglich von der Weseler Straße drang leise das Geräusch vorbeifahrender Autos herüber. In den Baumkronen der tiefer stehenden Linden auf der anderen Seite des Hügels verfingen sich ihre Lichter.

Was bezweckt Wischnewski, ging es durch Ackermanns Kopf, als er erneut den Container betrat. Erpressung? Nein, warum sollte er damit warten? Vielleicht war es seine Art, Loyalität zu demonstrieren, beruhigte er sich. Vorgestern hatte er Wischnewski gefragt, ob ihm irgendetwas aufgefallen sei, als er den Bunker betreten habe.

„*Nichts, worum Sie sich im Moment Sorgen machen müssten*", hatte die zweideutige Antwort gelautet. Ackermann setzte sich auf den Plastikstuhl und schlug vorsichtig das Tuch auseinander. Lediglich dreißig Jahre hatte die Natur benötigt, sinnierte der Unternehmer, um aus einem ausdrucksvollen Gesicht einen bedeutungslosen Knochen zu machen. Ackermann hielt den Schädel gegen das grelle Licht der Glühbirne. Jansens Gesichtsausdruck drang in sein Bewusstsein. Das dreckige Lachen bei ihrem letzten Treffen.

Durch das Loch im Hinterkopf fiel der Lichtstrahl ein, durch die Stirn wieder aus und blendete ihn. Wieder spielte sein Bewusstsein diesen Film ab. Der lange Holzbalken über der Grube, die erste Übung der Trimm-dich-fit-Freaks unweit des Parkplatzes in der Leucht. Er hatte Birgits Vater ein Angebot machen wollen. Strikte Gütertrennung, ein notariell beglaubigter Ehevertrag – Jansen hatte ihn nur höhnisch ausgelacht. Du wirst meine Tochter nicht heiraten, sonst …

Manfred Ackermann erinnerte sich, dass seine Knie nachgaben, er sich an der Birke hinter sich festhalten musste, während Jansen diese unglaubliche Drohung aussprach. Woher hatte er davon wissen können?

Bei ihrem ersten Treffen dort, eine Woche zuvor, hatte er den Ort als Sieger verlassen. Der Wind hatte sich gedreht.

Von diesem Augenblick an war er ihm ausgeliefert gewesen. Ein Satz von Jansen würde reichen, ihn zu vernichten. Erst Jahre später hatten sich lose Gedankenteile zu einem Bild verbunden, welches ihm die Skrupellosigkeit dieses Mannes offenbarte.

Jetzt endlich war er frei. Ackermann musste lachen, zaghaft, dann immer lauter werdend. Zu viele Jahre hatte er in Angst und lähmender Ohnmacht verbringen müssen. Eine verdammt lange Zeit, die tiefe Narben hinterlassen hatte. Als er den Schädel zum ersten Mal in der Hand gehalten hatte, waren die Zweifel der Hoffnung überlegen gewesen. Einer inneren Eingebung folgend, überprüfte er mit der elektronischen Schieblehre den Durchmesser der beiden Löcher. 11,6 Millimeter, es dauerte nur wenige Augenblicke, bis er begriff, was diese Zahl für ihn bedeutete. Sie machte den Unterschied aus zwischen lebenslanger Angst und grenzenloser Freiheit.

Vorsichtig wickelte er das kostbare Stück wieder ein und versteckte es unter dem Mantel. Hier war es nicht mehr sicher.

24

Sie waren die einzigen Gäste im Q-Stall. Die Sitzecke neben der Eingangstür mit Blick auf den nur einen Steinwurf entfernten Rhein war meist zuerst besetzt. Heinrich hatte ihnen ausführlich von dem Gespräch mit Siegmund Steiger berichtet. Manuela verzog ihr Gesicht. Grimm erkannte sofort den wahren Grund.

„Ich möchte nur mithelfen, ich stehe nicht im Weg und gebe alle Informationen sofort an euch weiter. Muss doch niemand erfahren."

Die Kommissarin nickte stumm. Das ungute Gefühl hielt sich beharrlich. Auf der anderen Seite hatte Wolters sich heute Morgen grippekrank abgemeldet, Ersatz bekämen sie für eine Leichenermittlungssache wohl kaum. Ihr fielen die vielen Überstunden ein, die sie mit nach Wesel gebracht hatte. Engels war wenig begeistert gewesen. Sie atmete tief durch.

„Okay, die Sache ist wirklich sehr merkwürdig. Ich habe mir die Akte zu diesem Unfall von Jansens Bruder besorgt. Laut Sachverständigem war es wirklich einer."

In kurzen Sätzen gab sie den Inhalt der Unfallakte wieder. Als sie von dem Verdacht der Gerüstarbeiter erzählte, rümpfte Grimm die Nase.

„Kann eine Schutzbehauptung gewesen sein. Ich hoffe, wir haben bei dem Zeugen Wischnewski Glück und kommen endlich an das Corpus delicti."

Ein schlankes, braungebranntes Mädchen servierte ihnen Kaffee.

„Das passt doch alles nicht zusammen", begann Adriano, „der Sturz vom Gerüst, das tote Mädchen auf der Straße, das Skelett in dem Bunker und der verschwundene Totenschädel. Vielleicht hat das eine mit dem anderen überhaupt nichts zu tun. Unfall mit Fahrerflucht kommt zumindest öfter vor."

Adriano hatte nicht wahrgenommen, dass das Mädchen den Nachbartisch abräumte. Erschrocken ließ sie eine Kaffeetasse auf den Unterteller fallen. Sie warteten eine Minute, bis die Kellnerin hinter die Theke verschwand.

„Ich glaube nicht an Zufall", antwortete Heinrich, „bei dem Unfallopfer handelt es sich nicht um irgendeine beliebige Person, sondern um ein Mädchen, das Walter Jansen kurz vor seinem Verschwinden zumindest sexuell belästigt hatte."

„Spinnen wir das mal durch", übernahm Manuela Warnke, „Jansen hat sich an dem Mädchen vergangen, in welcher Form auch immer. Lydia Arnolds fasste irgendwann allen Mut zusammen und wollte Jansen anzeigen. Jansen wartet einen günstigen Augenblick ab und überfährt sie. Ein Freund oder Angehöriger dieses Mädchens erfährt davon und erschießt Jansen."

„Wobei noch unklar ist, warum das Mädchen um diese Zeit dort oben am Wald gewesen ist", unterbrach Heinrich sie.

„Das auch", fuhr die Ermittlerin fort, „unklar ist aber vor allem die Rolle von Ackermann bei der ganzen Angelegenheit."

„Vielleicht spielt er gar keine Rolle", überlegte Adriano, „möglicherweise hat er den Kopf nur gestohlen, um die Bauarbeiten nicht zu behindern."

Manuela trank einen Schluck Kaffee und schüttelte danach heftig den Kopf.

„Er riskiert ziemlich viel, um dieses Projekt durchzuführen. Außerdem, sollte deine Annahme zutreffen, warum hat er den Schädel dann nicht längst entsorgt? Wischnewski behauptet zu wissen, wo sich das Corpus delicti befindet. Ackermann muss damit rechnen, dass es einen Zeugen gibt, es wäre viel zu riskant, dieses Beweisstück aufzuheben."

Eine kurze Pause entstand. Manuela sah hinaus auf den Fluss. Auf der „River Lady" unten an der Anlegestelle erloschen die Lichter. Es fiel ihr schwer, sich zu konzentrieren. Verärgert dachte sie an ihren Exfreund. In ihrer Wohnung waren noch Dinge, die ihm gehörten. Sie wollte, sobald sie etwas Passendes finden würde, nach Wesel ziehen und hatte ihn gebeten, alles abzuholen. Jochen bedauerte, dass er erst in vier Wochen kommen könne, nach den Flitterwochen.

„Vielleicht hat er das ja auch gar nicht. Es wäre nicht das erste Mal, dass Camels Fantasie mit ihm durchgeht. Ist schon sehr merkwürdig, dass er ausgerechnet uns davon berichtet“, unterbrach Heinrich ihre Gedanken. Angestrengt holte sie ihren letzten Satz ins Bewusstsein zurück. Nach dem ersten Eindruck, den sie von dem Journalisten hatte, war dies tatsächlich ungewöhnlich.

„Gut, fragen wir Wischnewski.“

Es war das Signal zum Aufbruch. Adriano kramte einen Kassenbon aus der Hosentasche. Auf der Rückseite hatte Camel die Handynummer Wischnewskis notiert.

Heinrich blieb noch einen Moment auf der Terrasse stehen, sah den beiden hilflos hinterher, bevor er in die entgegengesetzte Richtung an der Rheinpromenade entlang zum Parkplatz lief. Ein mit Kohlen beladener Schubverband quälte sich stromaufwärts. Richtung Ruhrgebiet, dorthin, wo nach und nach die Zechen schlossen. Sein Blick haftete auf der rostbraunen „Jan Wellem 2“. Er überlegte, von welchem Erdteil die Fracht wohl stammen würde, und bewegte den Kopf leicht hin und her. Es kam immer häufiger vor, dass er politische Entscheidungen nicht mehr nachvollziehen konnte. Diese Zeit im Leben eines Menschen nennt man das Alter, hatte sein Sohn einmal süffisant bemerkt.

Eine halbe Stunde später parkten Manuela und Adriano vor einem unscheinbaren Altbau. Im ungepflegten Vorgarten stand ein Blechschild mit der Aufschrift *Erdbauarbeiten Wischnewski.* In der Hofeinfahrt parkte ein Bagger. Der Hafensteg in Xanten-Beek grenzte an das Naturschutzgebiet Altrhein. Wenige Fußminuten entfernt schlängelte sich der Eyländer Weg über seichte Hügel, vorbei an idyllischen Höfen den Rhein entlang nach Perrich, einem kleinen Vorort von Ginderich. Als Kind war Manuela oft mit ihrer Oma dort entlanggeradelt.

Der muskulöse Wischnewski besaß beinahe das Format eines Footballspielers in voller Montur. Er öffnete die Flasche mit dem ostdeutschen Billigbier gekonnt mit einem Einwegfeuerzeug und setzte sie gierig an den Mund. Als er sie auf den Tisch zurückstellte, war sie halb leer. Aus der Küche kam eine brünette, spindeldürre Frau mit verlebter Gesichtshaut und servierte den Ermittlern Mineralwasser in ehemaligen Senfgläsern. In ihrem Mundwinkel hing eine Zigarette.

„Dann schießen Sie mal los, was wollen Sie von mir?"

„Wir ermitteln in dem Leichenfund auf der Baustelle Motte", begann Adriano, „in diesem Zusammenhang möchten wir von Ihnen wissen, was Sie dort beobachtet haben, nachdem der Bunkereingang freigelegt war."

„Ich hab' nix gesehen."

„Herrn Konrad Walther vom Rheinischen Boten haben Sie aber etwas anderes berichtet", übernahm Manuela. Seine Augenlider flackerten nervös. Nachdenklich kaute er auf der Unterlippe. Der Bauunternehmer schien zu spüren, dass es seine Aufgabe war, die einsetzende Stille zu unterbrechen.

„Sach ich nix zu. Geht um meinen Job."

„Herr Wischnewski", Manuela erhob die Stimme eindringlich, „es geht möglicherweise um Mord. Das bedeutet, Sie machen sich strafbar, sollten Sie jemanden decken oder uns Auskünfte über den Verbleib von Beweismitteln vorenthalten."

„Ich?", Wischnewski erhob ebenfalls seine Stimme, „Beweismittel? Wird ja immer doller. Bitte", er machte eine ausladende Armbewegung, „sehen Sie sich ruhig um, falls Sie glauben, ich hätte den Schädel hier irgendwo versteckt."

„Wie kommen Sie denn darauf, dass der Kopf des Toten irgendwo versteckt ist?"

„Haben Sie doch selber gesagt", aus Wischnewskis Worten klang Unsicherheit.

„Nein, haben wir nicht", antwortete Manuela sachlich. Wischnewskis Schultern sackten in sich zusammen. Verlegen griff er zur Bierflasche und trank sie leer. Danach senkte er den Blick und sprach leise weiter.

„Sie kennen meinen Auftraggeber nicht. Wenn der spitzkriegt, dass ich ihn angeschissen habe, macht der mich fertig."

Manuela konnte nicht glauben, dass ein Kerl wie Wischnewski Angst vor Ackermann haben konnte. Sie hatte einen anderen Verdacht.

„Glauben Sie vielleicht, der Reporter, dem Sie das erzählt haben, hätte es für sich behalten?“

„Nein ... aber“, sein Oberkörper wankte, „... er hätte mir wenigstens ordentlich was dafür gegeben. Überbrückungsgeld quasi, bis ich was Neues habe. Ist eigentlich mittlerweile eine Belohnung ausgesetzt?“

„Nein, verdammt noch mal“, die Hauptkommissarin erhob die Stimme, „Sie werden gefälligst auch ohne Belohnung aussagen. Im Übrigen sind wir durchaus in der Lage, Zeugenaussagen vertraulich zu behandeln“, Manuela hatte absolut keine Lust mehr auf Wischnewskis Spielchen, „Sie begleiten uns. Ich will Ihre Aussage schriftlich haben. Und gnade Ihnen Gott, wenn Sie uns anlügen!“

„Bärchen, das bringt doch nichts“, klang es zaghaft von der anderen Seite des Tisches herüber. Seine Augen glitten auf ihr blasses Gesicht, er schluckte.

„Also schön“, Wischnewski sah betreten zu Boden, „ich konnte Ackermann, also meinen Auftraggeber, nicht hören, der Bagger machte einen Riesenkrach. Ja, und dann war es auch schon zu spät. Kann ich denn riechen, dass der Bunker zubleiben soll? Ackermann wollte mich gerade zur Sau machen, da lief dieser Reporter schon rein und Ackermann sofort hinterher“, er machte eine kurze Pause, um die nächste Bierflasche zu öffnen.

„Und Sie sind ebenfalls hinterhergelaufen?“, wollte Adriano wissen. Nach einem mächtigen Schluck fuhr er fort.

„Zuerst nicht. Aber dann wollte ich doch mal sehen, was es da gibt. Ich bin also ganz langsam hinterher. Da sehe ich, wie dieser Kerl von der Zeitung zu Boden geht.“

„Haben Sie gesehen, dass Herr Ackermann ihn niedergeschlagen hat“, fragte Adriano dazwischen. Manuelas Seitenblick verriet Missfallen.

„Ähem, also nicht direkt. War ja auch nicht sehr hell da drin. Aber mein Chef hielt einen Stein in der Hand, den er später weggeschmissen hat", Wischnewski stockte. Er biss sich erneut unsicher auf die Lippen. Die Polizistin deutete ihm an, fortzufahren. Wischnewski seufzte. Bevor er weitersprach, sah er noch einmal seine Frau an. Mit einem stummen Nicken ermunterte sie ihn.

„Ich bin noch ein paar Schritte weitergegangen, und da sah ich, dass der Chef sich bückte und den Kopf aufhob. Ich bin dann schnell wieder raus, wollte keinen Ärger. Ackermann ging an mir vorbei, hielt eine Hand vor den Mantel."

„Konnten Sie den Kopf erkennen, hatte er eine Besonderheit?"

„Nein, der hat eigentlich geguckt wie immer ..., ach so, Sie meinen ... äh, nein. Das ging alles sehr schnell, außerdem war es ja ziemlich dunkel da drin."

„In Ordnung, das reicht erstmal. Aber ich muss Sie bitten, morgen früh in die Dienststelle zu kommen. Wir brauchen das noch schriftlich."

„Ja", er wirkte traurig, „ich denke, ich werde mich wohl besser krank melden."

Manuela nickte, er tat ihr ein wenig leid. Der Versuch, Camel für die Information zahlen zu lassen, war nicht in Ordnung, aber mit viel gutem Willen nachvollziehbar. Diese Aussage konnten sie nicht unter Verschluss halten, sie mussten Ackermann damit konfrontieren. Damit würde Wischnewski wohl unweigerlich den Auftrag verlieren. Ein Kleinunternehmer wie er dürfte nur schwerlich so kurz vor dem Winter ein neues Angebot bekommen.

Unterwegs sprachen beide kein Wort. Manuela hatte darum gebeten, zu fahren. Kurz vor der Abbiegespur an der Birtener Kreuzung stand der Verkehr still. Vor der Imbissbude „Hof von Holland" parkte ein Polizeifahrzeug. Als Manuela den Blinker setzte, fuhr Adriano herum.

„Geradeaus geht es nach Alpen!"

„Ich weiß", mit Vollgas schoss sie vor einem herannahenden LKW auf die Weseler Straße. Adriano drückte diese Aktion wieder in den Sitz.

„Das verstehe ich nicht. Wir können Ackermann endlich drankriegen, und du willst zurück."

Die Kollegin zog ihre Stirn in Falten und rollte die Augen. Mittlerweile konnte sie ihren Vorgänger immer besser verstehen. Über ihre Fähigkeiten wusste Grimm gar nichts, Adriano kannte er gut genug. In einem Tonfall, als gelte es, einem kleinen Mädchen zu vermitteln, warum ihr Pony nicht in ihrem Zimmer schlafen durfte, klärte sie ihn auf.

„Klar doch. Wir fahren sofort zu ihm. Lieber Herr Ackermann, wir wollten Ihnen Bescheid geben, dass wir morgen früh mit einer Durchsuchungsanordnung kommen, falls Sie noch was beiseite schaffen möchten."

Beleidigt sank Adriano in den Sitz. Manuela zweifelte daran, dass Ackermann das gesuchte Objekt in seiner Wohnung aufbewahren würde. In Wesel angekommen, setzte sie ihren Kollegen neben dessen Auto ab.

„Soll ich warten?"

Adriano, der mittlerweile eingesehen hatte, voreilig gedacht zu haben, grinste.

„Nö, der springt jetzt immer an. Wer hat dir das beigebracht?"

„Selbst ist die Frau. Chronischer Geldmangel und klapprige Autos haben dafür gesorgt."

Der Kollege der Funkzentrale begrüßte sie freundlich. Er teilte Manuela mit, dass die Kollegin Verstappen auf sie wartete. Im Büro wurde sie von Mareike empfangen, die halb auf Adrianos Schreibtisch saß. Engels hatte seinen Dienst bereits beendet, die Polizistinnen waren alleine auf der Etage.

„Ich war heute Nachmittag in Alpen, bei Hermsen", begann Mareike. Es hörte sich nicht an, als wolle sie lediglich Informationen weiterreichen. Ihre Worte erzeugten Spannung.

„Die Kollegin Grimm hat recht, der verheimlicht irgendwas."

Die Kollegin Grimm, Manuela kam sich vor wie in einer Komödie, auch wenn Mareike diesen Satz mit einem zwinkernden Auge abschloss. Die Weseler Polizei hatte sich offenbar daran gewöhnt, machte Späße darüber. Sie nahm sich vor, die Detektivspielchen von Frau Grimm schnellstmöglich zu beenden. Ohnehin konnte sie sich nicht erklären, warum ihr Vorgänger das rechtswidrige Verhalten seiner Mutter nicht längst unterbunden hatte. Unvermittelt kam ihr der Gedanke, dass sie selbst schon sehr tief mit drinsteckte. Sie war es, die Grimms Ermittlungen tolerierte. Was war aus ihrer Absicht geworden, Kompetenzen von Beginn an festzulegen? Am meisten ärgerte Manuela, dass es ausgerechnet die Familie Grimm war, die den Fall bislang entscheidend vorantrieb. Ihr war bewusst, auf einem schmalen Grat zu wandern. Sollte es ihr nicht bald gelingen, ihre Position klar herauszustellen, den Schatten zu vertreiben, würde die Achtung der Kollegen an ihr vorüberziehen wie Wolken im Herbstwind.

„Du meinst, Hermsen hat damals den Kuraufenthalt unterbrochen, um mit Walter Jansen abzurechnen?"

„Möglich. Er wollte mir dauernd etwas sagen, aber seine Frau ist ihm jedes Mal über den Mund gefahren. Ich habe mehrmals darum gebeten, alleine mit ihm zu reden, was sie rigoros ablehnte. Manuela, ich habe nur mal ein bisschen auf den Busch geklopft, da hättest du den mal erleben sollen. Dem stand der Angstschweiß auf der Stirn."

Manuelas Blick glitt die langen Haare der Kollegin herab, verweilten bewundernd auf der schmalen Taille. Sie fand Mareike sympathisch, würde sich gerne mit ihr anfreunden, einen Fixpunkt in der sie umgebenden Fremde bekommen.

„Ich werde ihn morgen wieder besuchen, irgendwann bricht der ein. Mein Gefühl sagt mir, dass das nicht mehr allzu lange dauern wird."

„Ja, mach das, wenn seine Frau dich überhaupt noch mal ins Haus lässt."

Ihnen waren die Hände gebunden. Hermsen war nicht angreifbar. Eine Vorladung in einem Leichenermittlungsverfahren würde wenig Sinn machen. Nach allem, was sie über diese Familie erfahren hatte, würde Hermsens Frau ihn nur in Begleitung eines Anwalts kommen lassen. Dieser würde seinen Mandanten im Vorfeld damit beruhigen, dass er allenfalls als Zeuge, nicht aber als Beschuldigter vernommen werden durfte. Somit besaß Hermsen einen wertvollen Trumpf. Er dürfte jedwede Aussage verweigern, die ihn belasten könnte. Die Ermittlung erinnerte Manuela an einen Stein, der ins Wasser geworfen wurde. Es gab lauter Hinweise. Viele Kreise bewegten sich vom Mittelpunkt weg, wurden immer größer, nur der Stein war nicht mehr erkennbar. Sie mussten abtauchen in moderndes Gewässer, dessen Gestank mit jedem Tag stärker wurde. Aber wo?

„Ich habe einen Bärenhunger. Darf ich dich einladen oder wartet jemand auf dich?"

Mareike war sichtbar irritiert. Ihre Augenlider flackerten. Dann wich die leichte Anspannung.

„Nein. Prima Idee. Italienisch?"

25

Manuela beobachtete die Perlen. In wildem Durcheinander befreiten sie sich aus der Tablette und drängten der Oberfläche entgegen. Das Lieblingsvideo von Jochen kam ihr in den Sinn. Sie hatte das Raumschiff Orion sofort als verkappte Aspirintablette enttarnt. Dem enttäuschten Blick entnahm sie, ihrem Freund eine lieb gewordene Kindheitsillusion geraubt zu haben. Adriano grinste zweideutig, als Manuela den Cocktail in einem Zug austrank und das Glas sofort wieder mit stillem Wasser füllte.

Die beiden Frauen hätten gestern Abend bei dem herrlich fruchtigen Rotwein bleiben sollen, den ihnen der schüchterne Kellner mit südländischem Charme und in den Wahnsinn treibenden Hüftschwung serviert hatte. Aber auch der schönste Italiener hat mal Feierabend, und Mareike hatte ihr unbedingt noch den Kornmarkt zeigen wollen. Krasser hätte sie ihr die Gegensätze der Hansestadt nicht dokumentieren können. Statt sinnlicher Kellner in romantischem Ambiente bierbäuchige Ehemänner im Exil, Fassbier statt Rotwein und Hip-Hop anstelle sanfter Schmusemusik schmachtender Azzurri. Es waren urgemütliche Kneipen, aber sie waren zu voll, zu laut und passten nicht in die romantische Stimmung, in der die Frauen immer noch geschwelgt hatten. Mareike hatte sich für die mangelnden Alternativen entschuldigt, die das Weseler Nachtleben für sie beide bereithielt. Im Taxi hatte Mareike ihr vorgeschlagen, den nächsten gemeinsamen Abend bei ihr zu Hause zu verbringen.

„Das gibt es doch nicht“, entfuhr es Adriano. Aufmerksam studierte er den Bericht des Notarztes. Manuela hatte heute Morgen als erstes die Akten zum Unfalltod Lydia Arnolds aus dem Archiv geholt. Sie war damit beschäftigt, den Bericht des Kriminaloberkommissars Stahnke zu lesen. Aufgrund der unklaren Situation hatte die Streifenwagenbesatzung die Kollegen der Kripo eingeschaltet.

„Dreizehn Knochenbrüche im Bereich des Oberkörpers, Trümmerbruch des Beckenknochens, mehrfach gebrochene Unterarme und so weiter. Das hört sich so an, als wäre das Mädchen von einer Walze überfahren worden."

„Hm, laut dem Bericht des KOK Stahnke nicht", sie blätterte eine Seite zurück.

„*... Auffindesituation der benachteiligten Person, sichergestellte Spuren sowie Art und Schwere der Verletzungen deuten typischerweise auf den Zusammenprall mit einem PKW mittlerer Größe und Bauart ... VU mit Unfallflucht wahrscheinlich.*"

„Und woraus hatte der Kollege Stahnke das geschlossen?"

„Reifenspuren."

Adriano sah sie ungläubig an.

„Du hast doch vorhin vorgelesen, es konnten keine Reifenspuren sichergestellt werden."

„Auf der Fahrbahn nicht, es hatte an dem Abend stark geregnet. Aber Schmutzwasserrückstände auf der Kleidung der Toten verwiesen auf einen Reifen der Breite 185 bis 195, so steht es in dem Bericht der Kriminaltechnik. Immerhin waren unsere Kollegen so clever, den EKD mit einzubeziehen."

„Irgendwas stimmt doch da nicht."

„Nehmen wir vielleicht an, weil es in unseren Fall passen würde", antwortete Manuela. Richtig glauben mochte sie das allerdings auch nicht. Es gab einfach zu viele Ungereimtheiten. Der Vater des Mädchens, ein türkischer Geschäftsmann, der den Namen seiner Frau angenommen hatte, war von den Kollegen damals unmittelbar nach der Unfallaufnahme befragt worden. Saladin Arnolds hatte ausgesagt, seine Tochter wäre an diesem Tag wie immer mit dem Zug nach Alpen gefahren. Er hatte keine Erklärung dafür gehabt, warum sie um diese Zeit dort gewesen war. Adriano studierte weiter den Bericht des aufnehmenden Notarztes. Immer wieder murmelte er staunend vor sich hin. Auf einmal schrie er so laut auf, dass Manuela erschrak.

„Das gibt es doch nicht! Lydia Arnolds war schwanger, dreizehnte Woche", Adriano schlug die flache Hand unterstützend auf die Tischplatte. „Man hat einen Mutterpass bei ihr gefunden."

Manuela dachte darüber nach, welche Bedeutung dieser Umstand haben konnte. Ihr Kollege entwickelte derweil eine erste Theorie.

„Das Motiv für Walter Jansen! Dreizehnte Woche, eine Abtreibung kam nicht mehr infrage. Jansen sieht keinen anderen Ausweg mehr und überfährt sie. Ihr Vater kommt dahinter und bringt Jansen um, peng", Adriano hielt sich dabei den ausgestreckten Zeigefinger an die Stirn und drückte mit dem Daumen einen imaginären Abzughebel.

„Wunderbar. Zufällig spazierte der junge Ackermann des Weges. Vater Arnolds fragte ihn, ob er nicht Lust hätte, die Leiche zu entsorgen. Ackermann hatte gerade nichts anderes vor und sagte zu. Und bis heute passt er auf, dass niemand den Kopf mit dem Loch bekommt. Und wenn sie nicht gestorben sind …"

„Verdammt noch mal, kannst du mich einmal ernst nehmen? Deine überhebliche Art kotzt mich an!"

Manuela schluckte. Ihr mangelte es oft an nötiger Sensibilität. Dieses Mal hatte sie den Bogen überspannt, sie schämte sich im gleichen Moment dafür. Es hätte ihr klar sein müssen, Adriano damit zu verletzen. Sie entschuldigte sich.

Der Kriminalbeamtin fiel auf, dass jede ihrer Thesen bisher den Makel aufwies, Ackermann nicht zu berücksichtigen. Wenn Arnolds die Leiche selber zum Bunker geschaffen hätte, musste es einen Grund geben, weshalb Ackermann den Kopf verschwinden ließ. Sollte es ihm tatsächlich einzig um das Bauvorhaben gehen? In dem Fall könnte Adrianos Ansatz durchaus zutreffen. Aber noch etwas schien möglich.

„Das Unfallopfer hatte keinerlei Verletzungen unterhalb des Beckens. Laut Stahnke hatte sie daher auf der Straße gelegen, als das Fahrzeug sie überrollte."

Adriano beruhigte sich wieder. Aus seiner Sicht war die logische Konsequenz, dass Lydia Arnolds vor den Wagen geschubst worden war. Manuela wollte ihn widerlegen, als er den Fehler selbst bemerkte.

„Kann auch nicht sein. Der Unfallfahrer wäre wohl kaum geflüchtet, wenn ein Zeuge am Straßenrand stand, es sei denn ..."

„Das Mädchen war bewusstlos, Jansen, oder wer auch immer, konnte rechtzeitig abtauchen", führte Manuela den Gedanken ihres Kollegen fort. Adriano nickte zufrieden.

„Wobei die Sache einen Haken hat. Der Unfall hatte sich am 24.10.1977 ereignet. Zu diesem Zeitpunkt wurde Walter Jansen bereits seit sechs Tagen vermisst."

„Seine Leiche ist allerdings nie gefunden worden", bemerkte Adriano, „also ist es durchaus möglich, dass er zu diesem Zeitpunkt noch gelebt hat."

„Vielleicht. Ebenso ist aber auch eine andere Möglichkeit denkbar. Lydia Arnolds hatte erst kurz vorher von der Schwangerschaft erfahren. Soll vorkommen, zumal ...", sie brach den Satz ab, es fiel ihr schwer, die geistige Behinderung als Argument anzuführen, „sie schämte sich, hatte eine wahnsinnige Angst, es ihren Eltern zu gestehen."

„Suizid?"

„Wäre es unter der psychischen Belastung, der sie ausgesetzt war, so abwegig?"

Sie verschwieg ihrem Kollegen absichtlich ihre Bedenken. Für Manuela war es wichtig, jede Möglichkeit in Betracht zu ziehen, sei sie auch noch so vage. Diese Methode kostete zwar im Moment Zeit, konnte aber verhindern, dass die Ermittlungen einseitig verliefen und in einer Sackgasse endeten. Was ihre Bedenken an Suizid unterstrich, war der Fundort. Lydia Arnolds kam an diesem Morgen mit dem Zug aus Krefeld in Alpen an. Sie lief fast drei Kilometer quer durch den Ort, um sich am anderen Ende vor ein Auto zu legen? Das schien der Ermittlerin unbegreiflich.

Um Viertel vor neun betrat die Staatsanwältin das Büro. Mit ernster Miene setzte sie sich.

„Der Herr Richter verweigert die Durchsuchungsanordnung, solange die Aussage des Zeugen Wischnewski nicht vorliegt."

Adriano reagierte sofort und wählte die Handynummer des Maschinenführers. Nach einer Minute legte er mit sorgenvollem Gesichtsausdruck auf.

„Der sitzt gemütlich beim Arzt, will hinterher kommen. Das kann dauern."

„Verdammter Mist", fluchte Manuela, „sollte Ackermann den Schädel entsorgen, können wir die Segel streichen."

„Der hat ihn die ganze Zeit aufgehoben", Adriano konnte die Aufregung nicht verstehen, „warum sollte er das Teil ausgerechnet jetzt beiseite schaffen?"

„Weil er vermutlich weiß, dass Wischnewski ihn beobachtet hat, und weil genau dieser Wischnewski heute nicht zur Arbeit erschienen ist. Daraus könnte Ackermann durchaus die richtigen Schlüsse ziehen."

Manuela eröffnete eine Minute taktischen Schweigens. Sie wusste genau, dass die Stille, mit der sie die Staatsanwältin konfrontierte, größere Wirkung entfalten konnte als hilflos klingende Argumente.

„Nun", begann Annette Gerland zögerlich, „wenn das so ist, sehe ich durchaus Gefahr im Verzug."

Daran hatte Manuela natürlich auch gedacht. Sie fühlte sich aber wesentlich wohler mit der Absicherung durch die Staatsanwaltschaft. Ihr fiel auf, wie groß ihr Respekt vor Ackermann war. Hatte er genau dies mit der Beschwerde erreichen wollen?

Frau Gerland bat noch einmal ausdrücklich darum, die Aussage Wischnewskis schnellstmöglich nachzureichen. Adriano begann mit einem Rundruf. Da sowohl das Gelände der Baustelle als auch die Privat- und Geschäftsräume des Architekten durchsucht werden mussten, benötigten sie alle zur Verfügung stehenden Kräfte.

26

Acht Einsatzkräfte waren an der Baustelle Motte eingetroffen, weitere sechs Beamte auf dem Weg zu Ackermanns Haus. Der Projektleiter der Baustelle Motte war außer sich vor Wut. Er verweigerte jegliche Kooperation, verständigte stattdessen seinen Anwalt. Erst nach Androhung, die Villa am Waldrand durch einen Schlüsseldienst öffnen zu lassen, fuhr der Architekt zähneknirschend mit ihnen.

„Das werden Sie bereuen“, zischte er Manuela im Vorübergehen zu. Die Ermittlerin verzog keine Miene. Es bereitete ihr große Mühe, die Anspannung, unter der sie stand, zu verbergen. Sollte diese Aktion erfolglos verlaufen, dürfte Ackermann wohl für den Rest der Ermittlung unantastbar bleiben.

Die Polizisten teilten sich in drei Teams auf die Etagen auf und begannen die Durchsuchung. Aus dem Flur war die energische Stimme des Hausherrn zu vernehmen.

„Es ist mir scheißegal, ob Ihr Herr Doktor einen Gerichtstermin hat oder nicht, er soll gefälligst sofort hierherkommen!“

Manuela und Adriano untersuchten das Büro im Erdgeschoss. Im Schreibtisch eingearbeitet befand sich ein Tresor von der Größe einer Getränkekiste. Die Arme vor der Brust verschränkt, stand Ackermann mitten im Raum und funkelte die Polizisten aus kleinen Sehschlitzen an. Manuela stellte ihn vor die Alternative, einen teuren Spezialisten kommen zu lassen oder den Tresor freiwillig zu öffnen. Ackermann ging nicht darauf ein. Er starrte sie weiter an.

„Wie Sie meinen. Bleiben wir eben den ganzen Tag hier. Wir haben Zeit.“

Nach kurzem Zögern öffnete er die Tür des Stahlschranks. Ackermann wirkte wie ein Dampfkessel, der kurz vor dem Bersten stand. Adriano reagierte als Erster. Untermalt mit einem Pfiff zog er einen Spurenbeutel aus der Tasche. Mit geübtem Griff wendete er die kleine Plastiktüte auf links und nahm die Pistole aus dem oberen Fach. Es handelte sich um eine Walther PPK.

„Ich nehme an", bemerkte Manuela, „Sie haben einen Waffenbesitzschein, Herr Ackermann."

„Ja, habe ich", sie hatten sich an den abschätzigen Klang seiner Worte längst gewöhnt. Manuela kniete sich vor den Tresor. Mehrere Stapel Bargeld und einige Ordner kitzelten den Ehrgeiz der Polizistin. Deswegen sind wir nicht hier, vernahm sie die mahnende Stimme ihres Verstandes.

„Ein Rechtsanwalt Fuchs steht vor der Tür", meldete Lyrette Brandel, die junge Kollegin aus dem Schutzbereich. Ackermann rannte sofort an ihr vorbei.

„Jetzt wird es nicht leichter", murmelte Adriano. Manuela wunderte sich über den Einfluss des Unternehmers. Zwei Kollegen kamen aus der oberen Etage, ohne Ergebnisse. Ein graumelierter Herr in dunklem Mantel und einer Aktentasche betrat in Ackermanns Begleitung das Büro. Manuela stellte sich freundlich vor.

„Sie sind also Frau Warnke", naserümpfend musterte er Manuela. „Ich muss schon sagen, Sie haben eine komische Art, Ihrer Dankbarkeit darüber, dass mein Mandant Sie nicht angezeigt hat, Ausdruck zu verleihen. Ich denke, darauf werden wir noch zurückkommen. Zunächst interessiert mich Ihre Legitimation zur Durchsuchung dieser Räume, Frau Kommissarin. Meinem Mandanten wurde keine Durchsuchungsanordnung vorgelegt."

„Hauptkommissarin bitteschön, Herr Doktor Fuchs. Eine Durchsuchungsanordnung ist nicht notwendig. Aufgrund einer uns vorliegenden Zeugenaussage befindet sich ein Beweisstück im Besitz Ihres Mandanten, daher besteht Gefahr im Verzug."

Ackermann lachte höhnisch auf. Die selbstherrliche Sicherheit, die er mit jeder seiner Gesten verbreitete, ließ Manuelas Hoffnung von Minute zu Minute kleiner werden. Zwei Kollegen, die die Räumlichkeiten im Erdgeschoss durchsucht hatten, traten mit hoffnungsloser Mimik auf den Flur. Manuela spürte erste Anzeichen von Resignation. Dann fiel ihr etwas ein. Sie gab Adriano ein Zeichen, ihr zu folgen. Vorhin auf dem Parkplatz war ihr ein kleines Gerätehaus im Garten aufgefallen.

„Sie machen sich lächerlich“, rief Doktor Fuchs ihr hinterher.

Die Holztür wurde lediglich durch einen Splint gesichert. Ackermann war ihnen in Begleitung seines Anwalts gefolgt. Dass währenddessen sein Haus weiter durchsucht wurde, schien ihn nicht mehr zu interessieren. Im Eingangsbereich befand sich ein Rasenmäher vor einigen Gartenmöbeln. Manuela schob ihn zur Seite. Der Fußboden war feucht.

„Sie können gerne den Rasen mähen. Ich zahle Ihnen fünf Euro die Stunde“, lästerte Ackermann.

Die Polizistin ignorierte die Bemerkung. Doktor Fuchs schüttelte immer wieder den Kopf. An der Wand gegenüber den Gartenmöbeln lehnten drei Säcke Zement auf dem Holzboden. Der hintere war geöffnet, der obere Teil eingerollt. Adrianos Zeigefinger deutete auf den Fußboden. In der Ecke des Raumes zwischen Wand und dem aufgerissenen Sack waren undeutliche Fußspuren in dünnem Zementstaub erkennbar. Manuela Warnke warf Ackermann einen kurzen Blick zu. Seine Gesichtszüge spannten sich. In den Augen spiegelte sich Unsicherheit. Adriano las ihre Gedanken und hielt ihr ein Taschenmesser hin. Da sie nicht bis zum Ellenbogen im Zement wühlen wollte, schlitzte sie den Papiersack vorsichtig der Länge nach auf. Eine weiße Wolke kam ihr entgegen. Adriano trat unauffällig näher an Ackermann, dessen Augen auf den Sack fixiert waren. Der rieselnde Zement legte den Zipfel einer Plastiktüte frei. Manuela zog die mit einem Gummi verschlossene Tüte heraus und öffnete sie. Obwohl sie sich innerlich darauf eingestellt hatte, durchfuhr ein Schreck ihre Glieder beim Anblick der leeren Augenhöhlen. Sie hob den Blick und bemerkte Ackermanns Adamsapfel, der nervös wie ein Jojo auf und ab tanzte. Seine Augen hafteten unbeweglich an ihren, verrieten keinerlei Gefühl. Ackermann bewahrte auch jetzt eine Art arrogante Abgeklärtheit, obwohl er ahnen musste, nun endgültig ins Fadenkreuz der Ermittlungen geraten zu sein.

„Herr Ackermann, Sie sind vorläufig festgenommen. Sie werden verdächtigt, einen Mord begangen zu haben.“ Routiniert klärte sie ihn über seine Rechte auf, Doktor Fuchs wirkte konsterniert.

Nachdem der hauseigene Erkennungsdienst auf der Tüte befindliche Spuren gesichert hatte, wurde der Kopf von einem Fahrer nach Duisburg zur forensischen Pathologie gebracht. Die Festnahme Ackermanns war ein Teilerfolg, der sehr schnell zum Pyrrhussieg verkommen würde, sollte es nicht gelingen, ihn mit Indizien zu unterfüttern. Nach der jetzigen Beweislage konnten sie ihm bestenfalls die Behinderung der Ermittlung vorwerfen. Für einen Haftbefehl reichte es nicht. Ihnen blieben noch maximal dreiundzwanzig Stunden.

In einer ersten Vernehmung gab der Architekt an, unter immensem Zeit- und somit Kostendruck zu stehen. Die Stilllegung der Baustelle durch die Polizei konnte er sich nicht erlauben. Aufgehoben habe er den Totenschädel, um ihn nach Abschluss der Bauarbeiten der Polizei zu übergeben. Manuela musste die Logik der Aussage eingestehen, dennoch glaubte sie Ackermann nicht. Sie konnte sich den smarten Freiberufler einfach nicht als letztes Glied einer Kette unglücklicher Umstände vorstellen. Dazu war der Aufwand, den er betrieb, deutlich zu hoch.

Die Pistole war tatsächlich auf seinen Namen eingetragen, allerdings erfolgte diese Eintragung erst im Jahre 1982. Die Frage, wozu ein Architekt eine Waffe benötigte, schenkte Manuela sich. Sie hoffte inständig, dass die Experten in Duisburg aufgrund der Einschusslöcher tiefer gehende Rückschlüsse auf die Tatwaffe liefern konnten.

Während ihrer Abwesenheit war Wischnewski erschienen. Mareike hatte nicht nur die Stellung gehalten, sondern auch die Aussage aufgenommen und das Protokoll der Staatsanwaltschaft zukommen lassen.

„Warum zum Teufel hat Ackermann diesen Kopf tatsächlich aufgehoben?“

„Sicher nicht aus dem Grund, den er vorgibt“, antwortete Adriano. Der Kollege war in die Akte Lydia Arnolds vertieft. Dabei war ihm eine Ungereimtheit aufgefallen. Mit einem Schwarzweißfoto des Unfallopfers in der Hand stand er auf und stellte sich neben Manuela Warnke.

„Hier befanden sich die Reifenspuren“, sein Zeigefinger wanderte über das Foto und beschrieb einen Bereich knapp unterhalb der Brust bis zur Gürtellinie.

„Dürfte ungefähr hinkommen bei einem 195er Reifen."

„Neunzehn Komma fünf Zentimeter, das passt", antwortete Manuela leicht zweifelnd. Worauf wollte Adriano hinaus?

„Der Beckenknochen liegt aber tiefer", er strich mit den Händen am Hosenbund entlang. „Und dieser Beckenknochen ist laut Bericht total zertrümmert. Warum?"

Sie führte das Foto dichter an ihre Augen. Lydia Arnolds hatte einen weißen Pullover getragen, dazu eine schwarze Hose. Der Reifen hätte breiter als angenommen sein können. Spuren auf dem schwarzen Stoff waren möglicherweise nicht erkannt worden. Aber auch eine andere Möglichkeit wäre denkbar. Auf Manuelas Armen breitete sich eine Gänsehaut aus.

„Wenn wir die nicht allzu wahrscheinliche Möglichkeit ausschließen, dass ein zweites Auto über das Opfer gefahren ist und der Fahrer ebenfalls geflüchtet war, hieße das …"

„Mord!", vollendete Adriano ihren Gedanken.

„Der Unfallfahrer stellte fest, dass das Mädchen noch lebte, und war noch einmal drübergefahren, um sich einer Zeugin zu entledigen."

Manuela wollte nicht glauben, dass diese Umstände den Ermittlern damals nicht aufgefallen waren. Sie rief die Personalstelle an. Nachdem sie zweimal weiterverbunden wurde, bekam sie die Information, Stahnke sei 2002 pensioniert worden. Von der Besoldungskasse erhielt sie nach einem weiteren Telefonat die aktuelle Adresse.

27

In einen dunklen Regenmantel gehüllt, die Haare unter einem karierten Tuch versteckt, spannte die alte Dame den Regenschirm auf. Sie ärgerte sich, beim letzten Mal nicht direkt eine Mehrfahrtenkarte gekauft zu haben. Sie hätte einkalkulieren müssen, dass die Ermittlung sie mehr als einmal nach Alpen führen würde. Der Stachel der Enttäuschung saß tief. Ihr Sohn hatte es scheinbar geschafft, Annette gegen sie aufzuhetzen.

„*Gertrud, das ist viel zu gefährlich, die Polizei macht das schon*", hallte der Satz wie aus einer Glocke kommend nach. „Die Polizei macht das schon", lachte sie höhnisch. Sie kamen kein bisschen weiter und brachten nicht den Mut auf, sich von einer alten Dame helfen zu lassen. Während des gemeinsamen Abendessens in ihrer Küche hatten sie ihr angeboten, bei der Renovierung des Wohnzimmers mitzuhelfen, mehr nicht. Dem Affen Zucker geben, nennt man das wohl, dachte sie. Die Herausforderung, den Fall von nun an ohne die hilfreichen Polizeiinterna angehen zu müssen, nährte ihren Ehrgeiz noch zusätzlich. Fast ohne jedenfalls, denn als sie gestern Abend die Bilderrahmen auf dem kleinen Flur vor Heinrichs Wohnungstür abgestaubt hatte, war sie zufällig Zeugin eines Gesprächs der beiden über den merkwürdigen Unfalltod einer gewissen Lydia Arnolds geworden. Sehr schnell hatte sie herausgefunden, was es mit diesem Mädchen auf sich hatte. Die Informationen hatten natürlich ihren Preis. Aber ohne wäre sie nicht an das wertvolle Archiv des Rheinischen Boten gekommen. Zum Glück war Camel auf sie hereingefallen. Die Geschichte war auch zu verlockend für ihn gewesen, für berechtigte Zweifel war kein Raum geblieben.

Der Computerlernkurs für Senioren, den sie im Frühjahr mitgemacht hatte, Rüdiger zuliebe, war ihr jetzt zugutegekommen. Der Gedanke an Rüdiger allerdings schmeckte bitter. Er war ein richtiger Charmeur. Noch ziemlich jung, gerade mal vierundsechzig, aber ganz Gentleman der alten Schule. Jeden Abend in der Volkshochschule war sie von ihm mit einer roten Rose empfangen worden. Beim Sommerfest im Seniorencafé der Arbeiterwohlfahrt war es dann herausgekommen. Einen Tag später, als die größte Aufregung verflogen war, hatten die Damen ihre Rosen zusammengelegt. Seither zierte ein gewaltiger „Rüdiger-Trockenstrauß" das Eingangsportal der Begegnungsstätte am Dorotheenweg. Der edle Spender litt seither unter gewissen Kontaktschwierigkeiten. Was übrig blieb, waren Kenntnisse, die es ihr erlaubten, in einem Internetcafé zu recherchieren.

Zunächst reagierte sie eingeschnappt, als die Blondine hinter der Theke, deren laienhaft aufgetragenes Make-up sie an die Farbenpracht eines Papageis erinnerte, ihr ungefragt die Funktionsweise einer Computertastatur erläuterte. Grundsätzlich brachte sie Verständnis dafür auf, schließlich dürfte nicht jeden Tag eine dreiundsiebzigjährige Dame dieses Internetcafé betreten. Aber die Art und Weise hatte Frau Grimm erzürnt. Offenbar darum bemüht, irgendwann einmal peripher erworbene Grundkenntnisse der modernen Pädagogik in die Tat umzusetzen, hatte sie der Seniorin in kindlich-naivem Sprachrythmus Taste für Taste erklärt. Als sie Frau Grimm dann höflich die Maus vorstellte, schubste diese die Angestellte resolut zur Seite. Verärgert hackte sie die Suchbegriffe in die Tastatur. Schon nach wenigen Minuten erhellte sich ihre Miene. Voller Anspannung folgte sie einem vielversprechenden Link. Nach und nach füllte sich das Bild mit immer weiteren Details. Hinweise griffen ineinander, schlossen sich wie Glieder einer Kette an. Aber noch gab es Unstimmigkeiten, kleine unpassende Flecken auf dem Bild.

Sie überquerte die Burgstraße und ging in die Bruckstraße. Einen kleinen Jungen, der ihr über die Straße helfen wollte, schüttelte sie ab. Wenige Meter hinter der Wallstraße lag das helle Haus ihres Informanten.

Theo Huber empfing sie mit freundlichem Gruß. Der Leiter des Heimat- und Verkehrsvereins Alpen hatte sich sofort bereit erklärt, sie zu empfangen. Er führte sie ins Wohnzimmer, Frau Huber servierte Kaffee und Plätzchen.

„Also, Frau Grimm, was kann ich für Sie tun?“

Sie dachte, wie leicht es ihr Sohn immer gehabt hatte. Er konnte einfach sagen: Grimm, Polizei Wesel, und seine Fragen loswerden.

„Ja wissen Sie, ich habe in der Zeitung gelesen, dass auf der alten Motte ein Hotel gebaut wird.“

Huber verzog den Mund. Gertrud Grimm wusste, dass viele Alpener, allen voran Huber und sein Verein, gegen diese Baumaßnahme waren.

„Als junges Mädchen habe ich während des Krieges in Alpen gelebt“, fuhr sie ungerührt fort, „in den letzten Kriegswochen hat der Bunker in der Motte uns das Leben gerettet. Ich wäre gerne noch einmal dort hineingegangen, aber Klara, eine Freundin, hat immer erzählt, der Bunker wäre seit dem Krieg verschlossen. Und jetzt hört man, dass dort eine Leiche gefunden worden ist. Dann muss der Bunker doch zwischendurch auf gewesen sein, oder?“

Huber rieb sich nachdenklich das Kinn. Frau Grimm versuchte der Geste zu entnehmen, ob er ihre Geschichte glaubte.

„Daran haben wir auch sofort gedacht. Was Ihre Freundin erzählt hat, ist auch nicht ganz richtig.“

„Was?“, fragte sie aufgeregt, „dann hätte ich mir den Bunker doch noch einmal ansehen können?“

Huber rührte mit leichtem Nicken in seinem Kaffee.

„Die Eingänge waren bis in die Siebzigerjahre nur mit Brettern verschlossen. Zur Neunhundertjahrfeier der Gemeinde 1974 gab es Überlegungen, den Bunker aufzumachen und für Führungen herzurichten. Hat man dann aber doch nicht gemacht, aus Sicherheitsgründen.“

„Das heißt, es hätte jeder da hineingekonnt?“

Theo Huber drehte die offene rechte Hand im Kreis.

„Erlaubt war es natürlich nicht. Aber es kam immer wieder vor, dass Kinder und Jugendliche den Ort als Abenteuerspielplatz nutzten. Ich habe immer gesagt, irgendwann passiert da mal was, und so war es auch.“

Frau Huber nickte zustimmend. Ihr Mann schien die Neugierde des Gastes zu genießen und schob sich genüsslich ein Plätzchen in den Mund. Danach nippte er noch einmal an dem Kaffee.

„Irgendwann, ich glaube, das war vierundsiebzig, ist die Decke des Bunkers in der Mitte eingestürzt und ein kleines Mädchen in das Loch gefallen. Zum Glück ist ihr nicht viel passiert. Die Gemeinde hatte daraufhin den Schaden behoben und die beiden Eingänge mit Erde zugeschüttet."

„Danach hatte den Bunker niemand mehr betreten? Ich meine, das dürfte für die Jugendlichen doch nicht so schwer gewesen sein, die Erde wegzuschaufeln."

Huber lachte auf, er schien Gefallen daran zu finden.

„So leicht ist das nicht. Das waren schon einige Kubikmeter. Einmal hatte es wohl jemand versucht, das war, Moment ..., ja, 1977. Anwohner der Burgstraße meldeten der Gemeinde, dass sich nachts jemand an dem Bunker zu schaffen gemacht hätte. Aber das waren keine Jugendlichen."

„Woher wollen Sie das wissen?"

„Von Karl Vennikel. Der war am nächsten Morgen dort, um sich das anzusehen. Er sagte, da waren jede Menge Reifenspuren. Aber der Bunker war verschlossen, die Erde sogar verdichtet. War alles so wie vorher, kein Grund zur Sorge."

Frau Grimm konnte die Sorglosigkeit des Gastgebers nicht nachvollziehen. Dass dort jemand eine Leiche entsorgt hatte, konnte keiner ahnen, aber der Grund für die nächtliche Aktion hätte sie doch interessieren müssen. In den drei Jahren nachdem die Eingänge zugeschüttet worden waren, musste die Erde wieder bewachsen gewesen sein, und sei es nur mit Bärenklau, Löwenzahn oder Gras. Der Eingriff konnte niemandem verborgen geblieben sein. Die Frage danach behagte ihrem Gastgeber scheinbar wenig.

„Wissen Sie, Frau Grimm, wir reden da nicht gerne drüber. Aber vor den Toren der Gemeinde, dort, wo heute ein Supermarkt steht, und auch im Graben auf der anderen Straßenseite direkt neben der Motte, haben die Alpener früher oft und nicht immer legal ihren

Müll entsorgt. Das wurde zunehmend kontrolliert und bestraft. Der Verdacht lag also nahe, dass jemand seinen Müll in den Bunker gebracht hat. Die Gemeinde wollte es gar nicht so genau wissen, hätte nur Ärger gegeben und Kosten verursacht, Sie verstehen?"

Theo Huber hatte die Frage beantwortet, ohne den wahren Hintergrund zu überdenken. Er hob die Kaffeetasse an und verharrte mitten in der Bewegung. Sein Blick haftete auf ihrem Gesicht, allmählich begriff er.

„Sie glauben ... ich meine, die Leiche in dem Bunker, das war in dieser Nacht?"

„Ich kann mir jedenfalls nicht vorstellen, warum sich jemand so viel Mühe geben sollte, seinen Müll zu beseitigen. Wann genau war das denn?"

Huber konnte den Sinn der Frage nicht verstehen. Allmählich kamen ihm Zweifel. Da er diese aber nicht begründen konnte, ging er darauf ein.

„Im Oktober 1977, wann genau, kann ich Ihnen heute nicht mehr sagen."

„In der Nacht zum fünfundzwanzigsten", mischte seine Frau sich ein, „da hat der Markus doch seinen Achtzehnten gefeiert. Wir hatten schon die Befürchtung, dass die Jungs was damit zu tun gehabt hätten."

„Stimmt", bestätigte Theo Huber, „aber sagen Sie, warum möchten Sie das denn so genau wissen?"

Frau Grimm beugte sich über den Tisch, ihre Augen blinzelten.

„Mein Enkel war früher oft in Alpen, der hatte damals nur Blödsinn im Kopf, nicht auszudenken, wenn der ...", sie verlieh ihren Worten eine tiefe Unruhe, die ihre Wirkung nicht verfehlte.

„Ach so", Huber winkte lässig ab, „da machen Sie sich mal keine Sorgen. Das war kein Jungenstreich."

Sie lehnte sich beruhigt zurück und pustete erleichtert aus.

„Da brauchen Sie sich gar nicht für zu schämen", setzte Frau Huber hinterher, „unsere waren auch nicht besser. Die sind alle gleich."

„Eines interessiert mich noch: Wer hat denn damals die Arbeiten an dem Bunker durchgeführt? Am Ende war es noch mein Schwager, der Josef Louven aus Sonsbeck, da hätte ich mir den Weg ja sparen können."

Theo Huber lachte. Er blickte dabei zur Decke und dachte nach.

„Louven … kenne ich nicht. Moment … Ja, das war schon der Herr Ackermann. Der Junge hatte sich damals mit einer kleinen Bauunternehmung selbstständig gemacht, um sein Studium zu finanzieren. Sein Vater hatte ihm kräftig unter die Arme gegriffen. Die Gemeinde wollte ihn ebenfalls unterstützen und hat ihm ab und zu kleinere Aufträge unter der Hand zugeschustert. Sie versprachen sich natürlich Vorteile davon, hatten gehofft, irgendwann einmal eine ausgewachsene Bauunternehmung im Ort zu haben."

Zufrieden lächelnd nickte Mutter Grimm und bedankte sich. Auf dem Weg zurück stellte sie fest, richtig gelegen zu haben. Der nächste Schritt wird die erhoffte Sicherheit bringen, dachte sie zufrieden. Wie sie den Mörder aus der Reserve locken würde, wusste sie bereits.

28

Sie wollten das Büro verlassen, um Ackermann zu befragen, als es leise an der Tür klopfte. Ein leicht gebückt gehender Mann mit schütterem weißem Haar und einem kleinen Reisekoffer aus dem Sonderkatalog eines Kaffeerösters betrat den Dienstraum an der Reeser Landstraße. Schüchtern stellte er sich mittig vor die Schreibtische, den Koffer vor seinem Körper mit beiden Händen umklammernd.

„Ich möchte ein Geständnis ablegen", begann er leise, mit gedrückter Stimme. Manuela forderte ihn auf, sich zu setzen.

„Jetzt mal der Reihe nach. Wer sind Sie bitte und was möchten Sie gestehen?"

Es kam nicht sehr oft vor, dass Täter sie freiwillig aufsuchten. Würde es Schule machen, könnte die Gewerkschaft der Polizei einen weiteren Stellenabbau wohl kaum verhindern. Die Hände des mindestens siebzig Jahre alten Mannes drückten sich in den Griff des Koffers. Er schluckte, öffnete vorsichtig die Lippen.

„Ich heiße Kurt Hermsen. Ich bin gekommen, um den Mord an Walter Jansen zu gestehen."

Die Hauptkommissarin verschluckte sich und musste heftig husten. Adriano schoss vor und sah den Mann sprachlos an. Vor wenigen Stunden hatte die Staatsanwaltschaft in Person von Annette Gerland ein Mordermittlungsverfahren eingeleitet, und kurz darauf kam der Mörder hier hereinspaziert? Das war für ihren Geschmack zu viel des Guten, Manuela zweifelte an ihrem Glück.

„Wann haben Sie Walter Jansen getötet, Herr Hermsen?"

„Am 18. Oktober 1977", die Antwort kam ohne das erwartete Zögern, „den Tag werde ich nie vergessen. Seitdem quälen mich Albträume. Ich … ich kann nicht mehr."

Hermsen stellte den Koffer vor sich ab und streckte ihnen die Hände dicht nebeneinander entgegen. Im Fernsehen hatte er vermutlich gesehen, dass in solchen Fällen Handschellen angelegt wurden. Als die Polizisten nicht reagierten, zog er die Hände unsicher zurück. Hermsen gehörte zwar zum Kreis der verdächtigen Personen, aber irgendwas hielt Manuela davon ab, ihm zu glauben.

„Wie und wo haben Sie das getan – bitte erzählen Sie uns den kompletten Tathergang, so weit er noch in Ihrer Erinnerung ist."

Hermsen zog ein verblasstes Stofftaschentuch aus der Hosentasche und wischte sich über die Augen.

„Es war in der Leucht, dem Wald bei Alpen", Hermsen erzählte die gesamte, ihnen zu weiten Teilen bekannte Vorgeschichte. Die untreue Ehefrau, Scheidung und Verlust des Geschäftes, all dies war ihnen bereits bekannt. Nicht bekannt war den Ermittlern bislang, dass er seine Eltern hatte überreden können, das Erbe vorzeitig auszubezahlen. Mit diesem Geld wollte er das Geschäft von Jansen zurückkaufen.

„Ich habe ihm dreißig Prozent mehr geboten, als er mir bezahlt hatte. Er hat nur schäbig gelacht, hat mich einen elenden Versager genannt. Dann drehte dieser Kerl sich um und wollte einfach gehen. Da habe ich … ich habe … ihn von hinten niederge …"

Das letzte Wort ging in einem Schwall Tränen unter. Das Gesicht in beide Hände vergraben, weinte er hemmungslos. Sie warteten drei Minuten, bis er sich wieder einigermaßen beruhigt hatte. In dieser Zeit fragte sich Manuela, ob sie tatsächlich komplett falsch liegen konnte. Welche Rolle blieb noch für Manfred Ackermann? Es fiel ihr schwer, sich an den Gedanken zu gewöhnen, der Architekt könne unschuldig sein.

„Herr Hermsen, ich muss Sie das fragen. Was haben Sie mit der Tatwaffe gemacht?"

„Bitte?"

Hermsen sah sie verständnislos an.

„Weggeworfen", die Antwort hörte sich an, als wäre es selbstverständlich. Manuela rief sich den Bericht der Kollegen von damals in den Sinn. Man hatte jeden Quadratzentimeter des Waldgebietes mit einer Hundertschaft Polizisten, Spürhunden und Metalldetektoren durchsucht. Es war ihr absolut unerklärlich, dass eine Pistole nicht gefunden worden war.

„Sie haben die Tatwaffe einfach in den Wald geworfen? Wie sind Sie überhaupt an die Pistole gekommen?“

Das leise Wimmern verstummte. Hermsen sah sie irritiert an.

„Pistole? Was für eine Pistole?“

„Sie haben Herrn Jansen nicht erschossen?“

„Nein! Womit denn? Ich habe einen dicken Ast, der am Rand des Parkplatzes lag, aufgehoben und ihn Jansen ins Genick geschlagen. Der ist sofort … ich meine, wie ein Sack …, er hat sich nicht mehr bewegt. Ich bin direkt zu meinem Auto gerannt und weggefahren. Ich weiß gar nicht mehr, welchen Weg … ich bin einfach nur gefahren. Das … das habe ich doch nicht gewollt.“

Manuela atmete tief durch. Der Mann vor ihr war ein bedauernswertes Bündel Nerven. Dreißig Jahre lang hatte er sich für einen Mörder gehalten, mit Albträumen und ständiger Angst gelebt. Sollte sie ihm sagen, das wäre gar nicht nötig gewesen?

„Hat Sie jemand gesehen?“

„Natürlich nicht, sonst hätten Sie mich doch längst eingesperrt.“

„Es hätte ja auch sein können, dass Sie seither erpresst werden“, Hermsen schüttelte den Kopf. Die eintretende Ruhe machte den Rentner nervös. Es hatte den Anschein, als fände er nicht die geringste Erklärung dafür, dass man ihn nicht in eine Zelle brachte.

„Herr Hermsen“, Manuela sprach betont ruhig, „haben Sie den Toten damals in den Bunker gebracht?“

„Was? Nein! Ich bin doch am Montag wieder zurück nach Bad Kreuznach. Ich habe gestanden, was wollen Sie denn noch?“

Die Stimme wurde dünner, zwei Tränen lösten sich und kullerten bedächtig die Wangen herab. Die Ermittler beobachteten ihn eine Minute wortlos.

„Ich denke, wir können Herrn Hermsen beruhigen“, bemerkte Adriano endlich. Während ihr Gast misstrauische Blicke verteilte, deutete Manuela mit einer Geste Zweifel an. Der Gedanke, möglicherweise in eine Falle zu tappen, beunruhigte sie. Eine Falle mit dem Namen Routine. Alles schien klar, Hermsen konnte kein Mörder sein. Aber war es wirklich so? Sie rief sich die bekannten Fakten ins Gedächtnis. Eine Leiche wurde gefunden. Löcher im Kopf deuteten auf eine tödliche Schussverletzung. Laut Bericht der Pathologie war die Person vor ungefähr dreißig Jahren ums Leben gekommen, aber auch dreiunddreißig Jahre wären denkbar. 1977 wurde ein Mann namens Walter Jansen vermisst gemeldet. Bisher sprach nichts dafür, dass es sich bei der Leiche um den vermissten Walter Jansen handelte. Nichts außer Vermutungen. Sollten die Fälle nicht zusammenhängen, gab es zwei Leichen? Absurd, dachte Manuela. Wo wären dann die sterblichen Überreste von Walter Jansen, und vor allem: Wer hätte einen Grund gehabt, die Leiche zu beseitigen, wenn nicht der Mörder?

„Hatten Sie sich mit Walter Jansen in dem Wald verabredet?"

„Nein. Ich bin ihm nachgefahren, tagelang. Ich wollte ihn allein sprechen."

„An diesem Tag ist Jansen also in den Wald gefahren, war er auch allein?"

Hermsen presste die Lippen aufeinander. Er schluckte schwerfällig. Adriano reichte ihm ein Glas Wasser. Dankbar trank er einen Schluck.

„Nein. Als ich dort ankam, stand da ein gelber Opel ziemlich am Ende des Parkstreifens. Ein junger Mann hatte sich offenbar mit Jansen dort verabredet. Ich kannte ihn nicht, habe einige Meter davor geparkt und im Auto gewartet. Die beiden gingen in einen der Wege, stritten sich unterwegs. Nach zehn Minuten kamen sie wieder zurück. Als der junge Mann weggefahren war, bin ich ausgestiegen und habe Jansen um ein Gespräch gebeten."

„Ist der gelbe Opel Ihnen später entgegengekommen oder stand er irgendwo?"

Hermsens Zittern wurde immer heftiger. Manuela ahnte, dass ihnen nicht mehr viel Zeit bleiben dürfte.

„Weiß ich doch nicht, ich bin nur gefahren … einfach nur weg …", völlig unerwartet hielt er inne, sprach besonnener, „aber Moment, was hat der junge Mann damit zu tun?"

Das wüssten wir auch gerne, dachte Manuela. Walter Jansen war kurz darauf spurlos verschwunden, sein Auto fanden die Kollegen verlassen auf dem Parkplatz. Die Kommissarin suchte nach einem Sinn, einer alles erklärenden Logik. Hermsen festzunehmen war unnötig. Warum sollte er nicht zugeben, dass er Jansen erschoss und die Leiche verschwinden ließ? Der alte Mann vor ihr war nur ein kümmerlicher Rest seiner selbst, hatte abgeschlossen mit sich und dem Leben. Sie empfand Mitleid.

„Herr Hermsen, Sie können gehen. Ich bitte Sie nur, sich in der nächsten Zeit für uns zur Verfügung zu halten. Es könnte sein, dass wir noch Fragen haben."

„Was?"

Manuela legte den Kopf in den Nacken, schloss für eine Sekunde die Augen und atmete tief durch. Sie war sich im Klaren, dass ihre Handlungsweise nicht legal war. Nicht solange nicht auszuschließen war, dass Walter Jansen irgendwo in diesem Wald begraben lag. Dieses Risiko ging sie ein.

„Ich glaube nicht, dass Sie jemanden ermordet haben, denn dazu fehlt mir die Leiche des Opfers. Ihnen kann allenfalls Körperverletzung vorgeworfen werden, in dem Fall ist die Tat aber bereits verjährt."

„Verjährt? Die Leiche … man erzählt doch, Sie haben ihn gefunden, in dem Bunker."

„Wer soll denn bitteschön die Leiche dorthin gebracht haben, wenn Sie es nicht waren, Herr Hermsen?"

Hermsen sah sie entgeistert an.

„Stimmt, es ist wirklich sehr merkwürdig, aber das muss jemand anderes gewesen sein."

Manuela sparte sich die Frage nach dem Grund. Hermsen war dermaßen durcheinander, er begriff einfachste Zusammenhänge nicht mehr. Sie hätte ihm gerne die Schuldgefühle genommen, gesagt, dass die Person aus dem Bunker erschossen worden war. Aber auch ohne Interna preiszugeben, davon war sie überzeugt, würde Hermsen mit dem nötigen Abstand selbst darauf kommen. Ratlos stand er auf und verließ das Büro ebenso zaghaft und ängstlich, wie er es vor wenigen Minuten betreten hatte.

„Ob es richtig war, ihn gehen zu lassen?“, fragte Adriano, als die Tür leise ins Schloss fiel.

„Weglaufen wird er uns kaum.“

Manuelas Augen hafteten an der Tür, als würde sie sich jeden Moment öffnen und die Antworten auf alle ihre Fragen eintreten. Ihre Gedanken verweilten noch bei Hermsen und seiner Aussage. Sollte er … nein, es war absurd. Aber warum war Jansen unmittelbar danach verschwunden?

„Wer außer dem Mörder hätte die Leiche verstecken sollen?“, murmelte sie, nicht leise genug.

„Er war nur bewusstlos. Der Fahrer des gelben Opel ist noch einmal zurückgegangen und hat die Situation ausgenutzt. Laut Hermsens Aussage hatten die beiden einen Disput“, schlussfolgerte Adriano.

„Woher hätte er davon wissen sollen?“

„Er ist an Hermsen vorbeigefahren, möglicherweise hatte er ihn erkannt. Der Streit zwischen Jansen und Hermsen war doch bekannt.“

„Möglich. Wäre hilfreich, in Erfahrung zu bringen, wer der Fahrer des ominösen Opel war. Ich habe da auch schon eine Idee.“

Zu ihrer Überraschung gab Ackermann nicht nur unumwunden zu, damals einen gelben Opel Commodore gefahren zu haben, er erzählte auch von dem Treffen mit Jansen.

„Ich wollte ihm sagen, dass Birgit und ich heiraten, ob er will oder nicht, und zwar auch dann, wenn er seine Tochter enterben würde.“

„Daraufhin war es zum Streit gekommen.“

„Es kam immer zum Streit zwischen uns. Er mochte mich nicht und ich ihn noch weniger.“

Ackermann wirkte desinteressiert, strahlte eine ungewohnte Gelassenheit aus. Er wusste, dass die Polizisten ihn schon bald freilassen mussten.

„Der Streit eskalierte. Er hat Sie gedemütigt, beleidigt. Irgendwann haben Sie die Nerven verloren und ihn erschossen“, Manuela beobachtete ihn, suchte nach kleinsten Regungen, wartete auf verräterische Unsicherheit. Aber kein Muskel bewegte sich, nicht die winzigsten Schweißperlen zeichneten sich auf dem ernsten Gesicht ab.

„Machen Sie sich doch nicht lächerlich. Jeder im Ort kannte unser Verhältnis, da wäre ich ja schön blöd, ihn umzulegen."

„Stimmt", antwortete Adriano, „es sei denn, es war jemand dort, der Ihnen das möglicherweise abgenommen hätte. Hermsen zum Beispiel. Oder wollen Sie behaupten, Sie kennen Kurt Hermsen nicht?"

Ackermann verzog die Mundwinkel zu einem aufgesetzt wirkenden Grinsen.

„Natürlich kenne ich diesen Versager. Der hatte einen Riesenhass auf den Alten, fragen Sie den doch mal."

„Haben wir bereits. Er gibt an, Jansen niedergeschlagen und im Wald zurückgelassen zu haben. Ein gefundenes Fressen für Sie, nicht wahr, Herr Ackermann?"

Ackermann lachte überheblich. Manuela wünschte sich in diesem Augenblick sehnlichst, ihn mit Fakten verstummen lassen zu können.

„Daher weht der Wind. Frau Kommissarin, Sie sollten logisch an den Fall herangehen, wenn ich Ihnen diesen Tipp geben darf. Mal angenommen, es war so. Es wäre doch ein Leichtes gewesen, ihm den Rest zu geben und anschließend auszusagen, Hermsen dabei beobachtet zu haben, wie er Jansen erschlug."

Manuela kam plötzlich die Frage in den Sinn, ob er seine Frau jemals geliebt hatte. Es kam ihr widersinnig vor, ein derartiges Gefühl bei Ackermann zu vermuten.

Das Argument war nicht abwegig. Warum sollte er Schuld auf sich nehmen, wenn sie so leicht abzustreifen war? Sie drehten sich im Kreis. Obwohl die Hinweise sie immer näher an den Mittelpunkt zu führen schienen, war dieser nicht mal ansatzweise erkennbar. Ackermanns Körpersprache hatte ihr zudem verraten, auf der falschen Fährte zu sein. Anstatt Nervosität zu zeigen, versprühte der Unternehmer mit jedem seiner Worte mehr Sicherheit. Er hatte vollkommen Recht. Nach allem, was ihnen bisher bekannt war, wäre Ackermann tatsächlich sofort in den Kreis der Verdächtigen aufgenommen worden.

„Jeder im Ort kannte unser Verhältnis, hat er gesagt", murmelte Adriano auf dem Weg ins Büro. Kurz vor der Tür blieben sie stehen.

„Was meinst du?"

„Ich weiß, es wirft alles über den Haufen, aber was ist, wenn Hermsen recht hat?"

Manuela sah ihrem Kollegen irritiert in die Augen.

„Ackermann erkannte auf der Rückfahrt den entgegenkommenden Hermsen. Er wundert sich und fährt später noch einmal zurück. Als er dort ankommt, findet er die Leiche Jansens. Ihm ist sofort klar, als Hauptverdächtiger zu gelten. Der Mordverdacht allein könnte das Ende seiner Zukunftspläne bedeuten. Er gerät in Panik und lässt die Leiche verschwinden."

„Sicherheitshalber jagt er dem toten Jansen noch eine Kugel durch den Kopf? Das passt alles nicht. Und warum sollte Hermsen lügen?"

„Um seinen Kopf zu retten. Du hast ihm die Geschichte abgekauft, und er ist raus aus den Ermittlungen. Was ist, wenn Hermsen geblufft hat? Wenn er Jansen erschossen und die Tatwaffe entsorgt hat? Motiv und Gelegenheit waren da."

„Dann wäre er ein verdammt guter Schauspieler."

29

Während Frau Grimm den Topf mit der Erbsensuppe vom Herd nahm, deutete Annette auf den Aufmacher des heutigen Lokalteils vom Rheinischen Boten. Heinrich überflog die Seite. Neben dem unscharfen Foto eines blonden Mädchens war ein Skelett abgebildet. Vermutlich ein Archivfoto vom archäologischen Park in Xanten, dachte Heinrich. Darüber die Schlagzeile:

Mord an unschuldigem Mädchen von Türkenmafia gerächt?

In dem Artikel darunter stellte Camel die These auf, ein Walter J. habe das Mädchen überfahren, der türkischstämmige Vater des Kindes Blutrache verübt. Während seine Mutter die Teller füllte, beobachtete er sie streng. Sie wurde sichtbar unruhig.

„Hast du eine Ahnung, wie Herr Walther an die Informationen zu diesem Artikel gekommen ist, Mutter?"

„Ich? Ähem … du hast ja noch gar kein Würstchen, möchtest du eins oder gleich zwei?"

„Gertrud, das geht nicht", mischte Annette sich ein, „Du kannst uns nicht belauschen und damit zur Presse gehen!"

Sie verzog die Lippen, setzte einen störrischen Mir-sagt-ja-keiner-was-Blick auf und aß stumm ihre Suppe. Annette kam eine Idee. Sie hatte sie vor einem Jahr mit Heinrich ausgeheckt.

„Kannst du dich noch an Frau Klinge aus Moers erinnern, Heinrich?", sie stieß ihm unter dem Tisch gegen das Bein.

„Klinge, Klinge …"

„Das war die Dame, die die Ermittlungen im Mordfall Jakobs behindert hatte."

„Ach die, ja ich erinnere mich, was ist mit ihr?"

„Sie ist heute Morgen wegen Behinderung der Polizeiarbeit verurteilt worden, acht Monate hat sie bekommen."

Gertrud Grimm sah erschrocken auf.

„Wird meiner Mutter wohl auch bald passieren", antwortete Heinrich lapidar.

„Kann mir nicht passieren“, amüsiert sah sie Heinrich an, „ich behindere die Polizeiarbeit ja nicht, sondern treibe sie voran. Gibt es dafür eigentlich eine Belohnung, Annette?“

Annette seufzte. Es hatte keinen Zweck, auch ihr würde es wohl nicht mehr gelingen, die alte Dame umzubiegen. In Zukunft mussten sie vorsichtiger sein.

„Wo bist du eigentlich gestern so spätabends noch gewesen?“, wollte Heinrich wissen.

„Das geht dich gar nichts an“, kam es knurrend zurück.

Die Blicke der Staatsanwältin und des Exkommissars trafen sich. Heinrich wusste, dass die Zeit in so einem Fall für ihn arbeitete. So dauerte es auch nur drei Löffel Erbsensuppe und ein kleines Stückchen Brühwurst, bis Mutter Grimm ihren Informationsboykott aufgab.

„Statt dauernd auf mir herumzuhacken, solltet ihr euch mal lieber um Herrn Ackermann kümmern.“

„Was ist denn mit Herrn Ackermann?“

Ein Anflug von Stolz zeichnete sich in den Augen der Seniorin ab. Vermutlich wusste die Polizei wieder einmal nur die Hälfte, schien sie zu denken.

„Zum Beispiel hat er damals den Bunker zugeschüttet. Mit Sicherheit hat er auch das Beweisstück beiseite geschafft. Dem hättet ihr mal auf den Zahn fühlen sollen, aber“, sie machte eine abfällige Handbewegung, „jetzt ist es zu spät.“

„Wieso ist es zu spät?“, fragte Annette.

„Weil Ackermann sich abgesetzt hat, deshalb. Der sitzt garantiert schon im nächsten Flieger nach Takatuka oder was weiß ich wohin!“

Ihre Stimme wurde lauter, untermalt mit vorwurfsvollem Unterton. Der strenge Blick verriet ihren Zorn.

„Ich habe sein Haus gestern bis elf Uhr abends optimimiert … äh, na ja beobachtet, musste sogar mit dem Taxi heimfahren, weil kein Bus mehr kam. Bezahlt das eigentlich die Polizei? Die Quittung habe ich.“

Heinrich hielt sich den Bauch, das Lachen trieb ihm Tränen in die Augen. Mutter Grimm stützte die Arme in die Hüfte.

„Die haben so eine Art Freud- und Leidkasse für Kollegen. Muss mal fragen, ob daraus auch Omas entschädigt werden, die observieren", die letzten Worte gingen in lautem Lachen unter. Seiner Mutter stieg die Röte ins Gesicht. Bevor sie ihm antworten konnte, redete Annette beruhigend auf sie ein.

„Gertrud, Herr Ackermann sitzt seit gestern in einer warmen Zelle. Aber er wird wohl bald wieder freigelassen, wir können ihm nichts nachweisen."

Den Bannstrahl ihrer zornigen Augen weiterhin auf ihren Sohn gerichtet, entspannten sich die Gesichtszüge, gingen in Enttäuschung über.

„Weil ihr ihm vermutlich die falschen Fragen stellt. Mit der Leiche im Bunker hat er nichts zu tun, das steht fest. Der hat etwas ganz anderes auf dem Kerbholz, ich bin kurz davor, das herauszufinden."

„Interessant", bemerkte Heinrich immer noch lachend, „würdest du uns denn auch mitteilen, wie du darauf kommst?"

Wütend zog sie ihm den leeren Teller weg und stellte ihn auf ihren. Annette stieß ihrem Freund in die Rippen.

„Tut mir leid, zu laufenden Ermittlungen sage ich gar nichts mehr."

Sie drehte sich auf dem Absatz um und brachte das schmutzige Geschirr zur Spüle.

30

Der pensionierte Kriminalbeamte Stahnke bewohnte ein Haus aus den Fünfzigerjahren an der Heidecker Straße in Rheinberg-Millingen. Manuela fuhr allein dorthin, Adriano hatte sie gebeten, die Kinder von der Schule abholen zu dürfen. Stahnke empfing sie in einem roten Jogginganzug. Der Pensionär überragte die Ermittlerin um einen Kopf. Er wirkte vital, durchtrainiert und sportlich. Müsste Manuela den Gastgeber als Zeugin beschreiben, sie würde sein Alter auf höchstens fünfundfünfzig Jahre schätzen.

„Die Kollegen haben es heute gut", eröffnete er freundlich.

„Warum?"

„So hübsche Kolleginnen hatten wir damals nicht."

Manuela schluckte verlegen. Instinktiv glitt ihre Hand zu der kleinen Wölbung an ihrem Bauch. Sie wollte das Kompliment anstandshalber zurückgeben, bremste sich aber. Um der leise aufkommenden Unsicherheit zu entfliehen, kam sie sofort zur Sache. Den Grund des Besuches hatte sie ihm bereits am Telefon geschildert.

„Sind Sie damals nie auf die Idee gekommen, dass der Unfall vorgetäuscht war?"

Stahnke sah sie mit väterlich großmütigen, dunkelbraunen Augen an. Bevor der pensionierte Polizist zur Antwort ansetzte, schüttete er grünen Tee ein. Manuela nickte zustimmend. Sie dachte noch einmal über ihre Frage nach und schämte sich plötzlich. Sie unterstellte damit einem erfahrenen Polizisten Unfähigkeit. Souverän umging er diese Anspielung.

„Selbstverständlich kam uns dieser Gedanke. Die Vorzeichen wiesen überdeutlich darauf hin. Die Gerüchte um mögliche sexuelle Übergriffe hatten wir ja mitbekommen. Liebend gern hätten wir Walter Jansen dazu befragt, aber das war ja nicht möglich. Uns hatte vor allem interessiert, ob das Mädchen von ihm schwanger war. Sehen Sie, damals waren unsere technischen Möglichkeiten, gemessen an heutigen Standards, arg limitiert. Heute würde ich in die Wohnung des Verdächtigen marschieren, ein Haar aus der Bürste nehmen und mittels einer DNA-Analyse die Vaterschaft problemlos feststellen lassen. Aber das gab es damals alles noch nicht."

„Was war mit dem Fahrzeug?"

Stahnke pustete mit spitzem Mund in die Tasse, bevor er einen Schluck nahm.

„Von dem Tatfahrzeug ist uns wenig bekannt. Jansen fuhr damals einen NSU. Dieser Wagen verfügte über das, wenn ich es mal so ausdrücken darf, beste Alibi. Er befand sich zum Unfallzeitpunkt bei den Kollegen der KT. Wir hatten den Wagen fünf Tage zuvor, nach der Vermisstmeldung, auf dem Parkplatz in der Leucht gefunden und eingeschleppt. Danach fühlte sich offenbar niemand dafür zuständig, das Fahrzeug abzuholen."

Manuela Warnke berichtete von dem Verdacht, Lydia Arnolds sei eventuell zweimal überrollt, also ermordet worden.

„Sie sprechen das zertrümmerte Becken des Unfallopfers an", Manuela nickte, „es könnte laut unserem Gutachter eine direkte Unfallfolge sein. Dann nämlich, wenn Frau Arnolds versucht haben sollte, sich unmittelbar vor dem Zusammenprall in Sicherheit zu bringen."

Stahnke bemerkte ihre Zweifel. Er stand auf, und führte ihr die Vermutung des Gutachters vor. Demnach lag Lydia Arnolds zunächst auf der Fahrbahn, leicht benommen oder bewusstlos. Im letzten Moment realisierte sie das herannahende Fahrzeug. Sie schaffte es noch, sich aufzurichten, wurde zuerst am Becken erfasst und dann unter das rechte Vorderrad des Wagens geschleudert.

„Das erklärt auch die anderen Verletzungen. Allerdings hätte der Fahrer sie sehen müssen."

„Die Fahrbahn war nass, vielleicht hat der Fahrer versucht zu bremsen. Möglicherweise konnte er sie auch gar nicht sehen. Die KT hat an ihrem Pullover schwarze Baumwollfasern entdeckt."

„Sie meinen, jemand hatte sie mit einer dunklen Decke abgedeckt?"

„Der Gedanke war uns auch gekommen. Die Staatsanwaltschaft

ging von einer Strickjacke oder einem Pullover aus, obwohl wir kein passendes Kleidungsstück bei ihr fanden. Dazu die Auffindesituation …"

Stahnke zögerte. Ein schwarzweißer Kater strich mit hoch erhobenem Schwanz an seinen Beinen entlang. Er kraulte ihn beiläufig im Nacken. Manuela dachte darüber nach, wie sehr ihn dieser Fall beschäftigt haben musste. Noch heute, mehr als drei Jahrzehnte später, erinnerte sich Stahnke an jedes Detail.

„Das Opfer wies überall oberhalb der Gürtellinie starke Verletzungen auf, hatte mehrere offene Wunden. Aber sowohl auf der Fahrbahn, als auch an der Bordsteinkante und im Rinnstein, in dem der Kopf lag, fanden wir nur geringe Mengen Blut. Meiner Ansicht nach zu wenig für die Schwere der Verletzung. Aber", er machte eine ratlose Geste, „es hatte geregnet, und in der Rinne fließt das Wasser schneller, besonders am Berg."

„Warum hatte es keine Obduktion gegeben?"

„Wollten wir haben. Aber letztendlich fehlten uns die Argumente, den Staatsanwalt von deren Notwendigkeit zu überzeugen. Laut dem Bericht des Notarztes starb das Mädchen zweifelsfrei an den Folgen der Unfallverletzungen. Somit blieb es bei Verkehrsunfall mit Fahrerflucht. Da es bis auf undeutliche Reifenabdrücke keinerlei verwertbare Spuren, geschweige denn Zeugen gab, konnten wir den Fahrer nie ermitteln."

„Der perfekte Mord?"

„Den gibt es nicht, sonst wären Sie nicht hier."

„Möglicherweise sehe ich Gespenster."

Stahnke rieb sich das Kinn, sah sie eindringlich an.

„Das habe ich damals auch geglaubt. Manchmal benötigt es eben seine Zeit, bis sich etwas zusammenfügt. Es gab da aber noch eine Merkwürdigkeit."

Stahnke goss Tee nach, Manuela lehnte dankend ab. Der Kater strich nun an ihren Beinen entlang, sie strich ihm über das Fell.

„Ich habe mir damals alle Protokolle der Kollegen aus dem Schutzbereich durchgelesen, die in zeitlicher Nähe zum Unfall standen. Gegen acht Uhr wurde der Wache aus Alpen ein offensichtlich alkoholisierter Autofahrer gemeldet. Vor Ort bestätigte sich der Verdacht, dem Mann wurde der Führerschein entzogen."

„Können Sie sich noch an den Namen des Fahrers erinnern?"

Stahnke stieß ein kurzes Lachen hervor.

„Wissen Sie, ich hatte es in meiner Karriere mit Hunderten übler Gesellen zu tun. Die meisten Namen habe ich längst vergessen, aber diesen nicht. Ich bin danach nie wieder einem derart arroganten und despektierlichen Menschen begegnet wie diesem Manfred Ackermann."

Manuela verschluckte sich beinahe an dem Tee. Sie berichtete ihm ausführlich von ihrem Fall. Bei der Beschreibung Ackermanns nickte Stahnke nur. Manuela bemerkte eine Unstimmigkeit. Mareikes Nachforschungen fielen ihr ein. Demnach hatte Ackermann mehrfach vor Gericht gestanden, konnte aber nie belangt werden. Fahrlässige Tötung, noch dazu unter Alkoholeinfluss, hätte ihm zumindest eine Vorstrafe eingebracht. Ihre Euphorie verflog.

„Sie sprachen von einer Merkwürdigkeit. Der Unfallfahrer war Ackermann offenbar nicht."

„Das ist es ja. Unsere Kollegen haben ihn gestoppt, als er mit einem Kleinlaster seiner Firma zu einer Baustelle fahren wollte. An diesem Fahrzeug konnte die KT keinerlei Spuren sicherstellen. Auf die Firma waren damals noch eine Baumaschine und ein Opel Commodore zugelassen. Dieses Fahrzeug ist ihm angeblich am frühen Morgen gestohlen worden. Der Wagen ist zwei Wochen später wieder aufgetaucht, völlig ausgebrannt. Eventuell vorhandene Spuren waren vernichtet, von den Reifen nichts mehr übrig. Die Experten der Feuerwehr waren damals von einer Brandstiftung überzeugt."

Wieder einmal schien es, als sei der Zufall Ackermanns Verbündeter. In diesem Fall derart auffällig, dass niemand daran glauben konnte. Aber warum? Manuela suchte die Logik hinter dem unausgesprochenen Verdacht. Welches Motiv sollte der Bauunternehmer gehabt haben, Lydia Arnolds zu töten? Ohne ein solches wäre es ein Zufall mehr. Es kam der Ermittlerin absurd vor.

„Hatte er ein Alibi für den Unfallzeitpunkt?"

„Nein. Das war auch schon alles, was wir ihm vorhalten konnten. Er war direkt zur ersten Vernehmung mit einem Anwalt aufgekreuzt, wir hatten nicht die geringsten Beweise. Es war frustrierend."

Stahnkes Zweifel hatten die Zeit überstanden, stellte die Hauptkommissarin fest. Es musste ihm damals schwergefallen sein, die Akte ins Archiv zu bringen. Mit den heutigen Erkenntnissen wäre das Opfer obduziert worden. Der Gedanke, dass der Täter in seinen Alltag eintaucht, als sei nichts passiert, machte Manuela nachdenklich. Wer wäre in der Lage, diesen zweifellos unglaublichen Druck des Gewissens vor seinen Mitmenschen zu verbergen? Ackermanns Gesicht tauchte vor ihrem geistigen Auge auf. Er lachte hämisch.

Die Leiche musste schnellstens exhumiert werden. Der Nachweis auf die Vaterschaft dürfte nicht mehr möglich sein, die einzige Hoffnung bestand darin, dass Frakturen am Skelett einen Hinweis auf eine Gewalttat geben könnten. Stahnke wünschte ihr viel Glück.

31

Die Staatsanwältin hatte das Formular unterzeichnet. Die zweifelhaften Umstände des Unfalls und die Hintergrundinformationen über Lydia Arnolds hatten sie zunächst zögern lassen. Die Möglichkeit jedoch, dass der Tod des Mädchens in irgendeinem Zusammenhang zu den aktuellen Ermittlungen stehen könnte, beendete die Zweifel.

Zweimal hatte Manuela die Finger kurz vor der Tastatur zurückgezogen. Sie wartete auf ein wenig Mut, gerade genug, um das mulmige Gefühl zu verdrängen. Frau Gerland hatte sie im Hinausgehen gebeten, die Eltern Lydia Arnolds über die bevorstehende Exhumierung und anschließende Obduktion zu informieren. Vor wenigen Minuten hatte ihr ein Sachbearbeiter des Duisburger Einwohnermeldeamtes per Rückruf die aktuelle Adresse von Judith Arnolds mitgeteilt. Saladin Arnolds, der Vater, war vor fünfundzwanzig Jahren dort abgemeldet worden, einen Grund oder den aktuellen Wohnort konnte er nicht nennen.

Vor Manuelas Augen spielte sich ein düsteres Drama ab. Den Tod der Tochter konnten sie vermutlich nicht gemeinsam verarbeiten. Sie hatte schon des Öfteren gehört, dass derartige Schicksale bis dahin glückliche Ehen zerstören konnten. Die Normalität wurde ersetzt durch lähmende Stille und grenzenlose Trauer. Der Tod breitete sich auch über die Lebenden aus und drohte die Hoffnung zu begraben. Ähnlich der Asche eines Vulkans, die sich über blühende Landschaften verteilte und mit ihrem schmutzigen Grau alle Farben auslöschte.

Welches Leben führt Judith Arnolds heute? Hatte die lange Zeit einen schützenden Panzer auf ihre Seele gelegt? Manuela betrachtete die flüchtig hingekritzelte Telefonnummer vor ihr auf der Ablage, hinter der sich das unbekannte Schicksal verborgen hielt. Wieder wanderte ihre Hand zum Telefon, bereit, die Wunden aufzureißen. Als sie die Nummer eintippte, glaubte sie, ihren Pulsschlag zu hören.

„Hallihallo, hier spricht der Anrufbeantworter von Judith, Maja und Kevin Arnolds. Leider sind wir nicht zu Hause, aber erzählen Sie ruhig, was Sie auf dem Herzen haben. Tschüss."

Die fröhliche Kinderstimme jagte Manuela einen eiskalten Schauer über den Rücken. Kaum hatte sie ihren Namen genannt, vernahm sie die Stimme einer Frau.

„Judith Arnolds. Entschuldigung, meine Enkel spielen so gerne Anrufbeantworter."

Sie klang aufgeschlossen, lebensfroh. Manuela konnte nicht am Telefon über ihr Anliegen sprechen. Sie verabredete sich mit ihr, ohne einen Grund zu nennen.

„Geht es um Lydia?"

„Ja."

Nachdenklich legte sie den Hörer auf. Enkelkinder tobten vergnügt, Judith Arnolds schaute entspannt zu, bereitete vielleicht eine Mahlzeit vor, die ihre Enkel besonders mochten, oder dachte sich ein Spiel aus, als eine Polizistin anrief. Es waren tausend Gründe dafür denkbar, aber diese Frau dachte nur an den einen. Hatte sie über dreißig Jahre darauf gewartet?

Mittlerweile war Adriano eingetroffen. Er legte eine Mappe vor ihr ab.

„Ich komme gerade aus der Poststelle. Der Bericht der Pathologie liegt da schon Stunden herum. Die waren wohl ziemlich schnell durch mit dem Schädel."

Engels war zu einer Besprechung nach Duisburg gefahren. Er hatte die Bürotüren abgeschlossen. Manuela überflog die Seiten und blieb stirnrunzelnd an einer Stelle hängen. Adriano nickte.

„Habe ich im Aufzug gelesen, merkwürdig, oder?"

Manuela las den genauen Wortlaut. An den Rändern der beiden Löcher befanden sich winzige Bleipartikel und Schmauchspuren, welche auf einen Schuss aus kurzer Distanz hinwiesen. Wesentlich interessanter aber waren die nachfolgenden Sätze:

... ist daher von einer Schussverletzung auszugehen. Der Einschusswinkel kann nicht zweifelsfrei festgestellt werden. Aufgrund der Durchmesser der Eintritts- und Austrittsverletzung muss von einem Projektil der Größe 11,6 Millimeter ausgegangen werden.

„Hm, nicht gerade ein gebräuchliches Kaliber."

„Nein“, antwortete Adriano, „könnte die Suche erleichtern.“

Manuela Warnke stand auf und zog ihre Jacke vom Haken.

„Viel Spaß dabei, ich habe einen Termin. Ach“, sie drehte sich noch einmal um und berichtete ihrem Kollegen von dem Gespräch mit Stahnke. Adriano hörte ihr erstaunt zu.

„Das bedeutet, Ackermann hat Lydia Arnolds getötet?“

„Das könnte es bedeuten. Abgesehen davon, dass sich das wohl nicht mehr beweisen lässt, muss es auch nicht stimmen. War es nicht deine Vermutung, dass sie zweimal überfahren worden ist?“

„Du meinst, jemand hat den Unfall beobachtet, Lydia Arnolds noch einmal überfahren und anschließend Ackermann verpfiffen, um von seiner Schuld abzulenken?“

Sie musste sich eingestehen, dass ihre unausgesprochene Vermutung nicht gerade glaubwürdig klang. Mit einem flüchtigen Gruß ließ sie den zweifelnden Kollegen zurück.

Manuela kam sich verloren vor zwischen den Hochhäusern in Duisburg-Rheinhausen. Sie begriff nicht, aus welchem Grund Menschen die anonyme Tristesse dieser Umgebung zur Heimat ihrer Privatsphäre wählen konnten. Auf dem eingeschlagenen Gehäuse einer Lampenabdeckung war die Zahl acht zu erahnen. Eine Handvoll Jugendlicher erforschte auf dem Bürgersteig neben dem Eingangsbereich anhand eines großen Müllcontainers die Trägheit der Masse. Während Manuela den Klingelknopf betätigte, verkündete lautes Scheppern den Erfolg des Experimentes. Quer über den Bürgersteig verteilte sich Hausmüll. Grölend zog die Bande weiter.

Die Aufzugkabine entpuppte sich als eine Zelle zeitgenössischer Kunst. Zwischen wahllos an die Wand gesprayten Abbildern diverser Cyberspacemonster befanden sich die lyrischen Ergüsse aufstrebender Literaten, deren geistiger Tiefgang jedoch gerade das Niveau nachmittäglicher Talkshows erreichte. Neben der Schalttafel gab es eine Art Kontaktbörse offensichtlich frühpubertierender Kids. Unter anarchistisch anmutendem Boykott der Rechtschreibung wurden diverse Dienstleistungen sexueller Natur angeboten, stets versehen mit einer Handynummer. Die Raumluft erweckte den Eindruck, als sei sie seit einer Ewigkeit zwischen den nackten Wänden der Flure gefangen. An der Wand gegenüber der Aufzugtür klebte ein Kaugummi.

Judith Arnolds erwartete sie bereits im Türrahmen. Sie trug Jeans, dazu einen einfarbigen Pullover. Zahlreiche Fältchen und Tränensäcke unter ihren Augen zeugten von einem anstrengenden Leben. Ein kleiner Junge drängte neugierig an ihr vorbei. Mit der flachen Hand auf seinem Kopf schob sie ihn zurück in die Wohnung. Manuela folgte ihr. Die Kinder versammelten sich vor dem Fernseher im Wohnzimmer. Frau Arnolds und Manuela gingen in die kleine Küche.

„Dreißig Jahre habe ich darauf gewartet", begann Judith Arnolds leise, scheinbar emotionslos, „jetzt ist es mir fast gleichgültig", sie senkte den Kopf, „was sollte sich noch ändern?"

Manuela spürte Unsicherheit. Ihre Worte, eine Mischung aus Trauer und Hoffnungslosigkeit, empfand sie als Vorwurf. Frau Arnolds zündete sich eine Zigarette an. Das grelle Licht der Deckenstrahler fiel auf ihr Gesicht. Die blasse Haut schien es zu schlucken.

„Sie haben nie an einen Unfall geglaubt?"

Judith Arnolds schüttelte den Kopf.

„Hatten Sie einen Grund dafür?"

Asche fiel auf den Tisch. Sie schaufelte sie mit der Hand in einen fast vollen Aschenbecher.

„Lydia war … sehr verschlossen in den letzten Monaten vor dem *Unfall*", Judith Arnolds betonte das letzte Wort zynisch. „Als Ihre Kollegen mich fragten, ob ich von der Schwangerschaft wusste, war mir der Grund klar. Warum hatte sie nicht darüber gesprochen?"

Feuchtigkeit legte sich über blassblaue Pupillen. Hektisch drückte sie die Zigarette aus.

„Ihr Kollege fragte mich nach einem Abschiedsbrief. Können Sie sich vorstellen, was für ein Gefühl das ist? Niemand hatte es ausgesprochen, aber alle glaubten, Lydia hätte sich umgebracht."

Sie begrub das Gesicht in ihren Händen. Dicke Tränen rollten über ihre Wangen. Manuela hielt ihr Handgelenk, sie kam sich ohnmächtig vor. Nach einer Minute hatte sich Frau Arnolds einigermaßen beruhigt. Sie zündete erneut eine Zigarette an. Stumm blies sie den Qualm der Lampe entgegen.

„Das Schlimmste sind die Blicke der anderen. Warum hat deine Tochter sich umgebracht, fragen sie dich. Überall, beim Bäcker, im Bus, im Fahrstuhl. Was habt ihr mit ihr gemacht? Die Schuldgefühle werden im Laufe der Jahre so übermächtig, dass sie jeden Zweifel erdrücken."

Manuela hatte sich vor elf Jahren das Rauchen abgewöhnt. Für eine Sekunde bekam sie Lust auf eine Zigarette.

„Es gibt tatsächlich Anhaltspunkte für einen gewaltsamen Tod. Wir werden den Leichnam obduzieren müssen."

Manuela fürchtete sich vor der Reaktion. In einem Reflex sah sie zur offenen Küchentür, als würde sie einen Fluchtweg benötigen. Judith Arnolds sackte in ihrem Stuhl zusammen, ihre Augen glitten ins Leere. Sie nickte verloren, erst einmal zaghaft, dann energischer mit klarem Blick.

„Ja. Ja, ich denke, es ist das Beste."

„Frau Arnolds, wir werden den Tod Ihrer Tochter aufklären, das verspreche ich Ihnen."

Ein kleines Mädchen kam schreiend in die Küche. Sie beschwerte sich vehement, dass ihr Bruder die Fernbedienung nicht hergab. Judith Arnolds zwang sich zu einem freundlichen Gesichtsausdruck und nahm die Kleine tröstend in den Arm. Manuela fragte sich, wer ihre Tränen trocknete, wenn sie alleine war. Sie nutzte die Ablenkung, um sich zu verabschieden. Frau Arnolds brachte die Kommissarin zur Tür.

„Schade, dass Saladin das nicht mehr erleben kann."

Manuela drehte sich herum. Sie hatte nicht den Mut aufgebracht, Fragen nach ihrem Mann zu stellen. Nach dieser Andeutung fiel es ihr noch schwerer. Die Frau griff an Manuela vorbei zur Tür und drückte sie zu.

„Saladin wurde nicht damit fertig. Er gab sich die Schuld. Ein Priester, der zufällig vorbeifuhr, konnte ihn im letzten Moment davon abhalten, von der Rheinbrücke zu springen. Danach ging seine Verzweiflung in Hass über, er wollte nicht mehr an einen Unfall oder

Selbstmord glauben. Saladin ist jeden Tag nach Alpen gefahren. Eines Abends sagte er, er würde die Wahrheit kennen."

„Haben Sie das der Polizei gemeldet?"

Der Junge kam kreischend in den Flur. Sie versprach, gleich zu kommen. Als sie den Kopf hob, erkannte Manuela Resignation.

„Das mit der Rheinbrücke war nicht sein erster Versuch. Sie haben mich nicht ernst genommen. Ich kann das sogar verstehen. Möglicherweise hatte er auch herausgefunden, dass Lydia sich tatsächlich selbst getötet hatte. Das hätte Saladin nicht ertragen."

„Frau Arnolds, ich muss Sie das fragen", Manuela hatte das Gefühl, ihr Magen würde sich zusammenziehen, „ist Ihr Mann gestorben?"

Sie schluckte, ihre Augen schienen ins Leere gerichtet.

„Manche Männer gehen mal eben Zigaretten holen und kommen nie wieder. Saladin sagte mir, er müsse nach Alpen. Am nächsten Tag habe ich eine Vermisstenanzeige aufgegeben. Er ist nie gefunden worden. Er war ein so wundervoller Mensch. Ich … konnte ihn nicht einmal beerdigen."

Frau Arnolds vermochte nicht die Tränen aufzuhalten, hielt schützend die Hände vors Gesicht. Manuela kämpfte mit Schuldgefühlen. Langsam zog sie die Tür hinter sich zu.

Im Aufzug kam ihr der Gedanke, Saladin könnte etwas ganz anderes herausgefunden haben.

Ein älterer Mann mit Stoppelhaarschnitt und grauem Kittel fegte den Müll zusammen. Manuela kam nicht vorbei. Missmutig blickte er sie an.

„Wird Zeit, dass hier mal aufgeräumt wird."

Manuela nickte.

„Dieses Pack gehört in ein Arbeitslager, aber die Flaschen in Berlin machen sich ja vor Angst in die Hosen. Das hätte es früher nicht gegeben."

„Nein, da durften Menschen wie Sie frei herumlaufen und ihre Hasstiraden verbreiten."

Manuela drängte sich an dem Mann vorbei. Am liebsten hätte sie eine Mülltonne vor seinen Füßen ausgekippt.

32

Heinrich Grimm hätte nie geglaubt, dass an einem gewöhnlichen Vormittag so viele Alpener eine Boutique aufsuchen. Ungeduldig spazierte er vor dem kleinen Geschäft an der Rathausstraße auf und ab. Als der Laden endlich leer war, trat er ein. Er stellte sich höflich mit Namen und dem Zusatz „Hauptkommissar a. D." vor. Die Abkürzung für „außer Dienst" kam nicht leise genug über seine Lippen. Die Geschäftsfrau musterte ihn skeptisch.

„Ich bin vor einigen Tagen frühzeitig pensioniert worden, interessiere mich aber immer noch für diesen Fall. Ich habe ein paar Fragen und dachte mir, es ist für Sie leichter, sie mir zu beantworten, als wenn die Kollegen Sie offiziell vernehmen."

Ihre Stirn legte sich in Falten. Nachdenklich betrachtete sie ihren Gast.

„Na schön, kommen Sie durch."

Heinrich war bewusst, dass dieses Gespräch auf fragilen Füßen stehen würde. Sie wusste, er hatte keinerlei Befugnis. Sie hatte also nicht nur die Möglichkeit, ohne Komplikationen befürchten zu müssen, die Unwahrheit zu sagen, sie konnte das Gespräch auch jederzeit beenden. Er musste äußerst vorsichtig sein, dabei war sein Anliegen heikel.

„Frau Ackermann, kannten Sie Lydia Arnolds?"

Leichte Blässe zog über ihr Gesicht. Ihr war anzumerken, dass sie mit dieser Frage überhaupt nicht gerechnet hatte. Sie zündete eine Zigarette an.

„Nicht persönlich, aber ich weiß, worauf Sie hinauswollen."

„Woher wissen Sie das?"

„Meine Güte, Frau Steiger hat meinen Vater doch im ganzen Ort mit dieser Geschichte diffamiert. Erst als er sie angezeigt hatte, hörte das auf."

Heinrichs Augen wanderten unauffällig durch das kleine Büro.

„Glauben Sie, da war etwas dran?"

Der pensionierte Kommissar hatte ein sofortiges Dementi erwartet. Stattdessen blies sie den Qualm der Zigarette zur Decke und zögerte einen Augenblick.

„Im ersten Augenblick habe ich mir meine Gedanken gemacht, Frau Steiger war eigentlich nicht die typische Tratschtante. Aber wenn man die Hintergründe kennt … Das Mädchen war geistig behindert. Ich hatte es meinem Vater hoch angerechnet, sie eingestellt zu haben. Frau Steiger mochte sie sehr. Aber dann hatte Frau Arnolds gestohlen, obwohl sie alles abstritt. Ich denke, es waren Schutzbehauptungen. Ich habe meinen Vater zur Rede gestellt, er war empört. Ich habe ihm geglaubt."

Birgit Ackermann war allein im Laden. Auf dem kleinen Schreibtisch fiel ihm ein Zettel besonders auf. Heinrich hoffte inständig auf die Türglocke.

„Haben Sie sich damals nicht gefragt, was Lydia Arnolds am Morgen ihres Todes dort oben am Wald wollte?"

„Es hätte mich gewundert, wenn es sich um ein ganz normales Mädchen gehandelt hätte. Bitte, das meine ich jetzt nicht abwertend. Aber sie hat öfter Dinge getan, die nicht rational erklärbar waren."

Heinrich zog einen Notizblock und einen Stift aus der Manteltasche. Er fragte sich, ob sie ihm die Wahrheit sagte.

„Wussten Sie, dass Lydia Arnolds schwanger war?"

Sie zog ihre Augenbrauen zusammen, drückte wütend die Zigarette aus. Heinrich ahnte das Ende des Gesprächs nahen. Das musste er unbedingt vermeiden.

„Wollen Sie damit behaupten …"

„Nein", fuhr Heinrich mit einer abwehrenden Handbewegung dazwischen, „vielleicht hatte sie einen Freund. Es wäre enorm wichtig, diese Bezugsperson ausfindig zu machen."

Erleichtert stellte Heinrich fest, dass Frau Ackermann sich wieder entspannte.

„Muss ja schon, vorstellen kann ich es mir nicht. Mein Vater sagte mal ganz zu Anfang, sie trüge ihr Herz auf der Zunge. Einen Freund hätte sie garantiert nicht verschweigen können."

Mitten in ihrem letzten Satz ertönte die Türglocke. Sie entschuldigte sich und ging in den Laden. Heinrich Grimm wartete einen Augenblick. Er bekam mit, dass Frau Ackermann mit einer Kundin zum Schaufenster ging. Kurz darauf hielt sie der jungen Dame ein Kleid hin, das Heinrich an die Flurtapete seiner Mutter erinnerte. Rasch beugte er sich über den Schreibtisch und notierte den Inhalt des Zettels. Es war ein Buchstabe, der sein Interesse weckte. Die Türglocke ertönte erneut. Frau Ackermann rief der Kundin einen Gruß hinterher. Heinrich ging in den Laden.

„Ich möchte Sie nicht länger aufhalten. Vielen Dank für das Gespräch, Frau Ackermann."

„Tut mir leid, dass ich Ihnen nicht weiterhelfen kann. Gehen Sie von einem Unfall aus."

„Möglich."

Die Glasscheibe der Ladentür spiegelte ihren skeptischen Blick.

33

Die Exhumierung hatte um sieben Uhr in der Frühe stattgefunden. Ihre Behörde war von Frau Gerland vertreten worden. Man hatte die sterblichen Überreste, die nur noch aus einem Skelett bestanden, zur forensischen Pathologie nach Walsum-Aldenrade gebracht.

Manuela schlug die Bürotür zu und grüßte muffig. Anschließend berichtete sie Adriano von dem Gespräch mit Frau Arnolds am Vortag.

„Ich war hinterher noch bei den Duisburger Kollegen. Ein POM Schultz war damals schon dort beschäftigt, die anderen sind längst pensioniert. Schultz erinnerte sich, dass die Beamten Saladin Arnolds als sehr depressiv beschrieben hatten und ihn in eine psychiatrische Klinik einweisen wollten. Wozu es aber nicht mehr gekommen war."

„Du sagtest, er war mehrfach in Alpen gewesen und hatte etwas herausbekommen. Das kann nur eines bedeuten."

„Wieso das?", aus Manuelas Sicht gab es mindestens zwei Möglichkeiten.

„Die einzige Person, die er in Alpen kannte, dürfte Walter Jansen gewesen sein. Über ihn kann er an Frau Steiger gekommen sein. Das wiederum bedeutet, er verfügte über dieselben Informationen wie wir im Moment."

„Er zählte eins und eins zusammen und hielt Jansen für den Vater des ungeborenen Kindes."

„So kann es sich zugetragen haben. Aber was schloss Arnolds daraus?"

„Das ist die Frage", Manuela dachte an die Aussage seiner Frau, „hielt er es für Selbstmord, können wir davon ausgehen, dass er sich ebenfalls getötet hat."

„Hielt er es für Mord", antwortete Adriano, „könnte er der Mörder von Walter Jansen sein."

„Und ebenfalls Selbstmord begangen haben. Das hilft uns nicht weiter."

Manuela hielt die Ungewissheit nicht mehr aus und rief in der Pathologie an, in der Hoffnung, erste Informationen zu bekommen. Herr Rensing seufzte.

„Einen Bericht kann ich Ihnen noch nicht liefern. Aber nach einer ersten Untersuchung besteht der Verdacht, dass das Opfer mit einem spitzen Gegenstand erschlagen worden ist. Die Frakturen des Schädels können zumindest nicht von einem Autoreifen herrühren."

Manuela schluckte. Sie hatte mit einem Gewaltverbrechen gerechnet, und dennoch lief ihr ein kalter Schauer über den Rücken. Wer hatte einem schwangeren Mädchen mit geistiger Behinderung so etwas angetan haben können? Langsam wandelte sich Entsetzen in ungeheure Wut.

„Um was für einen Gegenstand kann es sich gehandelt haben?"

„Schwierige Frage. Der Verletzung nach ein Eispickel oder Zimmermannshammer beispielsweise."

Wie er auf Baustellen Verwendung findet, dachte Manuela automatisch.

„Können Sie schon etwas über die Unfallverletzungen sagen?"

„Allerdings. Zahlreiche Frakturen unterhalb des Brustbeins weisen daraufhin, dass das Opfer mehrfach, mindestens jedoch zweimal überfahren worden ist."

„Kann es sich nicht um ein breiteres Rad, beispielsweise das eines LKW, gehandelt haben?", wollte Manuela wissen.

„Nein, Teile des Beckenknochens haben sich über die unteren Rippenknochen geschoben, was nur bedeuten kann, dass dieser Bereich des Korpus zuerst betroffen war. Aber bitte, es handelt sich um eine erste Inaugenscheinnahme, der ausführliche Bericht folgt."

Es war wohl das Besondere an dieser Ermittlung, dass mit jeder Antwort eine neue Frage auftauchte. Adrianos erste These zu diesem Unfall hatte sich also bestätigt, durch die Schlagverletzung am Kopf bekam der Fall aber eine andere Qualität.

„Eine Frage noch, Herr Rensing. Was war die Todesursache?"

Aus dem Hörer klang schwerfälliges Atmen.

„Das lässt sich bei einer skelettierten Leiche nur sehr schwer feststellen. Ich würde es so ausdrücken: Die Kopfverletzung führte mit ungefähr achtzigprozentiger Sicherheit zum Exitus, die Unfallverletzungen hundertprozentig. Ich kann aber, zumindest zum jetzigen Zeitpunkt, nicht sagen, welches Ereignis primär stattgefunden hatte."

Zumindest waren die Unfallverletzungen dermaßen eindeutig gewesen, dass es dem ausstellenden Arzt für den Totenschein gereicht hatte. Die Polizisten hatten keine stichhaltigen Beweise gefunden, der Staatsanwalt mit der Weigerung einer aus seiner Sicht unnötigen und kostenintensiven Obduktion praktisch den Deckel zugemacht.

„Bin jetzt schon gespannt, worauf Anklage erhoben wird", kommentierte Adriano den letzten Satz des Pathologen.

„Davon sind wir weit entfernt. Auf jeden Fall haben wir ein zweites Mordopfer."

Manuela blätterte noch einmal in der Unfallakte. Die Blutuntersuchung des ungeborenen Kindes nutzte heute nichts mehr. Die Proben waren längst nicht mehr vorhanden, hatte ein weiteres Telefonat ergeben. Damit hätte nachträglich ein DNA-Abgleich gemacht werden können. Lydia Arnolds musste sterben, weil sie ein Kind geboren hätte, dass ein anderes Leben ruinieren konnte. Davon war Manuela überzeugt. Die bloße Vaterschaft als absurdes Motiv für einen Mord, als Zeugnis eines Verbrechens. Der Gedanke zog sich wie ein Rahmen um eine mögliche Erklärung.

„Gehen wir einmal von der gar nicht so abwegigen These aus, Walter Jansen sei der Vater gewesen."

„Er erfuhr von der Schwangerschaft und tauchte unter, um sich einem Vaterschaftstest zu entziehen", folgerte Adriano. „Lydia Arnolds konnte es nicht für sich behalten. Sie wurde gedrängt, wollte oder sollte Anzeige erstatten. Jansen fühlte sich unter Druck gesetzt, tötete das Mädchen."

Das hörte sich logisch an, dennoch haderte Manuela. Eine Vergewaltigung, die nach zwanzig Jahren verjährt und für die es nicht die geringsten Beweise gab, mit Ausnahme der Aussage einer Jugendlichen mit geistiger Behinderung gegen einen angesehenen Geschäftsmann. Warum hätte jemand diese Straftat mit einem niemals verjährenden Mord vertuschen sollen? Jansen hätte sich mit dem Mädchen und den Eltern einigen können, er besaß genügend Geld, um seiner Unterhaltsverpflichtung nachzukommen. Ein weiteres Manko schwächte die Theorie des Kollegen.

„Es würde einen Mitwisser geben."

„Saladin Arnolds, richtig. Für ihn war es nach dem Vorwissen, über das er verfügte, kein Unfall. Er rächte sich und erschoss Jansen."

„Und anschließend sich selbst?"

Adriano nickte zufrieden. Als er die kleine, senkrechte Falte zwischen Manuelas Brauen erkannte, verschwand der Ausdruck. Im Archiv des Duisburger Polizeipräsidiums hatte sie die Protokolle von damals gelesen.

„Saladin Arnolds hatte in den Tagen vor seinem Verschwinden mehrfach versucht, sich zu töten. Er wollte von der Rheinbrücke springen, hatte drei Tage zuvor ein ganzes Röhrchen Schlaftabletten geschluckt. Warum sollte er all das unternommen haben, wenn er über eine Waffe verfügte?"

„Die kann er sich kurz zuvor besorgt haben", Adriano erkannte, dass er dabei war, seine These mit hilflos anmutenden Argumenten zu stützen.

„Und wer und vor allem warum hat dann welche Leiche in den Bunker gebracht?"

„Ich weiß es auch nicht", gab er schließlich kleinlaut bei.

Manuela fand die These gar nicht so abwegig. Allerdings wies sie eine Leiche zu viel auf.

„Hast du eigentlich in Erfahrung gebracht, mit welcher Waffe das Opfer getötet wurde und auf wen sie eingetragen ist?"

Der Kollege kramte unter einem Wust von Papieren zielsicher einen Zettel hervor.

„Das war nicht leicht. Die schlechte Nachricht zuerst: Eine Sortierung nach Kaliber ist nicht möglich, wurde mir von den fleißigen Kollegen in der Verwaltung mitgeteilt. Man müsste jede einzelne Registrierung danach durchsuchen. Als ich denen sagte, dass es um eine Eintragung von 1977 geht, hat der Kollege mir einen Vogel gezeigt."

Die Kommissarin pflichtete ihm stumm bei. Das Datenaufkommen war derartig hoch, dass sie sich auf aktuelle Registrierungen beschränken mussten. Sämtliche Vorbesitzer, noch dazu über einen Zeitraum von mehr als dreißig Jahren, zu archivieren, wäre zu aufwendig.

„Konntest du rausbekommen, um welches Modell es sich handelte?"

„Das ist die gute Nachricht. Das Kaliber wurde nur für eine einzige Waffe verwendet, einen Revolver des Herstellers Rast&Gasser, Typ Montenegriner M1882. Ein absoluter Exot. Die österreichische Firma gab es bis 1972, war eigentlich ein Nähmaschinenhersteller."

Da hätte er sich den Weg in die Verwaltung sparen können, dachte Manuela. Einen Mord mit einer Tatwaffe von der Exklusivität eines Fingerprints zu begehen und diese auf seinen Namen registrieren zu lassen, wäre verwegen gewesen. Nach Adrianos Aussage dürfte es zudem mehr als schwierig sein, die Herkunft einer solchen Pistole zurückzuverfolgen. Dennoch hielt sich der Gedanke beharrlich, dass dem Kaliber eine Schlüsselrolle zukommen würde.

„Ackermann weiß, wer damals eine solche Pistole besessen hat", schoss es aus ihrem Mund. „Das ist der Grund, warum er den Schädel beiseite geschafft hat."

„Oder er selbst ist der Mörder."

„Nein. In dem Fall wäre der Kopf nie mehr aufgetaucht. Es muss einen anderen Grund geben."

Manuela biss sich auf die Lippen. Sie hatten Ackermann heute Morgen entlassen müssen.

„Er kennt den Mörder und schützt ihn", überlegte Adriano.

„Quatsch. Der beste Schutz wäre gewesen, den Knochen durch den Häcksler zu jagen. Es sei denn …"

Birgit Ackermann fiel ihr ein. Sie hatte ohnehin den Eindruck, dass die Geschäftsfrau ihnen etwas verschwieg.

34

„Manfred ist wieder frei."

Die Worte kamen mahnend aus ihrem Mund, drangen leise im dichten Qualm der Zigarette durch den kleinen Raum.

„Damit habe ich gerechnet."

„Was wirst du machen?"

Er lehnte sich entspannt zurück, hakte die knorrigen Finger ineinander. Über dreißig Jahre zog sich diese Partie bereits. Zu Beginn lag er hoffnungslos zurück. Dann brachte ihn ein geniales Damenopfer wieder ins Spiel. Seit dieser Zeit bestimmte er, ließ seinen Gegner wie einen Fisch an der Angel zappeln. Immer in der Gewissheit, mit dem nächsten Zug matt setzen zu können. Er hatte es genossen, all die Jahre. Die Überlegenheit in winzig kleinen Schlückchen gekostet. Ein Fehler, wie sich jetzt herausstellte. Er hätte es zu Ende bringen müssen, vor wenigen Tagen, bevor sich die Stellung zu seinen Ungunsten gewendet hatte. Nun stand die Partie nicht nur Remis, es drohte sogar ein Patt. Sie waren nicht mehr unter sich, Auge in Auge. Mittlerweile spielten andere mit. Würde Ackermann in die Enge getrieben werden wie ein waidwundes Tier …

Ein Schluck Whisky spülte die aufkommende Angst seine Kehle hinunter. Ackermann hatte geschwiegen, immerhin ging es auch um seinen Kopf. Die Bullen waren abgewimmelt, die Meute verfolgte die falsche Fährte. Bis auf diesen pensionierten Kommissar. Er kam ihm bedrohlich nahe. Was trieb diesen Mann? Warum ging er nicht angeln, putzte die Gartenzwerge oder saß zu Hause in seinem Fernsehsessel wie andere Rentner auch, verfluchte er die Situation innerlich.

„Warum verschwindest du nicht einfach?"

Er hielt ihr das leere Glas entgegen.

„Weil es nicht geht."

In seichten Wellen strömte das goldgelbe Getränk aus der Karaffe. Er konnte nicht einfach fortlaufen, es war zu spät. Das wollte er auch gar nicht. Sein Anteil hatte ihm ein ausreichend schönes Leben im sonnigen Andalusien ermöglicht. Dorthin zog es ihn zurück, sobald das Spiel beendet war, um den Abend des Lebens geruhsam zu verbringen.

Die Partie befand sich im Endspiel, er musste bis zum Finale durchhalten, notfalls würde er ein Remis in Kauf nehmen. Ein besiegeltes Unentschieden wäre besser als die Niederlage. Der Polizist rückte drohend in sein Bewusstsein. Er hat die Nummer gefunden, als er hier im Laden war. Birgit war die einzige Person, die diese Nummer kannte. Er hatte das Handy nur für sie gekauft.

„Was hast du diesem Grimm gesagt?"

„Nichts. Er schöpft keinen Verdacht. Im Übrigen", sie machte eine bedeutungsschwere Pause, beugte sich langsam vor, „wenn ich das richtig sehe, sucht er nach Walter Jansen. Da kann es doch nur von Vorteil sein, dass er die Handynummer hat, oder?"

Nachdenklich nippte er an dem Glas. Die wohltuende Wärme des Whiskys durchströmte ihn und gab ihm die nötige Gelassenheit. Bei dem Gedanken an das Gespräch vor einer halben Stunde verflog das beruhigende Gefühl wieder. Hallo Birgit, hatte er in trügerischer Sicherheit in den Hörer gesprochen.

„Sind Sie es, Herr Jansen?"

Die Antwort hatte seinen Herzschlag augenblicklich hochgetrieben. Die dunkle Stimme war ihm vorgekommen, als streiche ein Violinbogen über seine Nerven. Gedankenfragmente flogen ziellos umher und verschwanden unvollendet in der Ungewissheit.

Der Finger, der die Taste mit dem kleinen roten Hörer niederdrückte, zitterte. Als Nächstes würde Grimm herausfinden, wem das Handy gehörte. Dies würde einen kleinen Vorsprung einbringen. Einen Vorsprung, der nicht groß genug für einen erfahrenen Schnüffler sein würde, der mir aber das Tempo zurückgäbe, dachte er. Der nächste Zug muss die Vorentscheidung bringen.

„Hast du den Revolver noch?"

„Ja. Aber …"

35

Nachdem Camel mit dem Artikel über die Ermordung Lydia Arnolds auf Verdacht vorgeprescht war und, zumindest was den Mord betraf, ins Schwarze getroffen hatte, wurden auch die anderen Medien aufmerksam. Die Behörde kam nicht mehr umhin, eine Pressekonferenz einzuberufen. Engels nutzte die Gelegenheit, die Verabschiedung Heinrich Grimms bekannt zu geben sowie die neue Hauptkommissarin im Team der Weseler Mordkommission vorzustellen.

Manuela Warnke hielt einen sachbezogenen Vortrag über den bisherigen Stand der Ermittlungen. Professionell umschiffte sie heikle Fragen zu Interna bereits im Vorfeld, indem sie der interessierten Zuhörerschaft mit gesenkter Stimme kleine Häppchen servierte. Es handelte sich weniger um Informationen als um offene Fragen, zu deren Beantwortung die Einbeziehung der Öffentlichkeit sinnvoll war. Die Journalisten, von den eher muffigen und wortkargen Vorträgen ihres Vorgängers nicht gerade verwöhnt, schienen dankbar an ihren Lippen zu kleben. Prasselten früher nach Beendigung Fragen wie ein Gewitter auf das Podium nieder, herrschte eine Minute andächtige Ruhe, nachdem Manuela Warnke sich höflich für die Aufmerksamkeit und Mithilfe der Medienvertreter bedankt hatte. Bevor der Behördenleiter die PK beendete, tauchten doch noch vereinzelte Fragen auf. Man wollte wissen, warum die ermittelnden Beamten damals von einem Unfalltod ausgegangen waren. Es war immer wieder von Schlamperei bei den Ermittlungen die Rede. Manuela gelang es, die Anschuldigungen mit Hinweis auf die mangelnden technischen Möglichkeiten der damaligen Zeit zu entschärfen. Eine Frage aber weckte die Aufmerksamkeit der Ermittlerin. Sie kam von einer modisch gekleideten Dame mittleren Alters mit wallendem, dunkelrotem Haar.

„Sehen Sie einen Zusammenhang zwischen dem Mord an Lydia Arnolds und den im Ort kolportierten sexuellen Übergriffen des Geschäftsmanns Walter Jansen?“

Manuela war erstaunt, wie gut die Journalistin recherchiert hatte. Den Unfall dürfte sie im Archiv ihrer Zeitung gefunden haben, aber woher wusste sie von den Gerüchten?

„Das wissen wir noch nicht."

„Handelt es sich bei dem Toten aus dem Bunker um den vermissten Walter Jansen?"

Manuela gab an, diese Frage nicht beantworten zu können, versehen mit dem Hinweis auf den Zustand der Leiche. Die Redakteurin gab sich nicht damit zufrieden.

„Der Architekt Manfred Ackermann steht im Fokus der Ermittlungen. Halten Sie es für einen Zufall, dass Ackermann kurz nach dem vermeintlichen Unfall der Führerschein entzogen worden war?"

Für jeden Ermittler war es der Albtraum schlechthin, während einer Pressekonferenz mit Fakten konfrontiert zu werden, die der Polizei bis dahin unbekannt waren. Sie war froh, diesen Sachverhalt von Stahnke erfahren zu haben.

Die Indizienlage war naturgemäß dreißig Jahre nach einer Straftat äußerst dünn. Die Polizisten waren vermehrt auf die Aussage von Zeitzeugen angewiesen. Aufwendige Recherchen waren mit derzeit drei beteiligten Ermittlern kaum möglich. In diesem Fall waren die zahlenmäßig überlegenen Journalisten im Vorteil. Der angesprochene Führerscheinentzug ist, sollte er keine strafrechtliche Relevanz gehabt haben, als Vergehen gegen die Straßenverkehrsordnung längst aus dem Zentralregister gelöscht worden. Viele Kollegen redeten sich in solchen Fällen mit dem oft fadenscheinigen Hinweis auf ein laufendes Verfahren heraus. Manuela versuchte es gar nicht erst.

„Ich glaube nicht an Zufälle, aber ich gebe zu, dass es sich nach so langer Zeit schwierig gestaltet, jedes Detail zu rekonstruieren. Für Unterstützung aus Reihen der Medien wären wir sehr dankbar."

Engels stutzte, mit der unkonventionellen Antwort der Hauptkommissarin schien er nicht gerechnet zu haben. Ihre Souveränität imponierte ihm. Manuela war bewusst, Ackermann damit der Presse ausgeliefert zu haben. Vor ihrem geistigen Auge zeichnete sich bereits eine diffamierende Schlagzeile mit dem schützenden Fragezeichen ab. Ihr war es zuwider, mit Ausflüchten und Halbwahrheiten zu antworten. Natürlich hoffte sie auch auf Zeugen, etwa den anonymen Anrufer, der damals für Ackermanns Führerscheinentzug gesorgt hatte.

Vor dem Büro wartete Heinrich Grimm. Unter dem linken Arm klemmte ein Schuhkarton.

„Ich muss noch meine persönlichen Sachen abholen“, kam er Engels' Frage zuvor.

„Hast du dich endlich mit der Pensionierung abgefunden? Komm doch bitte anschließend in mein Büro, wir planen eine kleine Verabschiedung für dich.“

Manuela wunderte sich. Bis auf ein Familienfoto befanden sich keinerlei Dinge ihres Vorgängers im Schreibtisch. Während Heinrich das gerahmte Bild in der Manteltasche verschwinden ließ, beobachtete er die sich schließende Tür zu Engels' Büro. Anschließend zog er einen kleinen Zettel aus der Hosentasche und reichte ihn Manuela Warnke.

„Könnt ihr bitte mal überprüfen, auf wen das Handy angemeldet ist?“

„Gibt es etwas, dass wir wissen sollten, Herr Grimm?“

„Möglich“, Heinrich erzählte von dem Gespräch mit Birgit Ackermann und seinem Verdacht. Den Buchstaben auf dem Zettel verschwieg er.

„In Ordnung, wir überprüfen das“, dabei legte sie den Zettel auf eine Akte neben der Tastatur und sah ihn auffordernd an.

„Das ist unfair“, flüsterte Grimm. Der viel zu schnelle Übergang vom Polizisten zur Privatperson schmerzte ihn. Seine Nachfolgerin handelte genau so, wie er es vor wenigen Tagen auch getan hätte. Brigitte, seine Schwiegertochter, war nur wenige Jahre jünger als die Frau, von deren gutem Willen er nun abhängig war. Ohne ein Wort zu sagen, wandte sie sich ab und wählte eine Telefonnummer. Während sie auf den Rückruf wartete, bedachte sie Heinrich mit einem gönnerhaften Blick.

„Du glaubst, das Handy ist auf Walter Jansen angemeldet?“, wollte Adriano wissen.

„Ja, das glaube ich.“

Das Klingeln des Telefons versetzte Grimm in atemlose Spannung. Bevor Manuela abhob, drückte sie die Mithörtaste.

„Richter", meldete sich der Kollege einsilbig ohne Gruß, „es handelt sich um einen Prepaidvertrag, ausgestellt auf den Namen Saladin Arnolds, ich gebe mal die Adresse durch."

Heinrich sank langsam auf den Besucherstuhl. Die Adresse stimmte mit der in der Ermittlungsakte zum Unfall überein.

„Das gibt es doch nicht", unterbrach Adriano die Stille, „Haftbefehl?"

„Keine Chance", stellte Manuela ernüchternd fest.

Sollte Saladin Arnolds tatsächlich noch leben, so war dies allein nicht strafbar. Nach dem Mord an seiner Tochter hatte er zwar, sollte er davon überhaupt Kenntnis gehabt haben, ein Motiv, dieses aber stand allein im Raum. Denn für die dem Motiv möglicherweise folgende Straftat gab es nicht den kleinsten Beweis. Adriano wurde wütend.

„Das liegt doch auf der Hand, verdammt noch mal. Jansen hat Lydia Arnolds getötet, weil sie von ihm schwanger war. Arnolds war dahintergekommen. Du hast doch selber gesagt, dass er mehrmals in Alpen gewesen war. Er rächte seine Tochter und tauchte unter."

„Klingt logisch", antwortete Heinrich, obwohl er Zweifel hegte.

„Ja. Logik alleine überzeugt aber keinen Staatsanwalt", Manuela gewann den Eindruck, als wollten sie ihr den schwarzen Peter zuschieben.

„Aber bitte, Herr Grimm, Sie haben doch erstklassige Kontakte zur Staatsanwältin, vielleicht können Sie Frau Gerland überzeugen, einen Haftbefehl auszustellen. Einen internationalen, würde ich vorschlagen."

Heinrich verdrehte die Augen. Während seiner Dienstzeit war ihm die Liaison zur Staatsanwältin von den Kollegen immer wieder hintergründig vorgehalten worden.

„Tut mir leid", entschuldigte Manuela sich, „alles scheint klar, und doch kommen wir nicht weiter."

Während Grimm sich mittlerweile im Büro des Dienststellenleiters befand, ging Manuela die Frage der Reporterin durch den Kopf. Abseits der durchaus logischen These ihres Kollegen stand Manfred

Ackermann wie ein noch zuzuordnendes Teil im Raum. In seinem Dunstkreis schien der Zufall einen geradezu außergewöhnlich guten Nährboden gefunden zu haben. Zufällig war der Unternehmer der letzte Mensch, vielleicht mit Ausnahme von Kurt Hermsen, der Walter Jansen gesehen hatte. Zufällig befand sich das Skelett eines Mordopfers auf einer Baustelle, die Ackermann unbedingt und um jeden Preis betreiben wollte, und ebenso zufällig verlor er wenige Stunden nach dem Mord an Lydia Arnolds seinen Führerschein.

Manuela erinnerte sich an die Reifenspuren auf dem Pullover des Opfers. Eine Nachfrage beim Hersteller hatte ergeben, dass der Fahrzeugtyp, den Ackermann damals besaß, standardmäßig mit Reifen der Breite 165 ausgestattet war. Er hätte die Reifen durch ein größeres Modell ersetzen können. Der Nachweis, insbesondere den genauen Reifentyp herauszubekommen, war heute aber so gut wie unmöglich. Außerdem dürften Stahnkes Leute das damals überprüft haben. Es wäre ohnehin lediglich ein Indiz und kein Beweis.

„Vielleicht setzen wir das Ganze zu hoch an", drang Adriano, der das Telefonat mitbekommen hatte, in ihre Überlegungen.

„Mit Jansen konnte er sich durchaus zu einer Aussprache verabredet haben. Mit dem Bauprojekt wollte er einen lästigen Konkurrenten aus dem Markt drängen, den Schädel hatte er versteckt, um die Bauarbeiten nicht unterbrechen zu müssen. Und der Führerscheinentzug … Zufall."

„Klar, das Beweisstück hebt er nur auf, um später der Polizei zu helfen. Mensch Adriano, du hast ihn doch kennengelernt. Der hätte den Schädel in den nächsten Müllcontainer geworfen. Wir sind dem doch piepegal! Und sein Auto? Wird genau zum richtigen Zeitpunkt gestohlen. Ich stimme deiner These erst zu, wenn Ackermann darin vorkommt."

„Das mit dem Auto ist merkwürdig, zugegeben. Aber welches Motiv sollte Ackermann haben, Lydia Arnolds zu töten?"

Zufall. Immer wieder tauchte dieses Wort im Zusammenhang mit Manfred Ackermann auf. Sollte der Unternehmer tatsächlich unschuldig sein? Manuela verdrängte den Gedanken.

36

Frau Dorinth, die freundliche Mitarbeiterin der Weseler Stadtbücherei, nahm ihre Frage mit Verwunderung entgegen. Über eine Stunde hatte die Oma benötigt, um dieses Bild aus den Weiten des Internets zu fischen. Grundsätzlich freute es sie, dass sich in der letzten Zeit vermehrt ältere Mitbürger mit diesem Medium auseinandersetzten, wenngleich für Sonderwünsche und Erklärungen viel wertvolle Arbeitszeit verlorenging. Das Gruppenfoto war bei einer kleinen Feier entstanden. Das Rote Kreuz ehrte regelmäßige Blutspender.

„Dazu fehlt auf diesen Terminals die nötige Software. Das sind reine Internetzugangsrechner."

Der Kopf musste vergrößert werden. Die Seniorin bediente sich des hilflosesten und traurigsten Gesichtsausdruckes, den das bescheidene Repertoire ihrer schauspielerischen Möglichkeiten hergab. Frau Dorinth konnte nicht widerstehen.

„Wenn Sie dadurch Ihren alten Verehrer wiedersehen können, möchte ich dem nicht im Wege stehen", schmunzelte die Angestellte und sicherte die Grafik auf einer Diskette. Auf ihrem Rechner zoomte sie das Gesicht auf die Größe eines Bierdeckels. Mit einem Grafikprogramm verbesserte sie die Qualität und druckte das Ergebnis aus.

Eine Stunde später hielt ein Taxi vor dem allein stehenden Haus an der Tackenstraße in Alpen-Veen.

„Sie geben wohl nicht auf, was? Obwohl, verstehen kann ich das ja. Wenn man plötzlich aus der Zeitung erfährt, dass die geliebte Enkeltochter ermordet worden ist. Kommen Sie doch herein, Frau Arnolds."

Als sie heute Morgen die Zeitung nach oben brachte, hatte sie zufällig das Gespräch mitbekommen. Sie wunderte sich, wie wenig die Behörde bis jetzt wusste. Im Gegensatz zu ihr tappten sie geradezu im Dunkeln. Dummerweise hatte Frau Steiger ihrem Mann damals nichts davon erzählt, oder er hatte es mittlerweile vergessen, was sie sich bei einem so jungen Kerl gar nicht vorstellen konnte. Dadurch war sie gezwungen, an ein Foto zu kommen. Sechzig Euro kosteten die vier Taxifahrten, und das war bereits das Ergebnis langwieriger und zäher Verhandlungen. Es ärgerte sie, dass wichtige Zeugen oft abseits der Buslinien wohnten. Steiger hatte seine Frau im Gespräch mit einem fremden Mann gesehen, als er sie vom Arzt abholen wollte. Sie hielt ihm den Ausdruck hin. Siegmund Steiger betrachtete das Foto eingehend, dann nickte er langsam.

„Ich denke, dass könnte er gewesen sein."

Frau Grimm sah ihm unzufrieden in die Augen. Irritiert betrachtete er das Bild noch einmal, hielt es dichter vor seine Augen.

„Die kleinen Augen, ja das war der Mann. Wer ist das eigentlich?"

Sie gab an, dies noch herausfinden zu müssen, und verabschiedete sich. Alles fügte sich zusammen, wie sie es vermutet hatte. Eine Kleinigkeit galt es noch zu klären. Ein winziges Detail, das dazu in der Lage war, die Schlinge zu schließen.

„Von langen Wartezeiten haben Sie nichts gesagt", empfing sie der ungeduldige Taxifahrer.

„Wir müssen noch eben zum Kastanienhof."

„Das kostet aber extra, davon war nicht die Rede, Oma."

„Nichts, das liegt auf dem Weg, außerdem bin ich nicht Ihre Oma!"

„Dem Himmel sei Dank dafür", murmelte der Fahrer und gab sich geschlagen. Um ihn milde zu stimmen, lud sie den hageren jungen Mann ein, während des Aufenthaltes eine Kleinigkeit zu essen. Diese Geste sollte dafür sorgen, den ausgehandelten Sonderpreis aufrechtzuerhalten.

Frau Mühlberg entpuppte sich als äußerst gesprächsbereite Dame. Während sie weit ausholte, galt Frau Grimms Aufmerksamkeit immer wieder der Kellnerin, die bereits das dritte Mal an den Tisch des Taxifahrers ging. Scheinbar hatte der Kerl eigens für diesen Anlass in den letzten drei Tagen auf jegliche Nahrungsaufnahme verzichtet. Möglicherweise zwang er sich die belegten Brote aber auch aus purer Gehässigkeit hinein, überlegte die Seniorin. Frau Mühlberg erzählte sehr ausschweifend. Zwischendurch gab sie immer wieder an, Frau Grimms Gesicht irgendwoher zu kennen. Nach schier endlosen Umwegen gelangte die Hobbyermittlerin schließlich doch noch an ihre Informationen. Sie bedankte sich schnell und hastete drei Tische weiter.

„Selbstverständlich kann ich Ihnen den Rest einpacken", flötete die Bedienung. Die alte Dame wurde bleich.

„Das räumen Sie mal schön wieder ab", fauchte sie das junge Mädchen an. „Die Rechnung, bitte!"

„Lassen Sie mal gut sein, mit zwölf Euro sind Sie billig davongekommen. Auf nach Wesel?", strahlte der Fahrer sie an.

„Nein. Zur Rathausstraße, ich muss noch eine Bluse kaufen."

Der Fahrer klopfte sich vor Lachen auf die Schenkel. Dann bemerkte er den ernsten Blick seines Fahrgastes. Das Lachen gefror, wich einem verzweifelten Ausdruck.

„Das …", er geriet ins Stottern, „ist jetzt nicht Ihr Ernst."

„Dauert nicht lange, ich habe ganz bestimmte Vorstellungen", antwortete sie zweideutig.

37

„Frau Grimm?“, Manuela stutzte, als sie die Dame aus dem Laden kommen sah.

„Ach, die Frau Kommissarin. Nein, was für ein Zufall. Möchten Sie auch etwas Schickes kaufen?“, sie wedelte dabei mit einer Tragetasche, als benötige sie ein Alibi.

„Nein, ich bin dienstlich hier. Gibt es in Wesel keine Boutiquen?“

„Doch, aber diese Qualität bekommen Sie bei uns nicht. Passt alles geradezu perfekt. Ich muss dann mal wieder. Essen kochen für meinen Sohn.“

Schon verschwand sie in ein Taxi. Manuela sah ihr kopfschüttelnd hinterher. Sie hatten die Aufgaben geteilt, Adriano war an der Motte ausgestiegen, er kam mit dem Bauunternehmer etwas besser zurecht. Mürrisch bat Birgit Ackermann sie ins Hinterzimmer.

„Frau Ackermann, was wissen Sie über Saladin Arnolds?“

„Nicht viel. Er ist der Vater von Lydia Arnolds, dem verunglückten Mädchen.“

Die Polizistin reichte ihr den Zettel mit der Handynummer. Birgit Ackermann überflog die Ziffern und zuckte die Schultern. Manuela bat sie, die Nummer noch einmal genau anzusehen.

„Ich kenne die Nummer nicht, was soll das?“

„Herr Grimm hat sie von einem Zettel, der auf diesem Schreibtisch lag, abgeschrieben.“

Für eine Sekunde verriet ihre Mimik Unsicherheit. Warum hatte sie gelogen? Nervös zündete sie eine Zigarette an. Die gedanklichen Anstrengungen waren ihr anzumerken.

„Seit gestern Morgen belagern mich Journalisten. An meinen Ex trauen sie sich nicht heran, also kommt die Meute zu mir. Gestern Morgen in aller Frühe rief jemand an und behauptete, Saladin Arnolds zu sein. Ich habe mir die Nummer geben lassen. Im ersten Moment war ich stinksauer, wollte es der Polizei melden. Ich habe es dann als schlechten Scherz abgetan und gelassen.“

„Warum haben Sie das nicht gleich gesagt?"

„Glauben Sie", die Geschäftsfrau wurde eine Spur zu laut, „ich erkenne eine Handynummer wieder, die ich einmal aufgeschrieben habe?"

Manuela hielt sie für clever genug, um zu wissen, dass die Polizei den Namen des Handybesitzers längst kannte, sie hielt ihre Antwort für eine billige Finte. Warum aber sollte Saladin Arnolds den Kontakt mit ihr suchen? Diese Frage wird sie nicht beantworten, ich muss einen Umweg gehen, dachte Manuela.

„Manfred Ackermann wurde damals der Führerschein abgenommen."

„Alkohol", antwortete sie betont gelangweilt und hob die Hände, als wolle sie die Angelegenheit herunterspielen.

„Kurz nach dem Tod von Lydia Arnolds. Ein merkwürdiger Zufall, nicht wahr?"

Birgit Ackermann drückte ihre Zigarette nicht aus, sie zerquetschte sie förmlich. Ihre Lippen verzogen sich zu einem zynischen Grinsen.

„Das war kein Zufall. Jemand hatte ihn angezeigt."

„Wie kommen Sie darauf?"

„Manfred trinkt so gut wie nie Alkohol, damals wie heute. In dieser Nacht hatte er Besuch, sie tranken bis in den frühen Morgen. Er hat mir nie erzählt, wer ihn besucht hatte, obwohl ich ihn verdächtigte, eine Geliebte zu haben. Er fuhr immer zuerst ins Büro. Eine Stunde später wollte er zur Universität, sie haben ihn nach wenigen Metern gestoppt."

Manuela bemühte sich, ihre Gedanken zu ordnen. Es konnte sich um einen stinknormalen Denunzianten gehandelt haben. Es wäre der nächste Zufall um Manfred Ackermann. Sie weigerte sich, daran zu glauben.

„Welche Strecke ist er damals gefahren und um welche Uhrzeit?"

„Wann das war, weiß ich nicht, ich denke mal, kurz vor acht Uhr. Er wohnte auf dem Flughafenweg, ich noch bei meinem Vater. Er wird den Berg runtergefahren sein, das Büro befand sich damals noch auf der Wallstraße."

Manfred Ackermann muss also an der Stelle vorbeigefahren sein, an der Lydia Arnolds an diesem Morgen lag. Das war unmöglich. Der mutmaßliche Unfall war kurz vor sieben Uhr gemeldet worden. Die Straße war also eine Stunde später mit Sicherheit abgesperrt gewesen. Sie stellte sich die Situation vor. Mehrere Streifenwagen sicherten den Unfallort. Kriminaltechniker nahmen Spuren auf. Ein knallgelbes Fahrzeug tauchte auf. Der Fahrer bremste, wendete und verschwand. Die Beamten wurden misstrauisch, notierten das Kennzeichen und überprüften ihn wenig später auf dem Weg zur Baustelle. Der Anruf unterstützte sie nur noch. Glasklare Logik zersetzte den vermeintlichen Zufall.

Aber es hatte sich ebenso gut auch anders abspielen können. Das Gelage mit dem Unbekannten zog sich bis um sechs Uhr am frühen Morgen. Es hatte sich nicht mehr gelohnt, ins Bett zu gehen. Ackermann duschte, trank einen starken Kaffee und fuhr eine Stunde früher los. Plötzlich tauchte ein dunkler Schatten vor ihm auf. Die Reaktionszeit war beeinträchtigt, Bremsen griffen viel zu spät – ein dumpfer Aufprall. Ackermann geriet in Panik, setzte noch einmal zurück. Eine Gänsehaut überzog ihren Körper.

Abgesehen davon, dass sie dem Architekten nichts mehr nachweisen konnten, musste die Ermittlerin sich die erste Variante als wahrscheinlicher eingestehen. Dass Birgit Ackermann etwas zum Diebstahl des Opels sagen könnte, hielt Manuela für unwahrscheinlich.

„Haben Sie Ihren Vater noch einmal gesehen, nachdem Sie ihn als vermisst gemeldet hatten?"

„Nein. Sagen Sie", sie verlieh ihrer Stimme einen traurigen Klang, „die Leiche aus dem Bunker, das ist nicht mein Vater? Oder?"

„Wir wissen es nicht."

Adriano stand nicht am vereinbarten Treffpunkt. Sie parkte den Wagen auf dem Schotterplatz gegenüber dem Ortseingangsschild und lief den Hügel hinauf. Ihr Kollege unterhielt sich mit einem Grabungstechniker.

„Hast du was herausbekommen?"

„Ja, einen Satz. Er hatte getrunken und den Führerschein für ein Jahr verloren, einskommafünf Promille Restalkohol. Muss ein ganz schönes Gelage gewesen sein."

Manuela berichtete ihm von der Aussage Birgit Ackermanns.

„Was schnüffeln Sie denn noch hier rum?"

Manuela drehte sich um und dachte, dass sie die Exfrau des Projektleiters noch fragen wollte, was der Grund für die Trennung war. In diesem Augenblick fragte sie sich, warum die hübsche Geschäftsfrau diese Beziehung überhaupt eingegangen war.

„Herr Ackermann, wir ermitteln in einem Mordfall. In diesem Zusammenhang taucht immer wieder Ihr Name auf. Mit wem haben Sie die Nacht vor Ihrem Führerscheinentzug durchgezecht?"

„Das geht Sie nichts an."

„Handelte es sich um Walter Jansen?"

„Machen Sie sich nicht lächerlich."

„Der Weg zu Ihrem Büro führte an der Unfallstelle vorbei. Die Nacht war lang, es lohnte sich nicht mehr, ins Bett zu gehen. Sie sind eine Stunde früher losgefahren, richtig?"

Die Ermittlerin legte ihre ganze Autorität in diese Frage. Die Worte waren von einer Eindringlichkeit geprägt, die Ackermann eine Sekunde zögern ließ.

„Okay, aber dann lassen Sie mich in Ruhe! Es war spät geworden, ich hatte verschlafen. Mitten auf dem Berg sah ich die Blaulichter. Ich habe auf der Straße gewendet und einen anderen Weg genommen. Damit machte ich mich wohl verdächtig."

„Ich frage mich, warum Sie uns den Namen Ihres Besuchers nicht nennen wollen."

Ackermann atmete schwer. Auf der Stirn des Unternehmers bildeten sich kleine Falten. Manuela rechnete damit, dass er sie mit einem verächtlichen Satz zurücklassen würde, stattdessen schien Ackermann nach einer sinnvollen Antwort zu suchen.

„Ich war damals verlobt, reicht das?"

Der Verkehr staute sich an einer Baustellenampel vor der Weseler Rheinbrücke.

„Ich glaube", durchbrach Adriano das nachdenkliche Schweigen, „wir versteifen uns zu sehr auf Ackermann. Was er gesagt hat, klingt überzeugend. Ich würde so eine Nacht kurz vor der Hochzeit auch nicht an die große Glocke hängen. Das könnte ihm heute noch schaden."

Seit einer halben Stunde, nachdem sie das Geschäft von Frau Ackermann verlassen hatte, freundete Manuela sich widerwillig mit diesem Gedanken an. Und hätte Ackermann sich nach der letzten Frage wortlos abgedreht, würde sie sich jetzt wohl endgültig damit abfinden. Aber Ackermann war zu weit gegangen. Als habe er seine Aussage mit einem abschließenden, alles erklärenden Argument schützen wollen.

„Einskommafünf Promille Restalkohol um neun Uhr! Hat man die typischerweise nach einer Liebesnacht?"

„Ich nicht. Aber ich bin ja auch noch jung. Warum sollte er den Namen denn sonst verschweigen?"

Das ist die Frage, dachte Manuela. Mächtige Wolken verdunkelten die Weseler Innenstadt. So, wie sich das Verhältnis der beiden darstellte, dürfte Ackermann wohl kaum die halbe Nacht mit Walter Jansen verbracht haben. Befanden sich die Ermittlungen auf dem Weg in eine Sackgasse? Im Büro angekommen, kam Adriano eine Idee.

„Saladin Arnolds könnte der Gast gewesen sein. Er hatte von der Schwangerschaft erfahren. Ackermann hing sich an ihn, sah in ihm einen willkommenen Handlanger gegen den verhassten Schwiegervater in spe. Er lud ihn zu sich nach Hause ein, schüttete ihn zu und hetzte ihn gegen Walter Jansen auf."

„Walter Jansen war zu diesem Zeitpunkt bereits verschwunden", nahm Manuela den Faden auf, „er musste untertauchen, um dem Vaterschaftstest zu entgehen. Seine Tochter wusste, wo er sich aufhielt, da bin ich mir sicher. Ackermann muß es herausbekommen haben."

„Das passt", triumphierte Adriano. Der skeptische Gesichtsausdruck seiner Kollegin beendete die Euphorie abrupt.

„Angenommen, Saladin Arnolds wusste von der Schwangerschaft, von den sexuellen Übergriffen Jansens. Glaubst du, er hätte seine Tochter dann noch einen Tag länger dort arbeiten lassen?"

„Und wenn er nur einen Verdacht hatte und Ackermann es ihm in dieser Nacht bestätigt hatte?"

„Das hätte Ackermann uns doch erzählen können, es würde den Verdacht von ihm ablenken, deine These bestätigen, und er wäre aus dem Schneider. Warum sollte er aber dann den Kopf aufheben? Das ergibt immer noch keinen Sinn."

Manuela massierte sich grübelnd die Schläfe. Warum hatte Frau Arnolds nichts von diesem Verdacht erzählt? Hatte ihr Mann es verschwiegen? Ihr Blick wanderte ziellos über den Schreibtisch. Woher kam sein Verdacht? Hatte Frau Steiger sich an ihn gewandt? Erst jetzt sah sie die Gesprächsnotiz vor sich. Die Pathologie bat um Rückruf. Doktor Rensing nahm sofort ab.

„Guten Tag, Frau Warnke. Ich habe eine Überraschung für Sie, mit der nicht zu rechnen war. Kommissar Zufall ist uns zu Hilfe gekommen. Oder sagen wir, mir kam da eine geniale Idee, in aller Bescheidenheit. Wie dem auch sei, wir konnten mit einer Fehlerquote von unter einem Promille die Identität des Opfers nachweisen."

38

Heinrich sah so unauffällig wie möglich auf die Uhr. Diesen Termin durfte er auf gar keinen Fall verpassen. Annette drehte sich im Türrahmen noch einmal um.

„Die Heimlichkeiten deiner Mutter gefallen mir überhaupt nicht. Bei ihr in der Küche liegen Taxiquittungen über mehr als hundert Euro."

„Kennst sie doch", versuchte Heinrich sie zu beruhigen, „was soll sie schon groß herausfinden?"

Ihre Augen deuteten Skepsis an. Die Staatsanwältin hatte die Mittagspause bereits um zehn Minuten überzogen, als sie sich endgültig verabschiedete.

Unterwegs kamen ihm Selbstzweifel. Immer wieder überprüfte er diesen Automatismus. Mal mit dem Handy, dann mit dem Notizblock, dem Schlüsselbund und am Schluss mit einer Visitenkarte, die im Radioschacht klemmte. Alles verschwand wie selbstverständlich in der rechten Tasche seines Mantels. Die linke hätte man ihm zunähen können, er würde es vermutlich nicht einmal bemerken. Merkwürdigerweise fand er den Zettel mit der Handynummer vorhin in der linken Tasche des Mantels. Für ihn ein untrügliches Zeichen, tatsächlich allmählich alt zu werden.

Annette hatte größte Bedenken geäußert. Heinrichs besorgter Gesichtsausdruck war ihr nicht verborgen geblieben. Sie wusste genau, dass sie ihn nicht daran hindern konnte. Als Staatsanwältin bestand sie darauf, ihn zumindest mit Peilsender und Abhörgerät auszustatten. Dafür blieb keine Zeit. Ich treffe mich doch nur mit einem Zeugen, hatte er sie beruhigen wollen. Ihr Misstrauen hielt sich beharrlich.

„*Hier spricht Saladin Arnolds*", hatte sich der Anrufer in geheimnisvollem Ton gemeldet, „*wenn Sie wissen möchten, was tatsächlich geschehen ist, schlage ich Ihnen ein Treffen vor.*"

Ohne eine Sekunde des Zögerns stimmte Grimm zu. Im gleichen

Moment kamen ihm Bedenken. Er fragte Arnolds, warum er nicht zur Polizei gehe.

„Weil ich dann in Lebensgefahr bin. Ich will, dass dieses Schwein bestraft wird."

Saladin Arnolds fühlte sich bedroht. Er stellte die Bedingung, dass Grimm allein kommen und niemandem etwas davon sagen sollte.

„Wenn Sie die Wahrheit erfahren wollen, haben Sie nur diese eine Chance."

Seit dem Telefonat zermarterte der Hauptkommissar a. D. sich das Hirn. Der erste Gedanke, der ihm kam, lautete Walter Jansen. Sollte er es sein, der Arnolds verfolgt, wer war dann der Tote im Bunker? Unweigerlich drang das Bild von Manfred Ackermann vor sein geistiges Auge.

Heinrich fuhr Richtung Alpen. Das Handy lag eingeschaltet in der Mittelkonsole. Arnolds wollte ihm unterwegs den Treffpunkt mitteilen.

39

Erstaunt sah sie ihren Gast an.

„Du schon wieder. Dein Leichtsinn wird dir noch zum Verhängnis."

Sie zog ihn am Ärmel, sah sich noch einmal misstrauisch um, bevor sie die Ladentür hinter ihm zudrückte.

„Mein Leichtsinn", auf der Stirn des Mannes schwoll eine Ader deutlich sichtbar an, „du hast mich doch hierherbestellt. Was gibt es denn Dringendes?"

Die Augen der Geschäftsfrau verwandelten sich in kleine, misstrauische Schlitze.

„Whisky?"

„Nein, verdammt. Ich will wissen, warum du mich hierherbestellt hast."

„Das habe ich nicht."

„Und die SMS? War die etwa nicht …", er stockte. Blitzartig verwandelte sich das braungebrannte Gesicht in eine kalkweiße Maske. Für eine Sekunde hatte er sich gewundert, dass die Kurznachricht anonym versendet worden war. Er hatte es für eine neue Vorsichtsmaßnahme von ihr gehalten. Seine Faust donnerte mit einer Wucht auf den Tisch, dass die Tassen von den Untertellern sprangen.

„Ich verdammter Idiot. Renne in die Falle wie eine elende Ratte", er ballte die Faust erneut, „nur weil du die Nummer hier offen herumliegen lässt."

Wütend schnappte sie nach Luft.

„Glaubst du, ich kann mir deine Handynummer merken, wenn du alle drei Monate eine andere hast?"

Er atmete tief durch. Wozu noch aufregen, es war passiert. Die Manie, dauernd die Handys zu wechseln, war vermutlich unnötig. Es gehörte zu seinem Konzept, das Risiko so gering wie möglich zu halten.

„Ist dir jemand aufgefallen?"

„Du glaubst, da draußen wartet einer auf dich? Das ist doch Irrsinn. Kein Mensch kann dich erkennen nach der langen Zeit. Dieser Grimm will dich nervös machen."

Dreißig Jahre andauernde Angst, entdeckt zu werden, hatten seine Sinne geschärft. Er war darauf trainiert, seine Umwelt wahrzunehmen, ohne dabei aufzufallen. Jeder Mensch in seiner Nähe war zunächst einmal verdächtig. Er war sicher, dass ihm niemand gefolgt war. Erst recht keiner, der auch nur im Entferntesten der Beschreibung des Ex-Polizisten entsprach. Das war auch nicht nötig, er war pünktlich um drei Uhr, wie in der SMS verlangt, im Laden. Der Absender wartet vor der Tür auf mich, schoss es ihm durch den Kopf. Mit einem Satz sprang er auf und stürmte aus dem Laden. Er blieb vor dem Schaufenster stehen und sah sich vorsichtig um. Neben dem Elektrogeschäft schräg gegenüber parkte ein Taxi, der Fahrer schien auf seinen Gast zu warten. Eine junge Frau schob einen Kinderwagen am Geschäft vorüber, auf dem Gehweg saßen zwei Jugendliche auf Motorrollern und unterhielten sich, auf der anderen Straßenseite stand eine Oma am Gehwegrand und wartete. Er drehte sich um, ein älterer Herr im schwarzen Anzug kam mit einem bunten Strauß aus dem Blumengeschäft Eckert-Eichleiter und wartete an der Fußgängerampel. Der Kirchvorplatz war leer, kein Verdächtiger auf der Ulrichstraße zu sehen. Die Gaststätte „Zur Hoffnung", unter deren Namen sie kaum jemand kannte, hatte um diese Zeit geschlossen. Er dachte an viele gesellige Stunden, die er bei Maria Nepicks an der Theke der gemütlichen Eckkneipe verbracht hatte. Erleichtert atmete er durch.

„Ich muss sofort verschwinden, kann ich dein Auto haben?"

Sie zog einen Schlüssel aus der Hosentasche und legte ihn in seine offene Hand.

„Reicht es nicht langsam?"

Wortlos verließ er den Laden.

40

„Sagen Sie das noch mal", die Staatsanwältin wirkte aufgeregt. Manuela Warnke hatte die Nachricht des Pathologen vor wenigen Minuten zwar überrascht, aber mittlerweile, mit einigem Abstand betrachtet, schien sich der Nebel über den Ermittlungen dadurch zu lichten.

„Bei dem Toten aus dem Bunker handelt es sich vermutlich um Saladin Arnolds. Doktor Rensing konnte DNS aus dem Knochenmark beider Leichen sicherstellen. Er hat einen DNA-Vergleich durchgeführt, und dabei kam heraus, dass der Tote aus dem Bunker mit fast hundertprozentiger Sicherheit der Vater von Lydia Arnolds ist."

Annette Gerland schluckte. Langsam setzte sie sich auf den Besucherstuhl. Die blasser werdende Haut ließ sie älter wirken. Manuela konnte die Aufregung der Staatsanwältin nicht verstehen.

„Wir sind eigentlich froh, denn das bringt ein wenig Klarheit in den Fall. Arnolds hatte Zweifel am Unfalltod seiner Tochter. Er fand heraus, dass Jansen sich an ihr vergriffen hatte, zählte eins und eins zusammen. Arnolds wollte seine Tochter rächen, Jansen war schneller."

„So war es", mischte sich Adriano eine Spur zu gut gelaunt ein, „Ackermann war eine Sackgasse. Jansen selbst hatte sich ein Auto geliehen, um es wie einen Unfall aussehen zu lassen. Um gar nicht erst unter Verdacht zu geraten, hatte er seinen Wagen in der Leucht stehen gelassen. Ärgerlicherweise sind die Kollegen damals darauf hereingefallen."

„Heinrich ist in Gefahr", flüsterte die Staatsanwältin. Manuela wollte einwenden, dass Ackermann demnach keinen Grund gehabt hätte, das Beweisstück zu verstecken. Sie verstummte.

„Er trifft sich mit dem Mörder. Vor einer Stunde hat jemand Heinrich angerufen und behauptet, Saladin Arnolds zu sein, und um dieses Treffen gebeten. Er behauptete am Telefon, ihm den Namen des Mörders nennen zu können."

„Scheiße“, entfuhr es Manuela. Frau Gerland tippte nervös eine Nummer in ihr Handy. „Geh’ dran, geh’ dran“, murmelte sie unentwegt. Nach drei Minuten gab sie auf. Manuela reagierte sofort und rief die Rufbereitschaft an.

„Schickt sofort einen Wagen nach Alpen zur Baustelle Motte. Ich will wissen, ob Manfred Ackermann dort ist.“

Frau Gerland schüttelte den Kopf. Adriano kannte sie bereits acht Jahre. Er hatte die Staatsanwältin noch nie so nervös und ängstlich erlebt.

„Er trifft sich mit Jansen.“

„Was macht Sie so sicher?“, wollte die Hauptkommissarin wissen. Es wäre gefährlich für den Mörder, nach dreißig Jahren hier aufzutauchen.

„Heinrich hat ihn angerufen und gefragt, ob er Jansen sei.“

„Dann ist aus Jansens Sicht Grimm der Einzige, der seine Identität kennt. Hat er gesagt, wo er ihn trifft?“

Annette Gerland schüttelte wortlos den Kopf. Ihre braunen Augen schimmerten feucht.

„Wir müssen sein Handy orten“, rief Manuela, „das soll Mareike machen, wir fahren nach Alpen!“

41

Der schlanke junge Mann ahnte nichts, als er zum Parkplatz des Elektrogeschäftes an der Rathausstraße bestellt worden war. Als sich die Beifahrertür öffnete und die Seniorin einstieg, entfloh ihm ein unhöfliches „Nein, nicht schon wieder". Das Glück meinte es in letzter Zeit wahrhaftig nicht gut mit ihm. Vier Kollegen hatten zurzeit ebenfalls Dienst, warum trifft es nicht mal einen anderen, fragte er sich. Vor wenigen Minuten hatte er noch erleichtert durchgeatmet. Als die Funkerin das Taxi Nummer vier nach Wesel beordert hatte, bedauerte er innerlich seinen Kollegen Conny. Scheinbar war die Oma mit der gemeinen Absicht, ihn hereinzulegen, mit dem Bus nach Alpen gefahren.

„Schnell, zum Adenauerplatz!"

„Dafür warte ich hier eine Viertelstunde?"

Nach einem tödlichen Blick der Oma fuhr er mürrisch die knapp dreihundert Meter um den Block. Vor der Auffahrt zum Marktplatz wies sie ihn an, am Straßenrand anzuhalten. Er brachte nicht den Mut auf, die Taxiuhr einzuschalten. Als die Frau keine Anstalten machte, auszusteigen, wollte er dies nachholen. Sie schlug ihm auf den ausgestreckten Arm.

„Das dauert länger. Ich möchte das Taxi mieten."

Der Zeitpunkt war nun erreicht, an dem der Taxifahrer die Contenance verlor. Er schlug aufs Lenkrad und schrie sie an.

„Das ist ein Taxi und kein Mietwagen. Entweder mache ich die Uhr an oder Sie steigen aus!"

Frau Grimm gab nach. Sie drehte den Innenspiegel, von verwunderten Blicken des Fahrers begleitet, zu sich herüber und rutschte in den Sitz zurück. Wenige Augenblicke später fuhr sie hoch.

„Folgen Sie dem roten Kleinwagen dort, aber unauffällig."

Der Fahrer nahm die Verfolgung auf, ohne allerdings der Anweisung seines Fahrgastes bis ins Detail Folge zu leisten. Auf der Ulrichstraße, kurz hinter dem Marienstift, klebte er an der Stoßstange des knallroten Ford Fiesta.

„Nennen Sie das unauffällig? Fehlt nur noch ein Blaulicht auf dem Dach", zeterte Frau Grimm, „unauffällig bedeutet, Abstand halten, zwei, drei Autos zwischenlassen. Sieht man doch in jedem Krimi. Meine Güte."

Der junge Mann atmete vernehmlich durch, rieb sich noch einmal den dünnen Kinnbart und nahm den Fuß vom Gaspedal. Auf der Unterheide, Richtung Veen, wurden sie von einem dunklen Audi überholt.

„Sagen Sie mal, sind Sie so eine Art Privatdetektivin in geheimer Mission?"

„Nein. Ich ermittle für die Polizei in einem Mordfall."

„Ach so. Na denn."

Sie schob den aufkommenden Verdacht, er würde sie nicht ganz ernst nehmen, beiseite und prüfte das Handy. Das Antennensymbol bedeutete, es war eingeschaltet, hatte sie gelernt. Für den Notfall lag zu Hause auf dem Küchentisch ein Zettel mit der Nummer ihrer Neuerwerbung. Die Anleitung befand sich in der Handtasche, aber eine zweite Kurznachricht dürfte nicht mehr nötig sein. Zornig sah sie auf das Taxameter. Wie ein ausgehungertes Raubtier machte es sich über ihre Rente her. Die Ermittlungen verschlangen Tag für Tag mehr Geld.

Heute Morgen hatte sie neunzig Euro für das Handy bezahlen müssen. Wütend dachte sie an den Verkäufer. Der Bengel hatte ihr ein Handy für Senioren empfohlen, mit extra großen Tasten. Nach einem strengen Hinweis auf ihre durchaus noch vorhandene Vitalität bekam sie das preiswertere Standardmodell. Über eine Stunde lang hatte sie am Küchentisch die Anleitung studiert. Bei dem Versuch, das Wissen zum Verfassen einer Kurznachricht zu nutzen, scheiterte sie an den stecknadelkopfgroßen Tasten des Mobiltelefons. Es wollte ihr nicht gelingen, weniger als zwei Tasten auf einmal zu betätigen. Die Blöße, das Gerät gegen ein Seniorenmodell umzutauschen, wollte sie sich nicht geben. Sie besorgte sich an einem Kiosk einen Lutscher und ging auf den Schulhof des Andreas-Vesalius-Gymnasiums an der Ritterstraße. Der Junge lehnte den Lutscher zwar dankend ab, verfasste aber bereitwillig die Kurznachricht. Als sie ihn fragte, ob er die Nachricht anonym versenden könne, grinste der Junge schelmisch. Geht nur über einen Umweg, antwortete er neunmalklug. Anschließend tippte er die fünfstellige Nummer eines Anbieters spezieller Services ein, gefolgt von dem Wort „Secret", der Handynummer des Empfängers und dem Text.

Sie hatten die Ortschaft Veen inzwischen hinter sich gelassen und waren auf dem Weg nach Xanten. Zwei Fahrzeuge befanden sich zwischen ihnen und dem roten Kleinwagen, der mindestens einen halben Kilometer Vorsprung hatte. An der Weggabelung nach Labbeck setzte der Fahrer vor ihnen den Blinker. Der Taxifahrer musste warten, bis sein Vordermann den Gegenverkehr durchgelassen hatte. Frau Grimm wurde nervös. Kurz darauf fuhren sie über die Kuppe des Wolfsberges. Von dem Fiesta war nichts mehr zu sehen.

„Huch", bemerkte der hagere Fahrer sichtlich amüsiert, „war der Abstand doch ein wenig zu groß?"

„Weiter", befahl sie. Er muss nach Birten abgebogen sein, war sie sicher. Am Fuß der Erhebung war die verschlungene Landstraße bis zu dem kleinen Ort gegenüber des Altrheins einzusehen. Bis auf ein Traktorgespann fuhr niemand dort lang.

„Zurück!"

42

In der Hees, Xanten. Heinrich hatte sich die Adresse notiert und sie den Kollegen durchgeben wollen, als die Fahrertür aufgerissen wurde und er in die Mündung eines auffällig großen Revolvers blickte.

Die mit schmutzigem, grauem Putz überzogenen ehemaligen Lagerhallen einer Munitionsfabrik unweit des Krankenhauses wurden von einigen Kleingewerblern genutzt. Der braungebrannte Mann führte ihn um die Halle herum. Zwei Jogger liefen vorbei und sahen herüber. Heinrich wollte ihnen ein Zeichen geben, sein Kontrahent stieß ihn weiter. Hinter dem Gebäude drückte er Grimm eine Kellertreppe hinunter, deren Stufen zum Teil Risse und Löcher aufwiesen. Mit der linken Hand reichte er ihm vorsichtig einen Schlüssel. Das glänzende Vorhängeschloss baumelte auffällig an der halb verrotteten Tür. Die Gebäude waren um diese Zeit menschenleer, der Mann hatte sich gründlich vorbereitet. Während die Tür sich knarrend öffnete, drehte Grimm sich noch einmal um. Mit dem Revolver bekam er das Zeichen, einzutreten. Es gab kein elektrisches Licht, der Mann ließ die Tür halb geöffnet und schubste Grimm weiter durch einen offenen Durchgang in den Nachbarraum. Leere Farbeimer, alte Pinsel und eine kaputte Holzleiter lagen auf dem Fußboden, eingehüllt in fahles Licht, welches durch ein verdrecktes Kellerfenster drang. Heinrich wollte zu einer Frage ansetzen, wurde jedoch durch das Klingeln seines Handys daran gehindert.

„Nicht annehmen", rief der Mann. Heinrich las den Namen seiner Freundin auf dem Display.

„Her damit!"

Heinrich warf es ihm zu. Der Mann ließ es an seiner Brust abprallen und zu Boden fallen. Mit der Hacke trat er mehrmals kräftig auf das kleine Gerät, bis es zerbrach.

„Das brauchen Sie nicht mehr."

Heinrichs Puls beschleunigte sich. Wie hatte er so naiv sein können, ihm diese Geschichte zu glauben?

„Sie sind nicht Saladin Arnolds."

„Schlaues Kerlchen. Ich bin Walter Jansen. Aber das wussten Sie ja bereits. Laut Ausweis heiße ich allerdings Saladin Arnolds.“

Heinrich hatte es geahnt. Das „V“ auf dem Zettel in der Boutique seiner Tochter. „V“ wie Vater. Nur einmal waren ihm Zweifel gekommen. Es war der Augenblick, in dem Manuela Warnke ihm sagte, dass Handy wäre auf den Namen Saladin Arnolds registriert. Einmal hatte er seinem Instinkt misstraut.

„Warum haben Sie ausgerechnet diesen Namen angenommen?“

Jansen lachte überheblich.

„Ich habe nur das Handy auf diesen Namen angemeldet, dafür reichte der alte Führerschein noch. Das verschaffte mir im richtigen Augenblick den entscheidenden Vorsprung. Oder weshalb sind Sie hier? Arnolds hätte ebenso mich töten können. Es war niemand dabei. An dem Skelett aus dem Bunker lässt sich die Identität wohl kaum feststellen. Die Polizei jagt also einen Mann, der vor dreißig Jahren gestorben ist, während ich mich zurückziehen kann. Dummerweise sind Sie mir zu nahe gekommen. Aber das lässt sich noch regulieren“, langsam hob er den Revolver.

„Setzen Sie sich!“

Heinrich sank in das alte Sofa. Das Polster war feucht, eine dicke Spinne flüchtete. Jansen richtete den Lauf auf Grimms Brust.

Sie hatte nicht die geringste Ahnung, was Jansen vorhatte und wohin er wollte. Aber er konnte nicht weit sein. Es gab nur eine Möglichkeit. Das Taxi bog auf der Kuppe des Wolfsberges ab, fuhr langsam über den holprigen Weg auf den kleinen Parkplatz im Wald zu. Auch hier war nichts von einem roten Kleinwagen zu sehen. Ihr Gefühl sagte ihr, dass ihr Sohn sich in der Nähe befand. Die Hees ist ein riesiges Waldgebiet, wo können sie sein, überlegte sie. Bedauerlicherweise setzte auch noch starker Regen ein.

„Sie warten hier. Ich bin gleich wieder zurück.“

Der Fahrer überlegte, einen Vorschuss zu verlangen, leider nicht schnell genug. Unter einem grauen Schirm stakste Frau Grimm in den Wald.

43

Die Handyortung war negativ verlaufen, Manfred Ackermann befand sich auf der Baustelle, teilte Adriano ihr unterwegs mit. Die einzige Hoffnung bestand nun darin, Birgit Ackermanns Schweigen zu brechen.

„Frau Ackermann, ich bin Ihre verdammten Lügen satt“, Manuela schrie die Geschäftsfrau an. Aus dem Ladenlokal vernahm sie die Stimme einer Frau, die sich ängstlich verabschiedete.

„Wo ist Ihr Vater?“

Birgit Ackermann zog hastig an der Zigarette, ihre Hände zitterten, über ihr Gesicht breiteten sich kleine Flecken aus.

„Ich weiß es nicht.“

„Mir reicht es! Sie wissen sehr wohl, wo Ihr Vater ist. Er trifft sich in diesem Augenblick mit meinem Vorgänger. Ich schwöre Ihnen, sollte Herrn Grimm etwas zustoßen, kriege ich Sie dran. Wenn Sie nicht sofort reden, nehme ich Sie mit. Sie bleiben so lange in Untersuchungshaft, bis Sie den Mund aufmachen, das können Sie mir glauben!“

Selbst mit ihrer derzeitigen Motivation dürfte das der Staatsanwältin kaum möglich sein, wusste Manuela. Die Drohungen verfehlten ihre Wirkung aber nicht. Der dunkelhaarigen Frau war die nervliche Anspannung deutlich anzusehen. Mit dem kümmerlichen Rest der Zigarette zündete sie die nächste an. Manuela bemerkte die zitternden Hände.

„Ja, mein Vater lebt. Jemand hat ihn vor zwei Stunden per SMS hierher bestellt. Ich weiß wirklich nicht, wo er jetzt ist, das müssen Sie mir glauben. Ich habe ihm meinen Autoschlüssel gegeben und seitdem nicht mehr gesehen.“

Die Polizistin ließ sich Fahrzeugtyp und Kennzeichen geben und veranlasste sofort eine Ringfahndung.

„Ist Ihr Vater bewaffnet?“

„Ja.“

Mit einem irrsinnigen Tempo raste Manuela nach Wesel zurück. Allein konnte und durfte sie nichts ausrichten. Sie mussten einen Notfallplan entwickeln, schnellstmöglich das übersehene Detail finden, welches es geben musste. Sie machte sich Vorwürfe, redete sich ein, dass sie Grimm um jeden Preis davon hätte abhalten müssen, sich in die Ermittlungen einzumischen. Kurz vor der Ortseinfahrt Büderich fuhr sie in eine Radarfalle. Die Tachonadel tänzelte um die Einhundertvierzigermarkierung. Fünf Minuten später hetzte sie ins Büro. Noch während sie die Jacke auszog, berichtete sie von dem Gespräch. Die Staatsanwältin erhob sich von Manuelas Stuhl, sie wollte keine Sekunde versäumen. Als Manuela erzählte, dass Jansen bewaffnet sei, zuckte sie zusammen.

„Wir können weder Jansens Handy noch das von Grimm orten, wir haben nicht die geringste Ahnung, wo sie sich aufhalten. Das macht mich wahnsinnig. Es muss doch einen Hinweis geben."

„Wir warten auf die Anruferliste des Netzbetreibers", antwortete Mareike, „vielleicht ergibt sich daraus etwas."

Der Netzbetreiber weigerte sich beharrlich, Mareikes Wunsch zu erfüllen. Erst nach mehreren Telefonaten der Staatsanwältin und des zuständigen Richters waren sie bereit, nach entsprechendem Rückruf, zu reagieren. Sie versprachen, die Liste umgehend per Fax zu schicken.

„Ich frage mich, warum Heinrich ihn per SMS in den Laden seiner Tochter bestellt hat."

„Er wollte den Spieß umdrehen und Jansen verfolgen", war Manuela klar.

„Moment", Frau Gerland horchte auf, „ich war wohl nicht ganz bei der Sache. Heinrich soll Jansen eine SMS geschickt haben?"

„Ja", antwortete Manuela, „wer sonst sollte Jansen dorthin bestellt haben?"

„Jedenfalls nicht Heinrich. Der kann noch nicht einmal eine SMS annehmen, geschweige denn schreiben. Er benutzt das Handy lediglich zum Telefonieren. Und das auch nur höchst selten."

Wer hat die SMS verschickt, überlegte Manuela. Die einzige unbekannte Größe in den Ermittlungen war Manfred Ackermann. Warum sollte der Unternehmer Jansen dorthin beordern? Aus welchem Grund sollten sie weiterhin Kontakt miteinander haben? Es ergab keinen Sinn. Alle sahen gebannt auf das Faxgerät. Die erzwungene Untätigkeit nagte an den Nerven. Es dauerte drei endlos lang anmutende Minuten bis das ersehnte Schreiben eintraf. Manuela riss es ihrem Kollegen aus der Hand. Sie hatten Glück, Jansens Mobiltelefon war nur von drei verschiedenen Anschlüssen angewählt worden. Die meisten Anrufe kamen vom Festnetzanschluss Birgit Ackermanns. Ein Anruf kam von Heinrich Grimm, die dritte Nummer konnten sie nicht zuordnen. Annette Gerland reagierte als Erste und wählte die unbekannte Nummer.

44

Knöcheltief versanken die Schuhe im Morast der Waldwege. Mit dem Nagel des kleinen Fingers drückte sie die grüne Taste. Nachdem sie ihren Namen nannte, empfing sie eine kurze Stille.

„Gertrud, du? Seit wann hast du ein Handy?“

Frau Grimm war für einen Moment sprachlos. Sie hatte kurz nach Aktivierung des Gerätes eine Nachricht des Netzbetreibers erhalten, der sie willkommen geheißen hatte. Aber wie sollte Annette im Büro an ihre Nummer kommen? Sollte es im Internet ein Handytelefonbuch geben, in das man sofort eingetragen wurde, rätselte sie.

„Man muss mit der Zeit gehen.“

„Wo bist du?“

„Ich mache einen Spaziergang.“

„Bei dem Wetter? Gertrud! Mach' mir nichts vor. Heinrich ist in Gefahr. Du hast Jansen eine SMS geschickt. Weißt du, wo er sich aufhält?“

Sie hätte nicht gedacht, dass diese SMS-Nachrichten öffentlich waren, sah aber spätestens jetzt ihre Abneigung gegen Handys bestätigt. In der Anleitung hatte sie gelesen, dass in diesem kleinen Telefon sogar eine Kamera enthalten war.

Sie kann mich sehen.

Sofort hielt sie die Hand schützend über das Display. Die Unterhaltung gestaltete sich dadurch umso schwieriger.

„Nein, das weiß ich nicht“, antwortete Frau Grimm wahrheitsgemäß.

„Ich kann dich schlecht verstehen. Bitte, es ist wichtig.“

Aha. Sie bedeckte das Telefon nun mit beiden Händen und streckte langsam die Arme von sich.“

„Annette, die Verbindung wird immer schlechter“, antwortete sie scheinheilig, bevor sie das Gespräch umständlich beendete. An einer Weggabelung fragte sie zwei junge Jogger nach zwei älteren Herren. Die Beschreibung erinnerte an die Herren Statler und Waldorf aus der Muppetshow, erfüllte aber ihren Zweck. Die Jogger hatten ihren

Wagen am nahe gelegenen Krankenhaus geparkt. Sie hatten die beiden hinter ein Gebäude der ehemaligen Munitionsfabrik gehen sehen. Der Größere der beiden war ihnen aufgefallen, er hatte sich immer wieder prüfend umgesehen.

„Ich habe doch gesagt, da stimmt was nicht. Der hat den anderen auch immer geschubst."

„Wann war das?"

„Ähem ... das sind nur wenige Hundert Meter, ich würde sagen, vor drei Minuten."

Frau Grimm bedankte sich und lief in die angegebene Richtung. Es handelte sich um einen Hauptweg, dessen Boden zu ihrem Glück relativ griffig war. Ein dünner Ast, der in den Weg ragte, ritzte ihre neue Bluse einige Zentimeter auf. Qualität hat eben ihren Preis, hatte Frau Ackermann behauptet. Nie wieder würde sie bei der Tochter eines Mörders eine Bluse kaufen, schwor sie sich.

Jansens Arm senkte sich. Heinrich atmete erleichtert auf.

„Eines interessiert mich noch: Warum haben Sie mich vorhin in den Laden meiner Tochter bestellt? Haben Sie wirklich geglaubt, mich reinlegen zu können?"

Heinrich biss sich auf die Lippen. Beinahe wäre ihm die falsche Antwort herausgerutscht. Er dachte fieberhaft nach. Von wem war die Rede? Der Zettel in der falschen Manteltasche! Seine Mutter musste ihn gefunden haben. Er hoffte inständig, dass sie Manuela Warnke angerufen hatte. Gleichzeitig wusste Heinrich, wie absurd es war, seiner Mutter korrektes Verhalten zu unterstellen. Er spürte die stetig ansteigende Herzfrequenz. Die Innenflächen seiner Hände wurden nass.

„Ich wollte sehen, mit wem ich es zu tun habe."

„Hm ...", Jansens Augen fixierten Heinrichs Gesicht. Heinrich erkannte die Zweifel. „Ich glaube, Sie wollten mich reinlegen, aber das spielt ja nun keine Rolle mehr."

Langsam hob er den Revolver wieder an. Aus dem Hintergrund war ein leises Geräusch hörbar. Es hörte sich wie ein Stein an, der Treppenstufen hinunterpurzelte. Grimms Herzschlag beschleunigte immer weiter, als Jansen aufmerksam den Kopf zur Seite neigte. Er musste ihn ablenken.

„Was denken Sie, wie lange Ihre Tochter noch schweigt?“, Grimm sprach bewusst laut und eindringlich, „sie befindet sich bereits im Kreis der Ermittlungen“, Jansen drehte sich wieder um und sah ihn wütend an, „es hat keinen Zweck, geben Sie auf!“

„Birgit hat dreißig Jahre geschwiegen, auch wenn es ihr nicht leichtgefallen ist, aber Blut ist eben dicker.“

„Wenn Sie mich töten, wird man Ihre Tochter so lange in die Mangel nehmen, bis sie spricht.“

„Es ist erbärmlich, wie Sie um Ihr Leben winseln.“

Langsam spannte er den Abzugshahn. Das leise Geräusch des Einrastens fuhr Heinrich durch Mark und Bein. Merkwürdigerweise dachte er in diesem Augenblick, dass es nur gerecht wäre, wenn auch sein Leben durch eine Kugel beendet würde.

„Die Verbindung ist abgerissen“, die Staatsanwältin knallte das Telefon auf den Tisch. Wozu brauchte Heinrichs Mutter plötzlich ein Handy? Sie hatte keine Gelegenheit ausgelassen, auf die Unnötigkeit dieser Geräte hinzuweisen. Die mögliche Antwort war ihr unbegreiflich. Sollte Heinrich ihr den Zettel mit der Nummer gegeben haben? Ausgeschlossen, aber sie konnte ihn sich besorgt haben. Die Kollegen bemühten sich fieberhaft, das Handy der alten Dame zu orten. Annette hielt die Anspannung kaum noch aus, sie wollte unbedingt irgendetwas unternehmen.

„Wir haben sie“, rief Adriano. Ein altes Gebäude in der Nähe des Xantener Krankenhauses.“

Der Satz hallte noch nach, während sie aus dem Zimmer stürmten. Dem Kollegen der Rufbereitschaft gab die Staatsanwältin die Anweisung, drei Einsatzfahrzeuge nach Xanten zu schicken.

„Die sollen sich ruhig verhalten und in der Nähe bleiben. Zugriff auf mein Kommando. Und verständigt das SEK!“

Unterwegs wählte Annette noch einmal das Handy von Gertrud Grimm an.

Jansens Finger krümmte sich langsam um den Abzugshebel. Heinrich wollte die Augen schließen, als er etwas Sonderbares sah. Hinter Jansens Schulter tauchte der Knauf eines Regenschirms auf.

Dann ging alles sehr schnell. Mit einem Ruck drückte sich der Bügel in den Kehlkopf des Mannes und riss ihn nach hinten. Er würgte, der Kopf flog in den Nacken, der Revolver zu Boden. Heinrich reagierte sofort, sprang hoch und nahm die Waffe an sich. Hinter Jansen trat seine Mutter hervor, in diesem Augenblick klingelte ihr Handy.

„Oh, ich hatte ganz vergessen, es auszuschalten."

Heinrich fühlte, wie seine Knie weich wurden. Mit beiden Händen umklammerte er den Revolver, der Lauf vibrierte.

„Hallo Annette. Alles klar, wir haben den Mörder. Wir sind hier … Moment mal", sie nahm das Handy vom Ohr, „Herr Jansen, Sie haben doch sicherlich die Adresse, oder?"

Jansen sah sie mit wutverzerrtem Gesicht an.

„Hm, also das liegt … Was? Ihr habt die Adresse? Aber du konntest doch gar nichts sehen, ich hatte das Handy doch die ganze Zeit in der Tasche … Ja, bis gleich."

Heinrichs Hände zitterten immer stärker. Jansen war das nicht entgangen. Langsam kam er näher. Frau Grimm positionierte den Knauf des Regenschirms abermals an seinem Kehlkopf, drehte ihn mit aller Kraft herum, Heinrich befand sich nun in ihrem Rücken.

„Los", sie streckte die Hand nach ihm aus, „gib mir die Knarre."

„Nein. Damit kannst du nicht umgehen."

„Gib schon her. Danke."

Sie stemmte Jansen den ausgestreckten Zeigefinger in den Rücken. Er zuckte kurz.

„Los, auf den Boden, das Gesicht auf die Erde", schrie Frau Grimm. Jansen sank hin, lag schließlich auf dem Bauch vor ihren Füßen im staubigen Zement des Kellers. Heinrich sah sich in dem Raum um. Auf einem alten Farbeimer fand er ein Kupferkabel, mit dem er Jansen fesselte. Während Heinrich sich auf das Sofa setzte, ging seine Mutter nach draußen, um die Polizei in Empfang zu nehmen.

45

Das kleine Büro an der Reeser Landstraße war restlos überfüllt. Mareike musste sich aus dem Nachbarbüro einen Stuhl besorgen. Manuela Warnke konnte immer noch nicht fassen, dass eine Dreiundsiebzigjährige mit ihrem pensionierten Sohn den Mörder gestellt hatte. Stolz berichtete die alte Dame ihrem erstaunten Publikum von den Ergebnissen ihrer „Ermittlung".

„Manfred Ackermann ist laut Aussage von Franziska Platen, der Nachfolgerin von Lisbeth Steiger, am 17.10.1977 in Jansens Geschäft gewesen. Er ist direkt ins Lager durchgegangen. Es kam zu einem heftigen Streit der beiden. Nur zwei Minuten später verließ Ackermann den Laden und rief Jansen hinterher: *Jetzt habe ich dich in der Hand.* Am nächsten Tag hatte das Treffen der beiden in der Leucht stattgefunden. Ackermann hatte Jansen praktisch mit heruntergelassenen Hosen erwischt, konnte ihn fortan erpressen."

Heinrich ärgerte sich. Er hatte dieselbe Spur verfolgt, Steiger aber versäumt zu fragen, wen Jansen nach der Kündigung für seine Frau eingestellt hatte. Was er bis dahin erfahren hatte, war ihm genug gewesen, ein Fehler.

„An diesem Tag kam es noch dicker für Jansen. Saladin Arnolds war eine Woche zuvor aufgefallen, dass es seiner Tochter zunehmend schlechter ging. Der Arzt bestätigte die Schwangerschaft. Arnolds konnte das ängstliche Schweigen seiner Tochter aber nicht brechen. Jeden Tag fuhr er nach Alpen, bekam über Lisbeth Steiger die grausame Wahrheit heraus. Da er Walter Jansen nirgendwo finden konnte, wendete er sich an dessen Tochter. Birgit Ackermann warnte sofort ihren Vater."

So weit waren wir auch, dachte Manuela, schwieg aber. Engels' Blicke wanderten immer wieder vorwurfsvoll zu seinen Mitarbeitern. Die Staatsanwältin hielt seit Minuten die Kaffeetasse regungslos in der Hand.

„Walter Jansen stand unter Zugzwang. Er musste untertauchen, um dem möglichen Nachweis der Vaterschaft zu entgehen. In diesen Tagen entwickelte er einen teuflischen Plan."

Ihre Augen wurden größer, Frau Grimm beugte sich vornüber und sprach mit leiser, verschwörerischer Stimme weiter. Sie genoss die Spannung und das Interesse in vollen Zügen.

„Er beschloss, zwei Fliegen mit einer Klappe zu schlagen. Am Abend des 23.10.1977 fuhr er zu Manfred Ackermann. Der zukünftige Schwiegersohn wollte ihn zunächst nicht hereinlassen. Jansen behauptete, er müsse untertauchen und wolle ihm die Geschäfte überlassen. Ackermanns Gier war größer als sein Hass, er konnte nicht widerstehen. Allmählich erkannte er, dass sie aus demselben Holz geschnitzt waren. Jansen redete Ackermann ein, sich in ihm getäuscht zu haben, und schloss Frieden. Diesen Burgfrieden begossen sie die ganze Nacht. Jansen wusste genau, dass Ackermann am nächsten Morgen einen wichtigen Ortstermin hatte und unbedingt zur Arbeit fahren musste. Er kannte natürlich auch die Strecke, die er jeden Tag fuhr.

Jansen zwang Lydia Arnolds am Bahnhof in sein Auto. Er schlug das Mädchen nieder und legte sie auf die Strasse, wahrscheinlich in eine dunkle Decke gehüllt. Ackermann überfuhr sie, geriet in Panik, fuhr noch einmal darüber. Jansen hielt sich im Hintergrund versteckt und fotografierte alles. Um später den Beweis zu haben, dass Ackermann alkoholisiert gewesen war, setzte er die Polizei auf ihn an. Von nun an war die Partie ausgeglichen, sie hatten sich gegenseitig in der Hand. Mehr noch, er wurde nicht des Mordes verdächtigt, sondern schlimmstenfalls einer Vergewaltigung, die allerdings irgendwann verjährt wäre. Jansen wollte ins Ausland gehen und in Ruhe abwarten, bis Gras über die Sache gewachsen war."

Zufrieden beugte sich Frau Grimm zum Schreibtisch und nahm die Kaffeetasse. Die Staatsanwältin beendete die Minute andächtiger Stille.

„Aber da gab es ja immer noch Saladin Arnolds."

„Richtig. Arnolds glaubte nicht an einen Unfall. Nach dem Tod seiner Tochter wollte er, blind vor Hass und Wut, Jansen umbringen. Es gelang ihm, vermutlich durch Beschattung von Jansens Tochter, ihn ausfindig zu machen. Sie trafen sich, wann und wo konnte ich nicht herausfinden. Arnolds hatte nicht damit gerechnet, dass Jansen bewaffnet sein würde. Tja … Wobei es sich in diesem Fall durchaus um Notwehr gehandelt haben konnte. Jansen lieh sich von Ackermann einen Bagger und schaffte die Leiche Arnolds in den Bunker."

Annette Gerland wollte spontan applaudieren. Der Gedanke, dass die Mutter ihres Freundes sich und andere in Lebensgefahr gebracht hatte, hinderte sie daran. Während die meisten Frau Grimm bewundernd ansahen, kamen Manuela Zweifel.

„Das Meiste davon haben wir uns auch, zumindest ungefähr, so gedacht. Aber was ist mit Manfred Ackermann. Warum hatte er den Totenkopf aufbewahrt?"

Gertrud Grimm winkte lässig ab.

„Das war das Leichteste", Manuela fuhr nach vorn, „von Frau Mühlberg im Kastanienhof habe ich erfahren, dass Jansen Waffensammler ist. Er sammelte alte Pistolen wie andere Leute Briefmarken. Mit dieser Sammlung hatte er auch überall geprahlt. Besonders stolz war er auf diesen Revolver mit dem seltenen Kaliber. Ackermann wusste natürlich auch davon. Er hatte das Einschussloch ausgemessen und sofort ist ihm klar geworden, dass der Tote im Bunker von Jansen erschossen worden ist."

„Und damit wollte er wiederum Jansen erpressen", folgerte Adriano. Mutter Grimm lachte ihn an. Es war dieser Ausdruck, den er von Manuela kannte, wenn er mal wieder vorschnell eine Behauptung aufgestellt hatte.

„Nein, nicht erpressen. Jansen hatte ihn in der Hand, er hatte ja den vermeintlichen Mord an Lydia Arnolds beobachtet. Der Kopf war seine Absicherung. Die Vergewaltigung ist verjährt, Ackermann musste also fürchten, dass Jansen irgendwann auftauchen und *ihn* erpressen würde. Mit dem Beweisstück für den Mord an Saladin Arnolds hielt er das Spiel wieder ausgeglichen. Übrigens konnte er durchaus ahnen, dass sich die Leiche Arnolds' in dem alten Bunker befand. Jeder im Ort hatte damals mitbekommen, dass dort in der

Nacht gegraben wurde. Ackermann kannte die Hintergründe. Würde jemand anderes dort bauen, so hätte die Gefahr bestanden, dass die Polizei Walter Jansen irgendwann festnehmen und des Mordes beschuldigen würde. Jansen hätte in dem Fall nichts mehr zu verlieren und Ackermann wohl ebenfalls ans Messer geliefert."

„Alle Achtung", staunte Engels, „wir sollten überlegen, Sie einzustellen, Frau Grimm."

„Wir sollten überlegen, Sie endlich zu pensionieren", konterte die Staatsanwältin.

Alle lachten herzlich. In diesem Augenblick betrat ein uniformierter Kollege in Begleitung eines dürren jungen Mannes das Büro.

„Der Herr sucht eine Kollegin, die Dame soll etwa Mitte sechzig sein", schmunzelte der Polizist.

„Oh, wie reizend", antwortete Frau Grimm.

„Das ist sie", mit ausgestrecktem Arm deutete der Gast auf die Seniorin im Team, „sie hat gesagt, ich soll im Wald auf sie warten. Über eine Stunde habe ich dort gestanden", schimpfte er wütend.

„Und was machen Sie jetzt hier, junger Mann? Bilden Sie sich nicht ein, dass ich diese Extratour bezahle."

„Also … das ist doch", wild gestikulierend hielt er einen Zettel in der Luft, „vierundsechzig Euro bekomme ich, sonst …", er sah sich um, als hoffe er, die Kollegen würden Frau Grimm sofort verhaften.

„Sechzehn Euro waren auf der Uhr, als ich ausstieg. Wenn Sie vergessen, das Ding auszuschalten, ist das nicht mein Problem!"

„Schon gut", mischte Heinrich sich ein, zog seine Brieftasche aus der rechten Manteltasche und gab dem Fahrer siebzig Euro.

„Unter einer Bedingung", mahnend sah er seine Mutter an, „Du mischst dich in Zukunft nicht mehr in Angelegenheiten der Polizei ein."

„Natürlich nicht. Schließlich habe ich noch etwas anderes zu tun, als euch dauernd zu helfen."

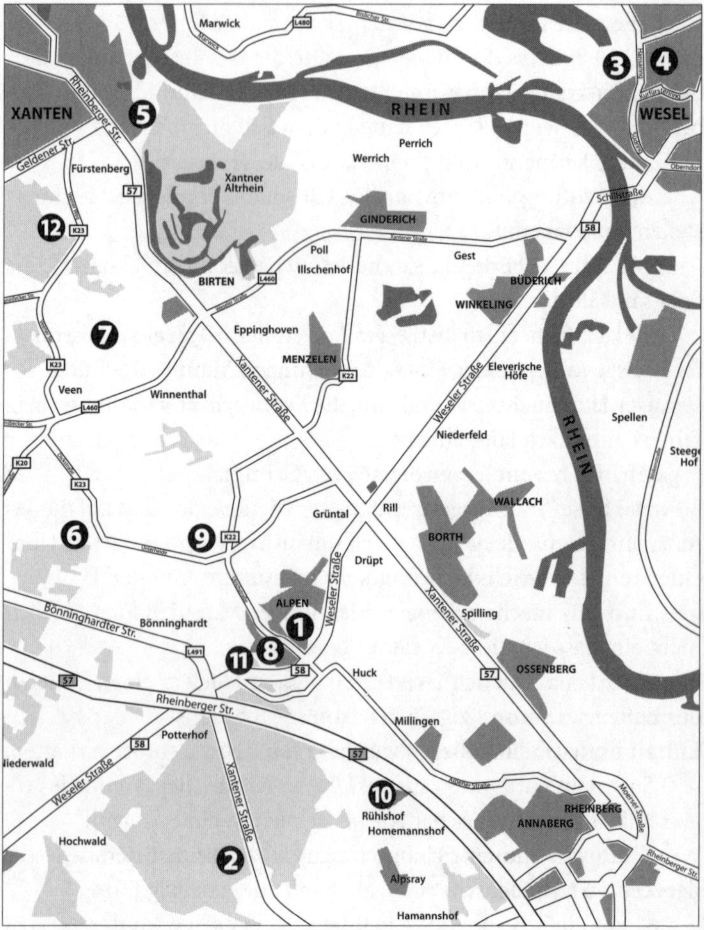

1 Motte
2 Trimmpfad Leucht
3 Polizei Wesel
4 Wohnung Grimm
5 Zeuge Wischnewski
6 Böckerhoff-Hermsen
7 Zeuge Steiger
8 Boutique Ackermann
9 Kastanienhof
10 Expolizist Stahnke
11 Fundort Lydia Arnolds
12 In der Hees

Hat Ihnen der Roman gefallen?

Fahren Sie gerne Fahrrad?

Möchten Sie in die Rolle einer Figur aus der Geschichte schlüpfen, zum Beispiel Mutter Grimm, Camel, Kommissar/in oder gar Mörder sein?

Der ADFC, Allgemeiner Deutscher Fahrrad-Club, veranstaltet eine „Krimitour" zum vorliegenden Roman. Einen ganzen Tag lang „ermitteln" Sie an Originalschauplätzen. Im Anschluss daran lernen Sie den Autor im Rahmen einer Lesung kennen.

Oder behalten Sie das Geheimnis für sich und schenken dieses Erlebnis einem lieben Menschen.

Interessenten wenden sich bitte an:
Frank Seitz, Telefon: (0 28 04) 18 10 38,
E-Mail: frank.michael.seitz@t-online.de

Weitere Informationen erhalten Sie auf der Website des Autors:
www.erwinkohl.de

An diesem Roman wirkten zahlreiche Personen mit, ohne deren Hilfe das Werk nicht zustande gekommen wäre. Ich möchte hier die Gelegenheit nutzen, allen Beteiligten meinen ausdrücklichen Dank dafür auszusprechen:

Sabine Göting, Ursula Grote, Bettina Kohl, Viola Lubjuhn
Als Testleser haben sie die meisten meiner Fehler bereits im Vorfeld schonungslos aufgedeckt und mir manch wertvollen Rat gegeben.

Peter Molden
Zieht als mein Agent im Hintergrund die Fäden und unterstützt mich mit unermüdlichem Einsatz sowie seinem reichen Erfahrungsschatz.

Barbara Maassen
„Meine" Lektorin sorgte mit Geduld und Charme für eine angenehm stressfreie Überarbeitung des Textes.

Ursula Hüsch und Ulrich Geilmann
Die Mitarbeiter der Gemeinde Alpen waren eine große Hilfe bei der fiktiven Umgestaltung der Motte.

Heimat und Verkehrsverein Alpen
Gaben mir wertvolle Informationen, die es mir erlaubten, das Innenleben der Motte zu beschreiben, ohne sie umgraben zu müssen.

Horst Groß
Der Weseler Hauptkommissar gab mir wichtige Hinweise zur polizeilichen Ermittlungsarbeit.

Für sachdienliche Hinweise möchte ich mich bedanken bei:
Rheinisches Amt für Bodendenkmalpflege, Silvia Stoppa, Ursula Grote, Institut für Pathologie Frau Dr. Mlynek-Kersjes, Stadtbücherei Wesel, Deutsch-Türkischer-Treffpunkt e. V.

Ein ganz besonderer Dank gilt Dir, liebe Tina. Für alles!